NICOLA FÖRG

Kuhhandel

Buch

Kommissar Gerhard Weinzirl wird zu der dramatisch-schönen Ruine Eisenberg gerufen. Ein Touristenpaar hat in der Burgkapelle eine Frauenleiche entdeckt. Alles sieht nach Selbstmord aus – denn neben der Toten finden sich eine Spritze und ein leeres Röhrchen mit der Aufschrift »Euthanyl Forte«. Für den Notarzt ist die Sache klar: Die Tote war Tierärztin und hat sich mit dem Mittel aus der Veterinärmedizin quasi »selbst eingeschläfert«. Kommissar Weinzirl sieht die Sache jedoch etwas anders – er kannte die angebliche Selbstmörderin nämlich gut. Die 41-jährige Svenja war zwar tatsächlich Veterinärmedizinerin, aber alles andere als suizidgefährdet. Im Gegenteil, die lebenslustige und allseits beliebte Frau war die Fröhlichkeit in Person, und sie hatte noch so viele Pläne gehabt, dass auch ihr Abschiedsbrief den Kommissar nicht zu überzeugen vermag.
Jo, die die Direktorin des lokalen Tourismusverbandes und beste Freundin der Toten, sieht das ähnlich. Hier muss ein tückischer Mörder seine Finger im Spiel gehabt haben. Und sie hat auch bereits einen ganz konkreten Verdacht: Svenjas Chef, der dubiose Tierarzt Dr. Ostheimer, muss buchstäblich mehr als eine Leiche im Keller haben. Mutig, dabei aber nicht sonderlich geschickt, heftet Jo sich im Alleingang und klammheimlich an seine Fersen. Damit ist sie zwar schneller, als die Polizei erlaubt, aber auch ihres eigenen Lebens nicht mehr sicher …

Autorin

Nicola Förg ist im Oberallgäu aufgewachsen, studierte in München Germanistik und Geographie und ist ganz im Westen Oberbayerns der alten Heimat wieder näher gerückt. Sie lebt mit fünf Pferden, zwei Kaninchen und einer wechselnden Zahl von Katzen in einem vierhundert Jahre alten, denkmalgeschützten Bauernhaus im Ammertal – dort, wo die Natur opulent ist und wo die Menschen ein ganz spezieller Schlag sind. Als Reise-, Berg-, Ski- und Pferdejournalistin ist ihr das Basis und Heimat, als Autorin Inspiration, denn hinter der Geranienpracht gibt es viele Gründe, (zumindest literarisch) zu morden.

Bei Goldmann bisher erschienen:

Schussfahrt. Ein Allgäu-Krimi (46913)
Funkensonntag. Ein Allgäu-Krimi (47018)

Nicola Förg

Kuhhandel

Ein Allgäu-Krimi

GOLDMANN

Dieses Buch ist ein Roman.
Handlung, Personen und manche Orte sind frei erfunden.
Ähnlichkeiten mit lebenden oder toten Personen
sind rein zufällig.

FSC
Mix
Produktgruppe aus vorbildlich
bewirtschafteten Wäldern und
anderen kontrollierten Herkünften

Zert.-Nr. SGS-COC-001940
www.fsc.org
© 1996 Forest Stewardship Council

Verlagsgruppe Random House FSC-DEU-0100
Das FSC-zertifizierte Papier *Holmen Book Cream* für dieses Buch
liefert Holmen Paper, Hallstavik, Schweden.

1. Auflage
Taschenbuchausgabe April 2010
Wilhelm Goldmann Verlag, München,
in der Verlagsgruppe Random House GmbH

Von der Autorin aktualisierte Ausgabe des gleichnamigen Romans
Umschlaggestaltung: UNO Werbeagentur, München
Umschlagmotiv: mauritius images GmbH, Finepic, München
mb · Herstellung: Str.
Druck und Bindung: GGP Media GmbH, Pößneck
Printed in Germany
ISBN 978-3-442-47015-0

www.goldmann-verlag.de

Für Grit,
die einfach überall fehlt

Wenn ich dich einmal lieb gewonnen habe,
kannst du ohne Anklopfen zu mir kommen,
aber bedenke, es täte mir weh,
wenn du danach lange nicht mehr kämst.

Attila József

1.

Jo schaute auf die Uhr. So unpünktlich war Svenja eigentlich nie. Jo hasste Unpünktlichkeit, Falco wohl auch. Er hatte einem Entfesselungskünstler gleich bereits zum dritten Mal den Knoten seines Führstricks aufgebissen. Die eifrigen Autoren von Pferderatgebern sollten ihn mal kennen lernen. Falco öffnete jeden auch noch so unlösbaren, angeblich absolut pferdesicheren Knoten. Fenja hingegen verbiss sich gerade in ihre Anbindestange, sie empfand sich wohl als die Reinkarnation eines kanadischen Bibers, und Fjölla, Fenjas zweijährige, halbstarke Tochter, grub um. Sie hackte und harkte mit dem rechten Vorderhuf und würde es wohl heute noch bis zum Mittelpunkt der Erde schaffen – falls Svenja nicht bald auftauchen würde.

Jo rief in der Praxis an, der AB verwies auf eine Mobilnummer. Nachdem es quälend lange geläutet hatte, sagte Svenjas tiefe Altstimme, man möge in extremen Notfällen doch bitte die Tierklinik in Gessertshausen oder Dießen anrufen oder aber eine Nachricht hinterlassen. Na ja, eine Impfung war ja kein echter Notfall.

»Hi, Viechdokterin, Jo hier, vielleicht hab ich da was durcheinandergebracht, aber ich dachte, wir wären am Donnerstag um 14 Uhr 30 bei mir am Hof verabredet gewesen. Wegen der Impfung. Ja, äh, okay, vielleicht rufst du mal zurück. Du hast vielleicht 'ne Steißgeburt oder hängst sonst bis zum Hals in 'ner Kuh. Also nicht du hast die Steißgeburt.« Jo gluckste und brach ab. Svenja war seit vierzig Minuten überfällig, viel zu lang für Lady Überpünktlich.

Jo entließ erst mal Biber-Fenja auf die Weide, dann Zirkus-Falco. Fjölla musste als erzieherische Maßnahme noch drei Minuten stehen bleiben. Da Jo aber befürchtete, dass das Pony demnächst im heißen Erdkern ankommen oder zumindest Jules Vernes Professor und Axel bei ihrer Reise zum Mittelpunkt der Erde treffen würde, schickte sie auch dieses lästige Pferdewimmerl auf die Koppel. Seit sie ihre Pferde direkt hinterm Haus hatte, war die Pferdehaltung für Jo ein pures Vergnügen. Die Nachbarn Gschwendtner hatten schließlich doch ein Einsehen gehabt, Jos Flehen erhört und ihr einen Offenstall auf eine Wiese gebaut. Außerdem konnten sie die Stallmiete ganz gut brauchen. Aber Matthias, »Hias«, Gschwendtner hatte noch immer seine liebe Not mit seiner »g'studierten Rossbäuerin«, wie er Jo scherzhaft nannte. Er fand es ja durchaus lobenswert, dass eine »Frau Doktar« Bulldog fahren konnte, aber dass die Tiere einfach so nutzlos rumgammelten, fraßen und schissen, ohne dafür arbeiten zu müssen, das missfiel ihm. Was ihm auch missfiel, war die Tatsache, dass sogar Jos Tierarzt eine Frau war.

Und dann war ein wirklich rabenschwarzer Tag gekommen, der Hias' Weltbild komplett aus allen Verankerungen gerissen hatte. Resi, seine Frau, war über die Wiese gerannt.

»Des Kälble kommt it und dem Hias sei Tierarzt au it. Dir sind doch au Viechdoktar?«, hatte sie zu Svenja gewandt gesagt.

Die hatte nicht lange gezögert und war von Hias mit den

Worten begrüßt worden: »Ja, kannsch du des au? Des isch fei schwer, i versuachs scho a Stund.«

»Ja, genau deshalb bin ja ich da«, hatte Svenja durchaus lakonisch geantwortet.

»Sollen mir it besser an Ma holen?«, hatte Hias noch einen draufgesetzt. Schließlich hatten sie sich darauf geeinigt, dass Hias Svenja nun endlich seine Kuh präsentieren würde, und wenn sie das Kalb wirklich nicht rauskriegen sollte, dann könnte man ja immer noch Arnold Schwarzenegger rufen. Svenja hatte ihm zehn Minuten später das Kalb in die Arme gedrückt mit den Worten: »Wollen Sie mich noch mal fragen, ob ich des kann, und einen Mann fragen?«

Verlegenes Murmeln war die Antwort. Die Krönung war gewesen, als Svenja sich in der Milchkammer gesäubert hatte und Resi grinsend gemeint hatte: »Der red allat so an Soich! Des geht it in sein Grind nei, dass du des kannsch. Dass a Wieb d Griffl in am Viech hot. Wie lang hosch braucht?«

»Zehn Minuten?« Svenja hatte verschmitzt gelächelt und ihr verschwiegen, dass die Sache ziemlich kritisch gewesen war. Svenja machte sich nie wichtig.

»An Duusl hots halt ghett!«, hatte Hias noch vor sich hin gemault. Resi hatte dann eine Runde Obstler geholt und noch eine, und beim dritten hatte der Hias durchaus bewundernd gesagt: »Dia Svenja.« Dann war er in den Stall gegangen, und die drei Frauen hatten sich ausgeschüttet vor Lachen. Jo konnte sich kaum mehr beruhigen. Resi hatte noch gemeint: »Du bisch mir so a Kitterfiedla«, und dann war sie ihrem Mann gefolgt.

Svenja war ein Mordsweib und ein Mordskumpel – und inzwischen eine Stunde zu spät. Jo ging vor die Tür. Wind war aufgekommen und der Himmel schwarz geworden. Ganz hinten, am Horizont, lag ein Streifen in einer gallig gelben Farbe. Ein Gewitter würde aufziehen. Jo ging auf die Ostseite ihres Hauses und sandte einen Blick zu den Pferden hinüber, die nicht etwa grasten, sondern säuberlich aufgereiht in ihrem Unterstand standen, wo sie doch gerade erst Freiheit erfleht hatten. Sie waren steif wie Modelle aus Gips und starrten unter dem Dach hervor.

Kater Moebius von Atzenhuber schoss vorbei, seine Mutter Frau Mümmelmaier von Atzenhuber ging gemessenen Schrittes hinterher, ohne Jo auch nur mit dem Arsch anzuschauen. Und dann fielen schon die ersten Hagelkörner. Jo raffte ihre Pferde-Führstricke zusammen, die noch herumlagen, und rannte ins Haus. Als sie dort war, tobte bereits ein Inferno. Der Wind hatte zwei Blumentöpfe von der Fensterbank gefegt, Vorhänge flatterten wie zerrissene Segel eines Schiffchens in akuter Seenot. Jo warf die Fenster zu und sich auf den Küchenstuhl.

»Scheiße, ich hasse den Sommer. Er ist wankelmütig und unberechenbar!«, fluchte sie.

Auf dem Küchentisch saßen die beiden Katzen, und ihr Blick sagte nur eins: Wieso lasst ihr Menschen euch immer so viel Zeit? War doch klar, dass ein Gewitter kommt. Recht hatten sie ja.

Um acht in der Früh hatte das Thermometer schon neunundzwanzig Grad angezeigt. Über Wochen hatte sich dieser Sommer in immer neue Rekordversuche verstiegen. Jeden Tag schlug einem eine Hitze wie Watte ins Gesicht. Das

Atmen fiel schwer, Jo sehnte sich nach einem kühlen Morgen mit einer Luft, die man schmecken und riechen konnte. Die Aussichten darauf waren schlecht. Bei brütend schwülen dreiunddreißig Grad hatte der Himmel am späten Vormittag begonnen, Wolken aufzuschichten. Erst weiß, dann grau und dann bedrohlich schwarz.

In Jos Brotkorb schlug ein weiteres Tier gerade die Augen auf: Bianchi von Grabenstätt, Katze Numero drei. Sie blinzelte Jo zu: Wir sind dem Menschen eben überlegen. Dann drehte sie sich, drückte dabei ein verlassenes Croissant endgültig platt, bildete den Katzenkringel erneut und versank in sanfte Träume. Jo hatte Bianchi in einem Straßengraben gefunden, gerade mal sechs Wochen alt. Ausgesetzt, einfach weggeworfen vor den Pfingstferien! Und weil das Tier bis auf einen getigerten Schwanz, der aussah wie eine Ringelsocke, und einen Tigerfleck hinterm Ohr ganz weiß war, hieß es Bianchi. Von Grabenstätt hatte Svenja dazu erfunden – wegen der erdigen Herkunft und weil Svenja gefunden hatte, dass bei zwei »Vons« die dritte Katze auch adlig sein müsse.

»So viel Zeit muss sein«, hatte sie gesagt und Jo ganz kurz die Hand gedrückt.

Einige Wochen vorher hatte sie Jos Katze Fräulein Einstein eingeschläfert. Einstein, Einstinchen, Stinchen – jemand hatte sie angefahren, und sie hatte sich doch noch bis in Jos Keller geschleppt. Svenja war in Rekordzeit da gewesen, hatte alles Nötige getan. Auch einen Karton gefunden, ein Erdloch gegraben und sich Jos ekstatische Weinkrämpfe angehört. »Sie war doch noch so jung. Sie hatte es doch eh so schwer. Sie war ein so armes Tier. Sie hätte doch leben müssen.«

Svenja hatte genickt. »Aber sie hatte ein schönes Jahr bei dir. Das ist viel. Viel mehr, als andere Tiere haben. Tiere denken nicht in Kategorien wie Vergangenheit, Gegenwart und Zukunft. Einstein hat ein gutes Katzenleben gelebt.«

Svenja, die abgeklärte Tierärztin, hatte es in keiner Weise komisch gefunden, dass Einstein als Grabbeigabe ein grünes, zerfleddertes Spielzeug mitbekommen hatte. Sie hatten an Einsteins Grab Grappa gekippt, und dann war Mümmel gekommen. Sie hatte sich vor den Grabhügel gelegt wie eine Sphinx, die Augen halb geschlossen. Jo hatte geheult und Svenja auch. Geredet wurde nichts. Erst als Mümmel aufgestanden war, standen die beiden Frauen auch auf. »Ich will nie mehr 'ne Katze«, hatte Jo noch gesagt – bis sie Bianchi entdeckt hatte. Nass, die Augen verklebt, zwei riesige Zecken in den Ohren, fiepend vor Angst und Kälte. Svenja war gekommen und hatte wie immer wenig gesagt – nur: »Die kriegen wir wieder hin.«

Jo lächelte an ihrem Küchentisch. Svenja, die Gute. Svenja, die Praktische, die ihre blauen Flecken immer mit Tensolvet für Pferde behandelte. »Wirkt besser als das Zeug aus der Humanmedizin«, hatte sie gegrinst. Svenja war nur auf den ersten Blick so ein burschikoser Kumpel, sie war auch ein einfühlsamer Mensch. Svenja redete nie viel und selten über sich selbst. Als sie da bei Einstein am Grab gesessen hatten und es stockdunkel geworden war, da hatte Svenja mal durchblicken lassen, dass sie für das himmelschreiend teure Pflegeheim ihres Vaters aufkommen musste. Sie hatte sich nicht beklagt. Sie hatten beide ins Schwarz der Nacht gestarrt, als Svenja gesagt hatte: »Hast du nicht auch das Gefühl, dass Worte, die wir im Dunkeln sprechen, ihre Gestalt ändern? Sind sie nicht deutlicher als die im Licht gesprochenen?« Darüber hatte Jo lange nachgedacht und darüber, dass in Svenja ungeahnte Tiefen schlummerten, an die sie wohl kaum jemanden heranließ.

Vor einigen Tagen war Svenja zuletzt da gewesen, einfach so, auf einen Cappuccino, denn Jos Cappuccino war legendär: besser als beim Italiener und stets mit Katzenbegleitung, weil Jos Feinschmecker-Katzen-Truppe den Gästen den Milchschaum von den Tassen klaute. Svenja hatte wenig Zeit gehabt, und wie immer hatte sie was vergessen. Ein Notizbuch, das irgendwie wichtig aussah. Jo hatte angerufen, um den Verlust zu melden. »O ja, Mist, das hab ich vergessen. Stell es halt sicher. Behalt es, bis ich wiederkomme«, hatte Svenja gesagt. Nun war sie heute aber nicht wiedergekommen.

Als um 17 Uhr 30 der Anruf kam, war Hauptkommissar Gerhard Weinzirl gerade damit beschäftigt, einen Berg aus Post, Zetteln, Akten und Protokollen abzubauen. Ein riesiger Müllberg, und irgendwo musste die Notiz stecken, die Gerhard suchte. Er fluchte vor sich hin. Es war heiß. Einige Wetterkundler prognostizierten schon Palmen am Alpsee. Auf eine Periode der trockenen Hitze waren Gewitterfronten gefolgt. Seit Tagen hatte Gerhard das Gefühl, in heißen Wickeln zu liegen, so wie früher bei seiner Oma, die der Grippe immer Wadenwickel entgegengesetzt hatte. Aber das hier waren Ganzkörperwickel! Gerhard schwitzte, ja selbst sein Uli-Stein-Kater und seine Uli-Stein-Maus aus Plastik, die seinen Computer zierten, schienen zu transpirieren. Das Telefon schellte. Jetzt bloß nichts Wichtiges, flehte er innerlich, denn eigentlich hatte er soeben beschlossen, das Müllumgraben zu beenden und zu gehen.

Seine Kollegin Evi Straßgütl war dran. »Kam gerade rein. Eine weibliche Leiche, so um die vierzig. Sie liegt …«, Evi stutzte, »in der Ruine Eisenberg. Wo um Himmels willen ist das?«

»Bei Pfronten. Wer hat denn angerufen?«, fragte Gerhard.

»Kollegen, die sind wohl am Tatort. Wo auch immer der liegt. Sie machten mir den Eindruck, als hätten sie die Sache nicht ganz im Griff.«

»Los, fahren wir. In zwei Minuten unten.«

Als er ins Auto sprang, hätte Gerhard längst wieder duschen wollen. Die Luftfeuchtigkeit war tropisch. Zwar hatte es geknallt und gedonnert, und Hagel war niedergegangen wie beim Jüngsten Gericht, aber Abkühlung hatte es keine gegeben. Die Sonne war wieder draußen, jetzt um halb sechs so penetrant, als sei es Mittag. Gerhard hatte das ungute Gefühl, dass sie an der falschen Stelle hing. Nichts war im Lot in den letzten Tagen.

Er donnerte über die Autobahn – nicht lange, denn seine rasende Fahrt wurde mehr und mehr durch eine winterweiße Fahrbahn abgebremst. Natürlich war das kein Schnee, das waren Hagelkörner, zusammengepappt zu einer Masse, die wie eine Schneedecke aussah und die Wirkung von Schmierseife hatte. Kurz vor der Ausfahrt Nesselwang fuhren Schneepflüge, und ein Polizeiwagen stand quer.

Gerhard bremste scharf ab, rutschte auf die Kollegen zu. Evi sah ihn strafend an, sie hasste es, wenn Gerhard so raste. Sie hielt ihren Kollegen den Ausweis unter die Nase.

»Wir müssen nach Eisenberg.«

»Mmm«, machte der Kollege, »aber ohne Amphibienfahrzeug kommt ihr hier nicht durch. Alles überflutet Richtung Nesselwang. Kennt ihr euch aus?«

Evi sah Gerhard an, der nickte.

»Dann fahrt Richtung Seeg und am Schwaltenweiher vorbei. Viel Glück. Es isch wegen der Leich, oder? Kam über Funk.«

Gerhard nickte wieder und tippte sich an eine imaginäre Mütze und fuhr mit quietschenden Reifen los. Evi sagte nichts, erst ein Hinweisschild mit Namen »Goldhasen« ließ sie ihr Schweigen unterbrechen. »Goldhasen! Wo sind wir hier bloß hingeraten?«

Völlig unvermittelt schnauzte Gerhard sie an: »Das ist doch ein verdammt netter Name.« Jo hätte jetzt wissen wollen, wieso der Ort so heißt, und hinfahren müssen, wahrscheinlich hätte sie das Schild fotografiert und zu allem Überfluss die Hasen gesucht. Verdammt, Jo!

Er schoss viel zu schnell in das Ministräßchen nach Schwalten und Strass. Die Sonne zauberte Silberflitter auf den See. Die Sonne war falsch, eine Verräterin, der ganze Sommer war falsch. Und einmal mehr wusste er, dass das ein Jo-Gedanke war. Die Gedanken einer Winterfrau. In Weizern hatte er sich wieder unter Kontrolle.

»Sorry, cara bella«, sagte er zu Evi, »diese Hitze schafft mich. Hier hat's übrigens eine gute Sennerei.«

Evi nickte nur.

Sie fuhren durch Eisenberg und weiter hinauf zur Schlossbergalm. Ein Polizeiauto versperrte den Weg, auf der Alm saßen verschreckt aussehende Touristen. Die Schlossbergalm – akkurat auf tausend Metern gelegen – bot einen unverschämt schönen Blick in die Vilser Gruppe hinein. Den Almziegen war der Blick allerdings egal und die ganze Aufregung auch. Die Einzigen, die hier herumzuklettern und herumzumeckern hatten, waren sie. So meckerten sie gegen die Hektik an, der Bock schickte einen gnädigen, ja huldvollen Blick zu Gerhard hinüber. So ein Schlossberg adelt eben!

Gerhard und Evi zeigten ihre Ausweise und krochen unter dem Absperrband durch. Gerhard so, als wolle er einen Limbo-Wettbewerb gewinnen. Rasch und schweigend stiegen sie durch den Wald hinauf. Als Eisenberg in den Blick kam, kam Gerhard in den Sinn, wie sehr der Adel doch damals seine bauliche Großmannssucht ausgelebt hatte. Im Kleinen wie hier und im Großen wie bei den Märchenschlössern des »Kini«. Es war fast immer so, dass Gerhard, wenn er zu einem Ermordeten unterwegs war, ganz abwegige und banale Gedanken durch den Kopf schossen. So, als müsse er den Geist reinigen für das, was kommen würde an Grauenvollem.

Jetzt musste er sogar ein wenig lächeln, lächeln darüber, dass diese Verschwendung die Nachwelt umso mehr freute. Dass des Kinis Tod ja wohl der einträglichste Tod für die Tourismusindustrie war, den es je gegeben hatte. Tourismus – Jos Gesicht huschte vorbei, bevor er den Kopf hob und erneut nach innen hörte. Sie hatten mindestens vier Schulausflüge hierher gemacht, und er erinnerte sich, plötzlich und glasklar, dass Friedrich von Freyberg Hohenfreyberg irgendwann Anfang des 15. Jahrhunderts im Stil einer staufischen Burg errichtet hatte. Das Ganze einen Steinwurf entfernt von der Burg Eisenberg seines Vaters. Sohnemann hatte es nicht wahrhaben wollen, dass die Zeiten des Rittertums vorbei waren. Trotzig ließ er diesen Imponierbau errichten, wollte sich gegen die Zeichen der Zeit stemmen. Und als sei es gestern gewesen, erinnerte sich Gerhard daran, dass kurz vor Ende des Dreißigjährigen Krieges die Tiroler Landesregierung im Zuge der »Politik der verbrannten Erde« die beiden stolzen Schwesterburgen hatte niederbrennen lassen. Das alles fiel ihm jetzt ein, hatte der alte Sack von einem Geschichtslehrer ihm wohl doch etwas beigebracht!

Evi war stehen geblieben und hatte den Kopf in den Nacken gelegt. »Wow, ich war noch nie hier. Das ist ja schon …« Sie suchte nach Worten.

Die ungewöhnlich hohe, zinnenbewehrte Wandscheibe von Eisenberg hatte dem Feuer getrotzt, ihr Skelett hatte jahrhundertelang wie ein Mahnmal des Rittertums ausgeharrt. Jetzt, in der vom Gewitter gereinigten Luft, hob sie sich scharf umrissen gegen das Blau des Himmels ab – fast bedauerte Gerhard es, kein Fotograf zu sein.

Gerhard folgte Evis Blick. »Ja, Burgruinen gibt es viele in Bayern, aber diese beiden? Ungewöhnlich schön.« Er brach ab, es war ihm peinlich, so lyrisch zu werden.

Er scheuchte Evi mit einer kleinen Handbewegung weiter. Sie ging vor ihm her und sah mit den abgezippten Trekkinghosenbeinen und einem engen T-Shirt einfach sexy aus. Er rief sich zur Räson: Sie waren auf dem Weg zu einer Leiche. Er war Evis Vorgesetzter. Es war schlimm genug, dass er seinen Vorsätzen, sich nie am Arbeitsplatz auf so eine Geschichte einzulassen – er konnte es nicht mal für sich selbst aussprechen, dass er mit ihr geschlafen hatte –, untreu geworden war. Sie hatten das beide auch hinterher nicht thematisiert, aber es lag Spannung in der Luft. Gerhard wusste, dass er etwas hätte sagen müssen. Oder nicht!

Sie durchschritten den Burghof. Die Leiche war in der so genannten Kapelle gefunden worden. Sie lag auf dem Rücken, die Augen geschlossen. Ihrer Hand war augenscheinlich eine Spritze entglitten, daneben lag ein Röhrchen. Ein Kollege in Uniform war sichtlich überfordert, sein junger Begleiter kam gerade aus dem Gebüsch. Grünweißlich im Gesicht.

»Weinzirl, meine Kollegin Evi Straßgütl. Konnten Sie schon Personalien feststellen?«, fragte Gerhard, nun absolut bei der Sache.

Die beiden schüttelten den Kopf.

»I hon nix agrührt«, sagte der Ältere schließlich.

Gerhard trat näher heran. Die Frau trug eine abgeschnittene Jeans und ein Top, wenig Platz für Identitätsnachweise. Er musste an diese Visa-Reklame denken, bei der die Badeanzug-Nixe die Visa-Karte hinter der Pobacke rauszaubert. Unpassender Gedanke! Gerhard wandte sich der Leiche zu. Sie war kräftig, keine Modelmaße, aber auch nicht schwammig. Ihre Hände waren alles andere als zart, ihre Oberarme muskulös, und sie hatte über den ganzen Körper verteilt blaue Flecken, in verschiedenen Zustandsformen, die meisten waren schon im Gelb-Braun-Stadium. Ihr langes blondes Haar war ausgebreitet, umgab sie wie ein Stern. Der Regen hatte das Haar zu Strähnen verklebt. Die Sonne, die nach dem Gewitter wieder herausgekommen war, spielte nun auf einigen noch nicht wieder getauten Hagelkörnern. So, als hätte die Frau Diamanten im Haar. An ihrer Jeans war ein Schlüsselbund mit einem Bergsteiger-Karabiner eingehakt. Vorsichtig entfernte Gerhard den Schlüsselbund, und ebenso vorsichtig ließ er Spritze und Röhrchen in eine Plastiktüte gleiten. Sonst war hier erst mal wenig, was es zu sichern gab.

Die Frau sah nun wirklich nicht wie eine Drogenabhängige aus. Keine Einstiche. Sie wirkte so gesund, dachte Gerhard. Wenn man mal davon absah, dass sie tot war. Gerhard hasste diese bange Zeit, die oft allzu lang anhielt, bis die Leiche einen Namen hatte. Namen bedeuteten Identität, namenlose Opfer waren ihm ein Gräuel. Aber vielleicht war er da auch merkwürdig gestrickt. Er erinnerte sich an einen längeren Trip durch Kanada. Auf Partys im Ahornland hatten die Leute immer zuerst gefragt: Wie heißt du? In Deutschland war die erste Frage: Und was machen Sie beruflich? In dieser Frage war meist schon ein leicht aggressives Tremolo enthalten. Und je nachdem, wie die Antworten ausfielen, stand der Sozialneid in den Augen geschrieben: bei Gehirnchirurg etwa oder Lufthansapilot. Bei Polizist lächelten die Leute meist beruhigt. Endlich einer, der einen noch blöderen Job hatte als man selbst.

Und diese nicht mehr ganz junge Frau. Was hatte die wohl beruflich gemacht?

Der uniformierte Kollege deutete auf einen Mann, der an der Mauer lehnte. »Des isch der Notarzt. Den hot ma alarmiert. Ma hot ja it gwisst …«

Gerhard nickte. Er winkte den Notarzt herüber, der angeschlendert kam, als spaziere er auf der Seepromenade unten am Hopfensee. Er war ein kleines Männchen mit Bürstenhaarschnitt, viele Fältchen umspielten seine Augen. Er hatte was von einem Hobbit.

Gerhard grüßte und schwenkte das Röhrchen im Plastikbeutel unter seiner Nase. »Drogen? Sie sieht gar nicht so aus.«

Ein Hobbitgrinsen, dann schaute der Notarzt Gerhard fast strafend an: »Keine Drogen! Die Kollegen von der veterinärmedizinischen Abteilung sind einfach ein bisschen krass, wenn sie sich suizidieren.«

»Wie? Veterinärmedizin?«, fragte Gerhard.

»Nun, ich gehe davon aus, dass diese junge Dame Tierärztin ist oder war.« Er deutete auf das Röhrchen. »Euthanyl Forte, das ist ein Barbiturat in der Großtierkonzentration. Das hätte einen Elefanten umgehauen.«

»Also ein Selbstmord mit einem Medikament für Viecher?« Gerhard klang ungläubig.

»So sieht es für mich aus. Sozusagen hat sich die Kollegin selbst eingeschläfert.« Der Hobbit lachte, und seine Äuglein funkelten.

Gerhard entfuhr ein merkwürdiger Laut.

»Ja, so ist das! Tierärzte verwenden alles, was in der Praxis nicht niet- und nagelfest ist. Ich hab mir allerdings sagen lassen, dass beispielsweise T 61 keine schöne Art ist, aus dem Leben zu scheiden, das haben meist Pferdepraktiker zur Hand. Aber letztlich eignet sich alles, mit dem man Tiere einschläfert. Meist ist das eben eine Überdosis Barbiturat, quasi das Äquivalent zum Röhrchen Schlaftabletten, nur entsprechend gespritzt und damit effektiver. Ganz Perverse haben auch schon zum Bolzenschussgerät gegriffen, was üble Komazustände nach sich ziehen kann. Aber das Bolzenschussgerät ist wahrlich nicht in jeder Großtierpraxis vorhanden. Da sind dann eher die Schlachter gefährdet.«

Gerhard starrte den Mann an. T 61? Bolzenschussgeräte? Hilfe, wenn das Humor sein sollte, war der nachtschwarz.

»Sollte es ein Selbstmord sein, dann haben wir hier wenig verloren. Können Sie Fremdeinwirkung ausschließen? Und was ist mit den blauen Flecken?«, fragte er schließlich.

»Also wegen der Flecken: Veterinäre leben gefährlich! Das ist ein Knochenjob, Tiere treten, beißen, kratzen. Und Frauen kriegen schneller blaue Flecken. Sie wissen schon: schwaches Bindegewebe und so. Äh, ja, und um auf die andere Frage zurückzukommen: Ich kann natürlich gar nichts ausschließen. Das können nur die Freunde aus der Patho. Das ist euer Job. Ihr habt doch 'ne Spusi. Wobei das mit dem Sichern wahrscheinlich schlecht aussieht?«

Spusi sagte der Kerl zur Spurensicherung! Aber er hatte Recht. Gerhard ließ den Blick schweifen. Pfützen, überall noch kleine Schneeberge. Das Gewitter hatte auch hier ganze Arbeit geleistet. Er wandte sich wieder an den Arzt. »Sie hat sich vor dem Gewitter umgebracht, oder?«

»Ja, davon gehe ich aus. Das nasse Haar, die Hagelkörner, ihr Zustand. Ich würde sagen, das war gegen 14 Uhr.«

»Aber wieso sucht sie sich so einen Platz aus? Da laufen doch Leute rum?«, überlegte Gerhard.

»Tja, Ihr Job, mein Lieber! Theatralik! Also, ich kann mich erinnern, dass schon Männer von der Heini-Klopfer-Schanze in Oberstdorf in den Tod gesprungen sind, ich hatte mal eine Frau, die sich sozusagen selbst auf dem Altar geopfert hatte, weil sie unerwidert in den Pfarrer verliebt war. Tja, vielleicht war das der Platz, wo sie ihren Liebhaber getroffen hat und nun ein Zeichen setzen wollte. Sie glauben gar nicht, wo man überall Selbstmörder findet.« Er lachte erneut mit zwinkernden Äuglein.

Der Mann sprudelte die unglaublichsten Geschichten in einer solchen Hochgeschwindigkeit und ohne jede Pietät heraus, dass Gerhard ganz anders wurde. Aber Liebeskummer? Wieso kam ihm das so abwegig vor?

Der junge Kollege, der immer noch grün wie Slime war, machte sich unbeholfen bemerkbar.

»Da ist einer, der sagt, er kenne die Frau. Soll ich den durchlassen?

Im Burghof, durch ein Band abgetrennt, stand ein Mann mit Schnauzbart, kurzer Lederhose, einem Leinenhemd und gestikulierte. Gerhard ging zu ihm hinüber.

»Griaßdigott«, er nickte artig. »I hon dia Schofla auf der Schlossbergalp. Dia Frau isch dia Svenja, dia hot erscht letschtens meine Schofla behandlat. Maschtitis!«

Gerhard starrte ihn an. Der Notarzt, der hinterhergekommen war, grinste. »Mastitis, Euterentzündung. Soweit ich weiß, bei Ziegen nicht ganz ohne. Wird antibiotisch behandelt.«

»Ja, genau, und Svenja hot des guat nakriagt.«

»Und wieso glauben Sie, dass die Frau Svenja ist?«

»Ja, weil der ihr Karra, sie fahrt so an uralten Pick-up, dunda an der Poscht steht. Und weil dei scheene Kollegin dunda Leit fragt. Dia Tourischta, dia dia Leich gfunda hend, sind doch zerscht auf dia Alp. Des war a Duranand. Dia Frau sei groß gwä und blond. Das ka allet bloß d Svenja sei. Auch wegs dem Karra.«

Ein Kollege in spe, dachte Gerhard. Messerscharf gefolgert.

»Sie müssen das nicht tun, aber können Sie sie identifizieren?«, fragte er vorsichtig.

Der Mann nickte ernst.

Sie gingen die paar Schritte in die Kapelle. Der Mann schaute sich die Leiche an. Keinerlei Regung wie Entsetzen oder Ekel war seinem Gesicht zu entnehmen. Nur Konzentration. Dann sah er auf. »Ja, des isch d Svenja.«

»Svenja, und weiter?«

»Ja, do lecksch mi am Fidla. Svenja heißt Gudmundsdottir, weil der Vetter isch a Isländer. Und in Island heißet alle Wieber dann dottir.« Er nickte Beifall heischend, weil er so schlaue Sachen wusste.

Gerhard hatte sich Notizen gemacht. »Wo hatte sie denn ihre Praxis?«

»Dia war beim Dr. Oschtheimer in Pfronta. Sie hot Großviecher und Kluizuig behandelt. Ihr Chef allat bloß Rinder und Pferd. I hon dia Svenja lieber ghett wie den Oschtheimer. Er war oft amol bruttlig und a Drimslar dazu. Grad bei de Schofla und Ziega pressierts aber, und des sind räacht sensible Viecher. Des hot d Svenja gwisst. Sie war au fachlich besser, und des hot dem Oschtheimer gstunka. Aber wieso isch sie denn nochhert tot? Mitten in deane Kitzabolla?«

»Selbstmord?« Gerhards Stimme war eine Mischung zwischen Feststellung und Frage.

Sein Gegenüber sah ihn sekundenlang an, dann lachte er laut heraus. »Was? D Svenja? Dia doch it.«

»Sie glauben also nicht, dass sie sich umgebracht hätte?«

»Du bisch ja narret! Nie! So a Wieb doch it!«

Gerhard nickte, bedankte sich und forderte über Handy die Spurensicherung an. So a Wieb. Ja, irgendwie war sein erster Gedanke auch gewesen, dass diese Frau nicht suizidgefährdet ausgesehen hatte. Aber hatten nicht auch die großen starken Mädels Liebeskummer oder finanzielle Schwierigkeiten, waren womöglich unheilbar krank oder hatten andere Gründe, aus dem Leben zu scheiden?

Evi hatte unterdessen auf der Alm das Ehepaar befragt, das die Tote gefunden hatte. Das Paar war um die sechzig, beide trugen Bundhosen und karierte Hemden. Sie waren die Karikatur von Wanderwaden, vor allem, weil am Tisch auch noch eine »Alpenstange« lehnte, über und über voll mit kleinen bunten Stickern. Heldentaten von Gipfelbesteigungen, alle so hochalpin wie der Schlosshügel hier! »Mei, mei, mei«, stammelte die Frau vor sich hin, deren lila getönte Löckchen ziemlich derangiert wirkten. Er hingegen vermittelte, ganz Herr der Sache zu sein, und obgleich er seine Geschichte Evi schon dreimal erzählt hatte, stürzte er sich jetzt geradezu auf Gerhard. Ein so dickflüssiger, zäher Dialekt, dass man ein Messer gebraucht hätte, um durch diese Worte zu schneiden, brach über Gerhard herein.

»Herr Kommissar, jetzt höret Se mol zu …«, sagte er, und es folgte die detailgenaue Schilderung jedes Schritts, den er die letzten vier Stunden getan hatte.

Das Ehepaar hatte eigentlich zu den Ruinen hinaufsteigen wollen, aber angesichts der ersten Blitze auf der Alm Unterschlupf gesucht. Als dann das Gewitter aufgehört hatte und es nur noch leicht nieselte, waren sie sofort losgezogen. »Seller Higl fählt uns no im Allgei, Mutti«, hatte er in Richtung seiner Mei-mei-mei-Gattin gesagt. Und da waren sie dann sozusagen über Svenja gestolpert. »Die Frau han i vorher no nie gsäh«, schloss er. »Schreibet Se des fei auf«, rief er nochmals in Evis Richtung, obwohl sein Stimmvolumen sowieso locker bis zum Weißensee reichte.

Als Gerhard und Evi aufbrachen, grummelte Gerhard: »Hano, wieso ist dieses ganze Volk bloß zwingend so laut und so gescheit?«

»Nun sei nicht so, davon lebt ihr Allgäuer im Tourismus doch auch!« Evi, selbst gebürtige Fränkin, konnte Gerhards Schwabenabneigung nicht so ganz nachvollziehen.

Und zum zweiten Mal heute fegte Gerhard sie an: »Na ja, mit dir brauch ich das ja nicht zu diskutieren. An deiner Begeisterung für Jürgele hatte ja das ganze Präsidium Anteil.«

Evi hatte ein kurze Affäre mit einem Kollegen aus Ulm gehabt. Und als diese Episode vorbei war, hatte der verlassene Liebhaber ständig angerufen. Auch Gerhard musste ihn mehrmals abwimmeln, obgleich er den rotblonden Halbitaliener-Schwaben sehr mochte. Trotz des Adele zum Abschied! Gerhard erschrak: War er eifersüchtig, oder noch schlimmer: Dachte Evi, er wäre eifersüchtig?

Seine Kollegin sah ihn nur missbilligend an. Mit einem »Und was jetzt?« ging sie zur Tagesordnung über.

»Jetzt sehen wir uns mal das Auto an«, schlug Gerhard vor. »Ein Pick-up vor der Post wird ja wohl auffallen.«

Was er tatsächlich tat. Es handelte sich um einen Nissan, von dessen ursprünglicher Farbe wenig übrig war. Er sah so aus, als hätte er etwa sieben Wüstendurchquerungen, diverse UN-Einsätze und mehrere Partisanenkriege mitgemacht. Das Auto war unversperrt, weder die Fahrertür noch der Aufbau waren verriegelt. Im Aufbau standen die typischen Alukisten der Tierärzte, es gab eine Reihe von kleinen Schubladenfächern, alle gefüllt mit Spritzen, Nadeln und Medikamenten.

»Ganz schön unachtsam, das Zeug so offen stehen zu lassen«, bemängelte Evi.

»Na ja, wenn du dich umbringen willst, ist dir das wohl egal«, konterte Gerhard, der inzwischen in einer Ablage in der Fahrerkabine die Brieftasche der Toten gefunden hatte. Zwanzig Euro, ein Personalausweis, eine Visa-Karte und eine Krankenkassenkarte steckten darin, außerdem ein Bündel Visitenkarten, auf der die Arbeitsstelle verzeichnet war und die private Anschrift. Svenja Gudmundsdottir wohnte in Immenstadt, hatte gewohnt …

»Okay, tragen wir mal die Fakten zusammen. Ich lade dich nach Speiden ein«, lautete Gerhards Vorschlag.

Dass er Evi mit dem Kössel-Bräu in Speiden keinen Gefallen tat, war offensichtlich. Gerhard bestellte sich eine gehörige Portion Blut- und Leberwurst aus der Hausmetzgerei. Die Health-Food-und-Low-Fat-Evi wurde blass. »Wie du so einen Scheißdreck fressen kannst!« Gerhard empfand ihren Ton als unangemessen, er sagte ja auch nichts zu ihren Karnickel-Futter-Salaten und ihren ewigen Mineralwässerchen, von denen sie auch noch behauptete, sie würde den Unterschied zwischen den diversen Wässern rausschmecken. Momentan war Valser aus der Schweiz ihr Favorit, das gab es nun leider in Speiden nicht.

»Also, rekapitulieren wir.« Evi zog ihre Unterlagen heraus. »Hier ist das Wetter schon früher umgeschlagen als in Kempten. Es gab einen Mordssturm, etwa ab 14 Uhr, meinten einige. Das Gewitter setzte um circa 15 Uhr ein, um

16 Uhr 30 war es vorbei. Das Ehepaar ist dann hinaufgestiegen und war um 16 Uhr 40 im Innenhof. Sie waren um 16 Uhr 50 wieder auf der Alp herunten, haben alle rebellisch gemacht, und die Pfrontner Kollegen waren um 17 Uhr 15 am Tatort. Sie haben uns dann umgehend angerufen.«

Die Tür zur Wirtschaft ging auf. Es war der Schafbesitzer von der Alp, der wohl ein Bier auf den Schock trinken wollte. Gerhard bat ihn, sich an den Tisch zu setzen. Der Mann bestellte sich ein dunkles Bier und seufzte tief.

»D Svenja war scho eabbas ganz Bsonders. Nia a Gschieß gmacht und nia auf d Goscha gfalla! Der Peter dienet, mei Nachbar, der heißt überall ›der schwer vermittelbare Peter‹, weil der für sein Hof vor lauter Graffl und Glump nie a Frau find. Und der sell isch um die Svenja scharwenzelt. Und do hot sie ihm vorgschlaga, sie kunnt dia Spritza mit der Entwurmung au dem Peter gäh statt seine Schumpa. Und dann hot der einfach an die Wand gsoicht. Und Svenja sagt trocken: ›Reviermarkierung, gell?‹ Und scho war der Kittl gflickt! Und jetzt soll sie tot sein?«

Er nahm sein Bierglas auf, prostete Gerhard zu. Der prostete zurück, starrte in seinen Teller. Nur das Kratzen seines Messers war zu hören. Ewigkeiten vergingen.

»Wissen Sie etwas über ihre Familie? War sie verheiratet?«, fragte Gerhard schließlich.

»Die Svenja, na! Do hot's vielleicht amol a Gschpusi gäh, aber kuin für länger, verzehlt ma sich. Die meischten waren für die Svenja Hosasoicher.«

»Eltern?«

»I wois it. I wois bloß, dass d Svenja kui Ratschkattl war. Drum wois i au nix.«

Das war Allgäuer Logik, dachte Gerhard. Schließlich verabschiedete man sich.

Gerhard klopfte dem Schafbauern noch mitfühlend auf den Rücken. Evi schüttelte kaum merklich den Kopf. Gerhard sah ihm nach und wandte sich dann Evi zu.

»Fahren wir mal zu ihrer Privatadresse in Immenstadt«, sagte er und warf ihr den Autoschlüssel zu.

2. Evi chauffierte gemächlich. Es war bereits dunkel, und sie waren allein auf der Straße. Nach dem heftigen Gewitter schien sich niemand mehr hinauszutrauen. Um 21 Uhr 30 waren sie »Unter den Eichen« angelangt. Eine Wohnlage so nah am Zentrum und doch so still wie ein Grab. Grab?

Gerhard liebte das Städtle. Immenstadt galt Gerhard immer schon und heute mehr als früher als erstrebenswerter Wohnort. Es war putzig, liebenswert, und Gerhards geliebte Mountainbikerouten und Skitourenberge begannen wirklich direkt hinterm Marienplatz. Das war seine Welt – jetzt, wo Kempten zu allem Überfluss mehr und mehr auf Weltstadt machte mit einem Einkaufszentrum, in dem Gerhard bei seinem einzigen samstäglichen Einkaufsversuch von klaustrophobischen Anfällen heimgesucht worden war. Forum Allgäu, was für ein hochtrabender Name dafür, dass sich schwitzende Menschen auf Rolltreppen drängten und in Geschäften ballten, die eh keiner brauchte – fand Gerhard. Und eine Big Box hatte er auch nicht nötig. In Ermangelung von Freizeit musste er sich über Konzerte und Co. wirklich keine Sorgen machen. Wenn Gerhard überhaupt mal auf Kultur machte, dann im Jazzfrühling, und auch dann mied er Konzerthallen. Am liebsten waren ihm Veranstaltungen auf der Höfle-Alp im Bergbauernmuseum, wenn die

Musik mit der Umgebung verschmolz. Hätte einer Gerhard gefragt, was seine Lieblingsband sei, dann hätte er immer die Kerberbrothers genannt. Menschen, denen es gelang, einem Alphorn und einem Hackbrett solche jazzigen Klänge zu entlocken, die bewunderte Gerhard aufrichtig. Vor allem, weil sie unaufgeregt und völlig bar aller Starallüren waren. Wenn das nun jemand als Alpenfusion bezeichnete, ging das Gerhard eher am Allerwertesten vorbei. Die Jungs waren gut – Punktum, aus, Äpfel, Amen. Gerhard war keiner für aufgeblähte Begriffe – auch beim Ausdruck »Fusionsküche« zuckte er zusammen. An einem Schweinsbraten gab's nix zu fusionieren! Nein, Kempten mit Großstadtbrimborium war nicht das seine, dann doch lieber Immenstadt.

Ein Schlüssel – natürlich der letzte, den Gerhard ausprobierte – sperrte auf. Es handelte sich um eine kleine Zweizimmerwohnung, eher spärlich möbliert mit Naturholzmöbeln, die so wirkten, als besitze Svenja dieses Mobiliar seit ihrer Studienzeit und habe sich in Ermangelung von Zeit nie um ein neues Wohnambiente kümmern können. Die Regale quollen über von Fachbüchern, auf dem Schreibtisch lagen einige Ausgaben der Fachzeitschrift »Grüner Heinrich« herum. Die kleine Küche besaß ein typisches Single-IKEA-Tischchen, das man hochklappen konnte. Und natürlich lungerte ein Billy an der Wand herum.

Sie hatten noch nicht mal ganz das Schlafzimmer erreicht, als eine schrille Stimme sie herumfahren ließ.

»Hände hoch! Bleiben Sie stehen! Ich hol die Polizei!«

Eine Frau hatte sich im Gang aufgebaut, umweht von weißen Haarsträhnen, einen Schürhaken in der Hand, in einen Morgenrock gewandet, der bis zum Boden reichte und so aussah, als wären die letzten seiner Art spätestens im Zweiten Weltkrieg zu Decken für die Ostfront umgearbeitet worden.

»Die Hände lass ich lieber unten«, sagte Gerhard unbeeindruckt, »denn nur so kann ich Ihnen meinen Ausweis zeigen.« Er klappte schwungvoll ein Etui auf und bedachte die Frau mit einem reizenden Lächeln, das besonders ältliche Damen völlig in seinen Bann zog. Obwohl er mit dem etwas zu lang geratenen blonden Rauhaardackel-Haar nicht unbedingt dem idealen Schwiegersohn glich, liebten ihn ältere Damen vor allem in der Altersklasse, wo es weniger um Schwiegersöhne als um erwachsene Enkel ging. Durchaus resolut nahm die Frau das Etui, ohne dabei den Schürhaken zu senken, und studierte den Ausweis.

»Und Sie da?«, fragte sie in Evis Richtung.

»Meine Kollegin«, sagte Gerhard – jetzt mit warnendem Unterton in der Stimme. »Und selbst? Was machen Sie in einer fremden Wohnung?«

»Na, hören Sie mal, die Frau Svenja ist oft länger aus. Und wenn dann ein Auto vorfährt, das nicht ihres ist, und die Tür zu hören ist ... Na, hören Sie mal, da sorgt man sich doch!«

»Und das stellen Sie alles so binnen Sekunden fest? Respekt!«

Die Ironie in seiner Stimme entging ihr anscheinend gänzlich. Aber deutlich zahmer sagte sie:

»Na, hören Sie mal. Svenjas Auto hören Sie doch schon, wenn sie durch Stein fährt oder von Zaumberg runterkommt. Das ist ein Lastwagen!«

»Da haben Sie Recht! Und Sie sind?«

»Na, hören Sie mal, die Hausfrau natürlich.« Die Betonung lag auf »die«, ein alles umfassendes »die« – das Hausbesitzerin, Hauswartin, Hausmeisterin, Hausdrache und ähnliche Komposita einschloss.

»Namens?«

»Ach so. Bodenmüller, Edeltraut Bodenmüller. Und was wollen Sie hier?«

»Frau Bodenmüller, es tut mir leid, Ihnen mitteilen zu müssen, dass Svenja tot ist. Wahrscheinlich Selbstmord«, sagte Gerhard ohne weitere Vorbereitungsreden.

Frau Bodenmüller japste nach Luft, dann sank sie gegen den Türrahmen. Gerhard konnte sie gerade noch auffangen. Die Frau hatte das Gewicht eines ausgewachsenen Nashornbullen. Mit Evis Hilfe bugsierten sie Frau Bodenmüller in ihre gute Stube, in der Wohnung, die gegenüber von Svenjas lag.

Gute Stube, ja das war ein interessanter Ausdruck für einen Raum, der sozusagen ein Häkelmuseum war. Häkeldeckchen waren über alles gebreitet, was zu bedecken war: Sessel, Kopfteile der Sessel, Tisch, Beistelltischchen. Häkeldeckchen fungierten als Untersatz für Pflanzen, ja sie waren sogar hinter Glas als Bilder gerahmt. Auf dem breiten Fensterbrett lag ein weinrotes Kissen mit Häkeldeckchen in Himmelblau, und darauf thronte eine Perserkatze. Besser ein Kater, wie sie sogleich erfuhren. Ein graues Monstrum namens »Bubele«, das wohl besser Conan oder Diavolo geheißen hätte, angesichts seiner grob geschätzten acht Kilo und des diabolischen Blicks. Ein Zahn ragte aus dem Maul des Katers, und er sabberte.

Evi hatte der Frau ein Glas Wasser aus der aseptisch sauberen Küche geholt, und allmählich kam sie wieder zu sich. Nachdem Gerhard die Umstände von Svenjas Tod mehrfach erklärt hatte, auch den Umstand, dass es wohl ein Suizid sei, sagte Frau Bodenmüller immer wieder gebetsmühlenartig:

»Man kann nicht reinschauen in die Leute. Lieber Himmel!«

Sie schüttelte den Kopf, dass die Haarsträhnen flogen, und schließlich konnten sie ihr einige Informationen entlocken.

Neben dem bereits bekannten Namen des Katers erfuhren sie, dass Svenjas Mutter vor Jahren gestorben war, keine Geschwister hatte und ihr Vater in einem Pflegeheim in Stade im Alten Land lebte, an schwerer Demenz und Parkinson litt und doch »der liebe Herrgott noch nicht willens war, ihn heimzuholen«, wie sich Edeltraut Bodenmüller äußerst pathetisch auszudrücken pflegte. Es sprudelte nur so aus ihr heraus, und Gerhard hatte alle Mühe, ihren Redeschwall in die notwendige Richtung zu lenken.

»Hatte Svenja einen Freund?«

Auch hier folgte eine Abhandlung über die Jugend, die Partner wechselte wie Unterhosen. Von Svenjas Männern wusste sie zu berichten, dass der letzte Übernachtungsgast vor Monaten, also im Frühsommer dieses Jahres, gesehen worden war. Auch nur kurze Zeit sei das gewesen. Sie führte wohl Buch! Der sei öfter da gewesen, »so ein Blutjunger, der hätt ja ihr Sohn sein können, ich bitte Sie.«

Aber sonst ließ Wachhund Edeltraut auf Svenja nichts kommen, hatte die es doch geschafft, das »Bubele« zu behandeln, wo doch »Bubele« schon vier Tierärzte schwer verletzt und damit verschlissen hatte. Das glaubte Gerhard sofort, so wie der Kater ihn jetzt gerade ansah.

»Mei, die arme Frau Doktor Svenja. Ein Selbstmord. Sich so an Gott zu versündigen. Aber man kann nicht reinschauen in die Leute.« Sie sagte das so, als sei die Tatsache von Svenjas Ableben weniger gravierend, als sich an Gott versündigt zu haben.

Nachdem Gerhard und Evi erfolgreich einen Kaffee und ein dazugehöriges Kaffee-Likörchen – »der Beli ist so teuer, der vom Aldi ist genauso gut« – abgewehrt hatten, machten sie sich erneut an die Untersuchung von Svenjas Wohnung. Da gab's nichts Spannendes. Vom Kühlschrank war ein Vakuum zu vermelden, ähnlich wie es in Gerhards Kühlschrank herrschte: ein abgelaufener Joghurt, eine angebrochene Milch, eine Flasche Wein, ein Glas Essiggurken, einige asiatische Chutneys. Auch das Schlafzimmer wirkte gesichtslos. An einer Kleiderstange, die von einem bunten Vorhang verborgen war, hingen Jeans, Latzhosen und Wanderjacken. Es gab ein Sommerkleid und ein Dirndl. Gerhard notierte zudem die wenigen weiblichen Kosmetika. Eine Gesichtscreme, gekauft bei Schlecker, ein Deo, Zahnbürste, Zahnpasta – das war's. Im Schuhschrank im Gang standen bis auf ein Paar schwarze Pumps nur praktische Schuhe wie Turnschuhe, Bergschuhe, Gummistiefel und braune Slipper. Auf dem Schreibtisch lagen alte Zeitungen.

Was er entdeckte, war ein Ordner mit offiziellen Dokumenten. Der war allerdings schon interessant – in zweierlei Hinsicht: Das Pflegeheim für den Vater kostete viertausendeinhundert Euro im Monat, wovon tausend aus einer Rente bestritten wurden. Den Rest bezahlte augenscheinlich Svenja, deren Gehalt ziemlich genau das Heim deckte. Wovon sie die Miete, Auto und sonstige Ausgaben zahlte, war nebulös. Ihr Konto jedenfalls wies dreitausendachthundert Miese aus, ein Sparbuch oder sonstige Geldanlagen gab es auf den ersten Blick keine. Bedenkenswert fand Gerhard zum Zweiten, dass in unregelmäßigen Abständen Geldsummen von zwei- bis dreitausend Euro auf das Konto geflossen waren.

»Frau Bodenmüller, hat Svenja ihre Miete immer pünktlich bezahlt?«, fragte Gerhard an die »Hausfrau« gewandt, die die Durchsuchung natürlich mit scharfem Blick überwacht und mehrfachem »Machen Sie fei nix kaputt!« kommentiert hatte.

»Ja, sicher, und immer bar«, strahlte sie.

Gerhard stutzte. »Kein Dauerauftrag oder so?«

»Nein, immer bar!«

Als sich Gerhard und Evi verabschiedeten, war es 23 Uhr geworden. Da es keine Verwandten gab, die man informieren musste, beschloss Gerhard, den Besuch beim Arbeitgeber von Svenja, Dr. Ostheimer, bis auf morgen zu verschieben.

Schweigend fuhr er zum Präsidium. Evi saß neben ihm, und so verbissen er auch geradeaus starrte, spürte er doch, dass sie ihn von der Seite ansah. Scheiße! Das Schuldgefühl, Evi wehzutun, wenn er sie jetzt nicht mehr »auf einen Kaffee« einlud, machte sich breit. Evi war attraktiv und sexy, und so ganz wollte er die ihm dargebotene offene Tür ja nicht zuschlagen. Scheiße! Als er neben Evis Auto, einem kleinen Micra, anhielt, murmelte er was von »extrem müde« und »morgen müssen wir ganz früh bei diesem Ostheimer sein«.

Evi stieg aus, ohne Gruß.

Auch am nächsten Morgen, als sie sich um 7 Uhr 30 trafen, war sie betont spröde und professionell. Ihre Augen sahen verquollen aus, sie wirkte übernächtigt. Als Gerhard in Nesselwang überraschend in den Hinterhof der Post einbog, hörte er Evis ersten Kommentar.

»Um die Zeit solltest nicht mal du Bier trinken!« Das kam so richtig giftig.

»Nein, aber einen Kaffee. Ohne Kaffee kann ich keinen klaren Gedanken fassen.«

Evis Blick besagte, dass sie an seinen klaren Gedanken von Haus aus zweifelte. Gerhard stürzte zwei schwarze Kaffee hinunter, Evi trank einen Kräutertee, und obwohl das ja nun reine Geschmackssache war, kam Gerhard schlagartig noch schlechter drauf. Wie konnte jemand Freitag in der Frühe Kräutertee trinken?

Die Praxis von Dr. Ostheimer lag im Ortsteil Dorf. Ein umgebautes Bauernhaus, in dessen ehemaligem Stall und Erdgeschoss die Praxis lag und in dessen erstem Stock sich eine Wohnung befand. Sie schien vermietet zu sein, zumindest stand Ostheimers Name nicht auf der Klingel. Dr. Ostheimer öffnete selbst. Er war ein großer, schwerer Mann mit einer Nase, die verriet, dass Ostheimer im Laufe seines Lebens das eine oder andere Schnäpschen zu viel gehabt hatte. Er reichte Gerhard eine schwielige Hand und nickte Evi zu.

»Polizei? Ja, was sonst?«, rief er ungehalten und so, als spräche er zu sich selbst und hätte die Existenz von Gerhard und Evi völlig vergessen. Dann ging ein Ruck durch den Mann. »Entschuldigen Sie, aber ich bin etwas neben der Spur. Ich habe heute früh von Svenjas Tod erfahren und«, er machte eine linkische Handbewegung, »kommen Sie rein, das da gefunden.«

Sie durchschritten einen Gang, der gleichzeitig als Empfangsraum diente, gingen durch einen Behandlungsraum und kamen in ein kleines Büro. Ostheimer deutete auf den Tisch. Dort lag ein Computerausdruck.

»Lieber Dr. Ostheimer, liebes Röschen. Ich hoffe auf euer Verständnis, aber ich kann so nicht weitermachen. Meine Schulden sind zu gewaltig, als dass ich damit noch ein integres Leben führen könnte. Es ist besser, ich mache Schluss. Ich danke euch für die schöne Zeit bei und mit euch. Svenja. P.S.: Beim Huberbauern bitte die drei Katzen unentgeltlich sterilisieren. Das hab ich ihm versprochen. Das wäre meine letzte Bitte.«

Gerhard sah Dr. Ostheimer fragend an.

»Ein Abschiedsbrief, oder wie sehen Sie das?«, fragte der Arzt in leicht aggressivem Ton. Und zum zweiten Mal entschuldigte er sich gleich wieder. »Ich bin etwas neben der Spur.« Er bat Gerhard und Evi in eine voll eingerichtete Küche, und dort saß eine kleine, völlig verheulte Frau.

»Röschen, äh, Rosemarie, meine Frau. Sie arbeitet auch in der Praxis. Sie pflegte ein sehr freundschaftliches Verhältnis zu Svenja und ist, und ist ...« Er zuckte mit den Schultern und wirkte, als könne er mit weinenden Frauen nun gar nichts anfangen.

Das klang bitter, dachte Gerhard. Hatten sich da die Damen gegen den Chef des Hauses zusammengerottet?

Röschen reichte Gerhard und Evi die Hand und schenkte den beiden zitternd und bebend Kaffee ein. Sie war zierlich, hatte einen modischen Kurzhaarschnitt, war circa fünfzig Jahre alt und hätte jünger gewirkt, wenn nicht die vielen kleinen Fältchen um ihren Mund gewesen wären. Sie war sehr gepflegt – und attraktiv. Sie strahlte etwas Echtes aus, etwas Ehrliches.

»Wenn sie uns doch was gesagt hätte! Wir hätten ihr doch geholfen. Nicht wahr, Karl?«

Ostheimer nickte.

»Wir müssen unbedingt diese Katzen kastrieren, Svenjas wegen.« Zu Gerhard und Evi gewandt, sagte sie: »So war sie. Ein großes Herz für Tiere. Für die Menschen hatte sie eher ambivalente Gefühle. Den Huber hat sie verabscheut, aber wegen der Tiere gab es für sie da kein Nachdenken. Die Kastration machst du noch heute, nicht wahr, Karl?«

Gerhard notierte einen leicht panischen Unterton.

Ostheimer nickte.

»Sie hatten also keine Ahnung von ihrer finanziellen Lage?«, fragte Gerhard in Richtung beider Ostheimers.

Er schüttelte den Kopf, und Röschen meinte: »Ich wusste schon, dass dieses Pflegeheim für den Vater astronomisch teuer war. Aber dass es so schlimm um sie stand …« Ostheimers Frau schluchzte auf.

Ostheimer legte ihr etwas ruppig die Hand auf die Schulter. Sekundenlang gefror sie zu absoluter Starre, dann weinte sie heftiger.

Evi förderte ein Taschentuch zutage, und Gerhard wandte sich an Ostheimer. »Ein Abschiedsbrief aus dem Computer? Ist das nicht etwas komisch?«

»Sie hat immer nur mit dem Computer geschrieben. Ihre Handschrift war absolut unleserlich.«

Gerhard warf einen Seitenblick auf Röschen, die sich soeben schnäuzte. Frau Ostheimer schniefte weiter und nickte.

»Gibt es irgendwelche Verwandten, die man informieren müsste? Oder einen Freund?«, wollte Evi wissen.

»Nur den Vater. Der ist, soweit ich weiß, schwerst dement. Ihre Eltern waren beide Einzelkinder. Ich weiß das, weil ich sie vor drei Jahren auf die Beerdigung ihrer Mutter begleitet habe. Es gab da aber eine entfernte Verwandte mit zwei Kindern. Ich würde mich gerne drum kümmern, wenn Ihnen das recht ist?« Frau Ostheimers Augen waren weit aufgerissen.

»Natürlich, danke, ich ...« Gerhard wurde durch sein Handy unterbrochen. Markus Holzapfel, ein Mitarbeiter im Büro, gab ein erstes Ergebnis der Obduktion durch. Die Leiche war gestern noch nach München verbracht worden, und nun erreichte Gerhard eine erste Einschätzung aus der Pathologie. Die Fingerabdrücke auf der Spritze waren die Svenjas, die Todesursache war eindeutig Euthanyl Forte gewesen. Die blauen Flecken waren älteren Datums, es gab nichts, was auf Gewalteinwirkung hindeutete. Die Blicke der drei anderen hingen an Gerhard, und er sah keine Veranlassung, das eben Gehörte zu verschweigen.

»Und die Beerdigung? Wir würden das gerne übernehmen, nicht wahr, Karl?«, fragte Frau Ostheimer.

Gerhard lächelte ihr zu. »Das wäre schön. Ich sage Ihnen Bescheid, wenn die Leiche freigegeben ist. Äh, noch eine Frage: Wieso ein Suizid in der Ruine?«

Ostheimer hatte bis dato fast unbeteiligt dagestanden. Jetzt durchschnitt seine kräftige Stimme den Raum.

»Sie mochte diese Ruine sehr. Sie ist da öfter mal in der

Mittagspause hin. Ach, Herr Weinzirl. Ich wirke auf Sie vielleicht etwas trampelig, aber mir geht das sehr nahe. Sehr! Ich habe doch letztlich versagt. Wir waren fachlich öfter mal unterschiedlicher Meinung, aber sie war eine sehr gute Ärztin. Ich hätte mehr auf die Nuancen achten sollen. Aber da bin ich nicht so gut.« Er sagte das mit einem vorsichtigen Blick auf seine Frau.

»Die Ruine?« Frau Ostheimer mischte sich ein. »Das wusste ich gar nicht! Das ist das Tragische: Man glaubt, einen Menschen zu kennen, und dann spürt man, dass noch so viele Dinge unausgesprochen geblieben sind«, sagte sie so tieftraurig, als gäbe es nie wieder eine Chance, dem Dunkel zu entfliehen. Und erneut drückte Ostheimer ungeschlacht ihre Hand.

»Und nun?«, fragte Evi, als sie draußen waren.

»Nun wird ein Mal ein ganz normales Wochenende stattfinden. Ich werde eine Zweitagestour von Oberstdorf nach Warth machen. Nur mein Bike und ich.« Und als er es ausgesprochen hatte, spürte er schon, wie das auf Evi wirken musste. Nur mein Bike und ich.

»Na, dann viel Spaß in dieser trauten Zweisamkeit!«, rotzte ihm Evi noch hin, und das war auch das Letzte, was sie bis Feierabend mit ihm redete.

3. Jo war am Samstag um 7 Uhr 30 aufgewacht. Sie angelte mit den Zehen nach ihren Walk-Pantoffeln, schlüpfte schlaftrunken hinein und schrie auf. Etwas Metallisches bohrte sich in ihre Zehen.

»Bianchi, du Unglücksweib!«, fluchte sie.

Bianchi hatte nun mal den ihr tief innewohnenden Auftrag, sämtliche Kronkorken und Mineralwasser-Schraubverschlüsse in Schuhe einzuarbeiten. Und da Jo Flaschen nie akkurat verschloss, popelte sie die Deckel runter und kam ihrer Sendung nach. Jetzt saß sie im Türrahmen und schaute Jo hochinteressiert zu. Die riesigen grünen Augen kugelrund, ein hinreißendes Babyface, dem man nicht böse sein konnte. Jo bewarf sie mit dem Verschluss, den Bianchi begeistert durch den Gang trieb, und dann trat sie so »geschickt« auf die Kante des Wassernapfs, dass er hochschoss und den Gang überflutete.

Nachdem Jo aufgewischt hatte, endlich am Küchentisch saß und Bianchi ihre nassen Pfoten überaus beleidigt geputzt hatte, kehrte langsam Ruhe ein. Jo bekämpfte die Zeitung mehr, als dass sie vernünftig umgeblättert hätte. Das Allgäuer Anzeigenblatt war binnen Minuten zerfleddert. Jo überflog die Seiten, als ihr der Polizeibericht ins Auge stach. Eine kurze Meldung besagte, dass eine einundvierzigjährige Tierärztin aus Pfronten tot in Eisenberg aufgefunden worden war.

Svenja? Jo zuckte zusammen. Ihr erster Impuls war es, Gerhard anzurufen. Als sie Handynummer halb gewählt hatte, ließ sie das Telefon sinken und legte es auf den Tisch zurück. Sie hatte Gerhard seit bald sechs Monaten nicht gesehen. Ihre alte Freundin Andrea, die in Berlin lebte, hatte ihr verklickert, dass Gerhard wenig Wert auf Anrufe legen würde. Und auch Andrea selbst war unterkühlt und sachlich gewesen. Wie bei der Vermittlung eines Versicherungsvertrags – nicht wie uralte Freundinnen. Natürlich wusste Jo, dass es unfair gewesen war, drei Monate einfach zu verschwinden. Hätten ihre Freunde nicht verstehen müssen, wie wichtig ihre Auszeit gewesen war? Sie hatte immerhin ihre Tiere im Stich gelassen und Resi Gschwendtner anvertraut. Für Jo war das so, als hätte sie ihre Kinder zur Adoption freigegeben. Das hätte Andrea doch spüren müssen und Gerhard auch, dachte sie trotzig.

Stattdessen rief sie Svenja auf dem Handy an. Mobilbox! Dann wählte sie die Nummer der Praxis, von der sie wusste, dass sie Samstagvormittag geöffnet war. Besetzt! Immer wieder versuchte sie es, bis eine gequälte Stimme sich meldete. »Praxis Doktor Ostheimer.«

»Grüß Gott. Kann ich bitte Svenja sprechen?«

Am anderen Ende war eine Art Schluchzen zu hören. »Leider nein, Frau Doktor Gudmundsdottir ist leider nicht mehr bei uns. Sie ...«

»Frau Ostheimer? Hier ist Jo Kennerknecht. Was um Himmels willen ist mit Svenja? War sie die Tote aus der Zeitung?«

»Ach, Frau Doktor Kennerknecht. Die Polizei hat mir gesagt, ich soll Ausreden erfinden. Aber Sie, Sie sind doch, waren doch eine Freundin …«, schluchzte es lauter.

»Ist sie tot?« Jo flüsterte.

Röschen Ostheimer weinte jetzt richtig. »Ja, sie ist tot. Sie hat sich umgebracht. Auf ihrem Schreibtisch hier in der Praxis lag ein Abschiedsbrief. Gestern war die Polizei da. Darin steht, dass ihr die Schulden über den Kopf wachsen.« Das Weinen schwoll an. »Wenn sie uns was gesagt hätte, wir hätten ihr doch geholfen! Haben Sie denn auch nichts gewusst?«

Durch Jos Kopf schossen sekundenlang Bilder von Svenja, schnelle Bildschnitte, Einstellungen ohne Zusammenhang. Details, die unwichtig und sinnlos waren und sich wild überkugelten in Reihenfolge und Zusammenhang. Sie sah den alten rostigen Pick-up, der vor Jos Haus am Hang geparkt hatte. Svenja in der Praxis, wie sie auch hysterische Tierbesitzer beruhigen konnte. Svenjas ärmelloses grünes T-Shirt mit dazu passendem riesigem grünem Fleck am Oberarm. Falco, der ihren Arm abgeleckt hatte. Bianchi auf Svenjas Schoß. Svenja ohne Sattel auf Falco sitzend. Einige leere Röhrchen Cavalon-Impfstoff, die Svenja am Klo vergessen hatte. Die immer vergessliche Svenja!

»Frau Ostheimer, das glaube ich nicht. Svenja bringt sich doch nicht um! Svenja doch nicht.«

»Ich fasse es ja auch nicht, aber es ist wohl so. Sie hat sich sozusagen, nein, das ist einfach zu grausam, sie hat sich selbst eingeschläfert.«

Als Jo aufgelegt hatte, raste ihr Herz. Ihr war übel, so übel, dass sie nahe dran war, den Kaffee zu erbrechen. Svenja, die brachte sich doch nicht um! Svenja, die immer Tensolvet auf ihre blauen Flecken geschmiert hatte. Jo wurde immer übler. Svenja, burschikos, chaotisch, grenzenlos optimistisch, vergesslich – die brachte sich einfach nicht um!

Vergesslich! Plötzlich fiel Jo das Notizbuch ein. Sie hatte es in ein Bücherregal gestopft. Als sie es herausnahm, traten ihr Tränen in die Augen. War das nun alles, was ihr von einer Freundin geblieben war? Das Gefühl kam jäh und schmerzlich: Svenja war eine Freundin gewesen. Nicht bloß ein Kumpel. Sie hatten das nur nie definiert, aber Svenja war die einzige Freundin in den letzten Monaten gewesen, seit Jo mit Gerhard keinen Kontakt mehr hatte. Fast widerwillig, so als beginge sie ein Verbrechen, schlug sie das Buch auf. Eine weiße Seite. Sie blätterte. Weitere weiße Seiten. Sie hatte Svenjas Worte noch im Ohr, dass es wichtig sei. Ein leeres Buch? Jo blätterte erneut, und erst dann bemerkte sie, dass hinten im kartonierten Einband eine Vertiefung war, über der ein Löschblatt irgendwie verklebt war. Jo trennte das Blatt ab und war einigermaßen verwundert, dass eine CD-ROM zum Vorschein kam.

Jo schaltete ihren Laptop ein und konnte es kaum abwarten, bis der hochlief. Das dauerte ja Ewigkeiten! Ja, Passwort, jetzt friss es schon! Virenscanner, ja doch. Mensch, das dauerte. Endlich konnte sie eine Datei namens »Ochsentour« öffnen. Was sie da las, hätte indes auch Spanisch, Chinesisch oder Zulu sein können. Merkwürdige Nummern, und dahinter waren augenscheinlich Medikamente verzeichnet. Die Listen, das war Jo allerdings klar, schienen direkt aus dem Praxiscomputer heruntergeladen worden zu sein. Sie hatten ein Praxislogo in der oberen Ecke. Und noch eins war ihr klar: Sie musste in die Praxis von Ostheimer, obwohl sie nicht recht wusste, was genau sie zu finden hoffte. Aber diese CD war gewissermaßen Svenjas Vermächtnis. Jo wusste es selbst: Sie neigte zu Aktionismus, sie preschte durchs Leben. In die Praxis zu gehen klang einfach. Aber wie sollte sie das bewerkstelligen? Einbrechen?

Und da fiel ihr Banjo ein. Er huschte als Bild vorbei wie in einem Musikvideo. Banjo – nicht etwa Benni oder Bangy, nein, Banjo, der eigentlich Benedikt hieß und ein Meister auf allen möglichen exotischen Instrumenten war – inklusive des Diggeridoos und des Banjos natürlich. Er hatte, achtzehnjährig, den Kopf voller Dreadlocks und voller Flausen, wie der Bürgermeister damals angewidert gesagt hatte, um ein Praktikum im Tourismusverband gebeten. Er war gerade aus Australien zurückgekommen und hatte sechs Monate in einem Backpackers in Noosa Heads gearbeitet.

Jo hatte ihn klasse gefunden, er war keines dieser Nesthockerkids, die lieber bei Mama bleiben, ihre Heimatstadt nie verlassen, an Frühvergreisung leiden und im Kopf älter sind als so mancher Sechzigjährige. Keiner dieser Jungbanker, die sich hinter der Rüstung ihrer Einheits-Büro-Kleidung verbergen. Und obwohl »der verlauste Freak« – O-Ton Bürgermeister – nicht mal ein Abitur besaß, hatte Jo sein Praktikum durchgesetzt. Mit Erfolg: Heute war Banjo fünfundzwanzig, hatte keine Dreads mehr, und das, was Reaktionäre als Flausen abgetan hatten, setzte er in einem großen Wellnesshotel im Tannheimer Tal als Activity-Manager um. Was er hoffentlich nicht mehr umsetzte, war sein Geschick – in Aussieland erworben –, Wohnungen aufzubrechen und zu hacken.

Im ersten Moment kam es Jo ungeheuerlich vor, was sie

dachte. Banjo sollte für sie Ostheimers Büro aufbrechen und dem Computer seine intimen Details entlocken. Das war kriminell, und hätte nicht die große Eiszeit zwischen ihr und Gerhard geherrscht, hätte sie ihn natürlich ins Vertrauen gezogen. Aber da war etwas in ihr, das übermächtig wurde. Sie musste Svenjas Geheimnis entschlüsseln, dann konnte sie immer noch Gerhard anrufen. Es war ein bisschen Selbstberuhigung und Selbstbetrug, und bevor sie sich es anders überlegen würde, griff sie schnell zum Telefon.

Jo hatte Glück. Banjo war da, und nach kurzem Geplänkel kam Jo zur Sache. Sie erzählte von Svenjas Tod, eindringlich schilderte sie Svenjas Charakter und erklärte Banjo immer wieder, dass sie sich niemals umgebracht hätte. Jo redete von der CD-ROM und davon, dass sie in Ostheimers Büro müsse. Sie zögerte etwas. »Banjo, ich kenne keinen außer dir, der da reinkommt und den Computer knacken kann! Bitte, du musst mir helfen.«

Banjo klang zweifelnd. »Mensch Jo, geh zur Polizei! Du bist doch nicht in einem schlechten Kriminalfilm.«

Jo zögerte. »Im Prinzip hast du Recht, aber du musst mir einfach glauben, dass ich nicht zur Bullerei kann. Nicht in dem Fall.«

»Trotzdem! Das kann ich nicht machen. Ich bin jetzt seriös. Ich meine, 'nen Bruch und dann noch 'nen PC knacken!«, sagte Banjo.

»Komm, wer, wenn nicht du!« Jo legte alle Inbrunst in ihre Stimme.

»Ich weiß nicht, ob das jetzt 'ne Beleidigung ist oder eher ein Kompliment.«

Jo konnte sich sein verschmitztes Gesicht vorstellen.

»Ein Kompliment, ich verbeuge mich vor deiner Kunst. Banjo, ich muss wissen, was in dem PC steht. Svenja hat sich nie und nimmer selber umgebracht. Banjo, ich hab dir auch mal geholfen.«

»Ja, aber das sind zwei Paar Stiefel. Ich kann das echt nicht. Auch Hacken ist 'ne schnelllebige Branche. Bin aus der Übung, aber vielleicht ...«

»Vielleicht? Was? Banjo, bitte!« Jo überschlug sich fast.

»Laszlo, unser ungarischer Koch. Der ist eigentlich Informatiker und will in Budapest weiterstudieren, sobald er genug Geld hat. Er ist brillant. Ich meine, wegen seiner Palatschinken, aber auch als Hacker«, sagte Banjo gedehnt.

»Frag ihn, bitte! Erklär ihm, um was es geht.« Jos Euphorie wuchs.

»So einfach ist das nicht. Er macht das nur, wenn du ihm sympathisch bist. Du musst mit ihm reden. Es gibt eigentlich nur eine Chance ...«

»Welche?« Jo war aufgesprungen.

»Wir machen heute Abend eine ungarische Nacht für Hotelstaff und einige geladene Tourismusprominenz auf dem Adlerhorst. Es gibt eine gemeinsame Wanderung von Haller aus hinauf, und für den Abstieg ist der Weg dann mit Fackeln markiert. Romantisch, oder? Ich lad dich ein, sozusagen grenzüberschreitend und weil du ja schließlich meine erste Mäzenin warst.«

»Banjo, meinst du nicht, das ist ein bisschen lächerlich? So, als hättest du deine Mama eingeladen. Da ist doch sicher nur Hotel-Jungvolk da«, wandte Jo ein.

»Och, da hätte ich aber 'ne scharfe Mama.« Banjo lachte laut auf.

»Komm, du hast mich Jahre nicht mehr gesehen.«

»Also Jo, vergiss deine Midlife-Crisis. Da sind Leute von sechzehn bis sechzig da! Also auch Leute in deinem hohen Alter. Kommst du?«

Natürlich kam Jo, was hätte sie auch sonst tun können? Sie wählte den Weg über Pfronten und fuhr einen kleinen Schlenker durchs Dorf langsam an der Praxis vorbei. Sie betrachtete die Wohnung im ersten Stock. Sie wusste zwar, dass die Ostheimers in Halden wohnten, dort, wo die Villen gemessen und still ruhten, aber jemand wohnte im Haus. Das machte die Sache nicht einfacher. Entgegen ihrer sonstigen Gewohnheit, eine Anwärterin für Bergrennen oder für die Tourenwagenklasse zu werden, kroch Jo geradezu dahin. Zeit schinden. Nachdenken.

Stetig stieg die Straße an, bis sie schließlich in Grän den breiten Talboden erreichte. Auf rund elfhundert Metern gelegen, gut dreihundert Meter höher als das Lechtal oder das obere Illertal, war dies ein weites, anmutiges Tal, eins fürs Auge, keine enge Klamm – kein Wunder, dass Touristen sich hier so wohl fühlten. Aber dahinter zeigte es die Zähne, kühne Felszacken nämlich, Zähne aus Wettersteinkalk, verwittert zu bizarren Formen. Das Massiv der Roten Flüh faszinierte Jo jedes Mal: Stürzende Wände im Süden, nach Norden reckte sich der Felsturm des Gimpel, nach Westen waren kühne Vorsprünge zu sehen. Was für ein Berg! Jo parkte in Haller und stieg langsam bergan.

Die Party war in vollem Gange. Überall standen Leute mit Sekt- und Biergläsern. Selbst auf dieser Höhe war es immer noch mild. Banjo war nicht zu sehen. Sie betrat die Hütte, und sie entdeckte ihn. Er arrangierte gerade etwas an dem gigantischen Büfett. Er sah sie und kam ihr entgegen, umarmte sie, grinste. Jo drückte ihn ein wenig von sich weg und betrachtete ihn. Gut sah er aus mit einem Kurzhaarschnitt. Er hatte wohl viel Sport getrieben in den letzten Monaten. Banjo wirkte athletischer als früher. Er war einfach süß. Das schienen zwei sehr hübsche Mädels auch zu finden, die argwöhnisch herüberschauten.

»Hey, meine scharfe Mama!«, rief Banjo.

Jo knuffte ihn in die Seite. Banjo war unverbesserlich und neben seinem ansprechenden Äußeren eben einfach eine göttliche Type. Sie wurde vorgestellt, Small Talk mal hier, mal da, bis Banjo nach etwa einer Stunde wiederkam. Im Schlepptau hatte er einen jungen Mann. Der war groß, ziemlich groß, hatte melancholische Augen, hohe Wangenknochen, und seine schwarzen Haare fielen ihm über die Augen. Seine Nase war ebenmäßig, er war sehr blass und sehr schön. Ein wirklich schöner Mann!

»Laszlo, das ist Johanna Kennerknecht, Tourismusdirektorin vom Immenstädter Oberland. Jo, das ist Laszlo.« Banjo hätte für jedes Benimmbuch Modell stehen können.

Laszlo sagte nichts, er schaute ihr in die Augen. Lange. Dann sagte er: »Gyere.«

Jo verstand kein Wort Ungarisch, aber der Klang seiner Stimme bedeutete: »Komm!«

Sie gingen vor die Tür, und Jo folgte ihm draußen ein Stückchen auf dem Weg an der Hangschulter entlang. Sie setzen sich auf einen Felsen. Laszlo drückte ihr ein Glas Wein in die Hand.

»Banjo hat mir erzählt, dass du ein Problem hast.« Sein Akzent war hinreißend. »Erzähle!«

Jo begann leise zu reden, von Svenja, von ihren Träumen, ihrer Stärke und Kraft. Von der CD-ROM. »Sie hätte sich nie umgebracht!«

Er saß da und sah ihr lange in die Augen. »Das ist dir sehr wichtig?«

»Ja, sehr. Es ist …« Plötzlich wurde sie gewahr, dass er etwas in ihrem Inneren anrührte und zum Klingen brachte. Sie wusste, dass sie ihre Worte sehr sorgfältig wählen musste, sie, die doch einfach nur heraussprudelte aus ihrem übervollen Herzen. Ihr Mundwerk war so oft schneller als ihr Denkapparat. »Svenja war großartig und großzügig. Sie war niemals arrogant. Sie war realistisch dem Leben gegenüber. Ihr hatte es gereicht, wenn der Schrecken der Jahre ab und an zu einem Flüstern geronnen ist. Verstehst du?«

Er nickte. »Ich verstehe dich sehr gut sogar. Besser, als du ermessen kannst. Ich werde dir helfen. Lass uns später weiterreden.« Er legte seine Hand kurz auf ihre Schulter und stand auf.

Später am Abend stand er am Büfett, und sein Blick streifte sie. Jo stand in einer Runde von Touristikern. Diese anderen, aus deren Mündern laut lärmend Marketingphrasen blubberten, wurden Jo unerträglich in ihrer akademisch-theoretischen Arroganz. Sie begann, sich zu verabschieden, als Laszlo dazukam und sagte: »Ich bring dich.«

Sie marschierten schweigend, die Fackeln warfen bizarre Lichtreflexe auf die Felsen, ein Käuzchen schrie. Ein lange verloren geglaubtes Gefühl war wieder da, Jo war einzig auf die Tatsache des Da-Seins reduziert. Das war Bergmagie, so, wie sie das zum letzten Mal auf der Via Spluga, einem Weitwanderweg in Graubünden, erlebt hatte.

In Haller schlenderte Laszlo Richtung See, und sie schlenderte hinterher. Mondlicht lag über dem Wasser und eine Luft, die man schmecken, fühlen und riechen konnte. Sie setzten sich ans Ufer und sahen den Wellen zu.

»Die Wellen müssen wohl jemanden haben, der sie an die Hand nimmt, so eilig wie sie es haben und so vertrauensvoll, wie sie zurücklaufen«, sagte Laszlo. Dann sagte er nochmals »Gyere«, nahm Jo bei der Hand, und sie folgte ihm zu seinem Auto, einem Seat mit ungarischem Kennzeichen. Sie fuhren zurück zum Hotel. In Laszlos Dachkammer im Mitarbeitertrakt war es sehr heiß, aber ein lauer, sachter Wind bewegte die Vorhänge.

»Das Leben ist nicht fair«, sagte Laszlo und streichelte vorsichtig Jos Gesicht. »Es wird nie fair sein. Manche leiden mehr darunter. Du leidest weniger für dich als für andere. Du zeigst so viel Stärke nach außen. Hast du jemanden, wo du auch mal schwach sein kannst?«

Jo war betroffen. Laszlo kannte sie gerade mal einige Stunden, wieso sagte er so was? Er schaute sie immer noch fragend an.

»Manchmal, selten …«, murmelte Jo.

»Dann ist heute manchmal«, sagte er und begann sanft ihren Nacken zu massieren. »Gib nach, du drückst dagegen. Du stemmst dich viel zu sehr gegen das Leben.« Und als sein kreisender Daumen über ihre Wirbelsäule tiefer wanderte, gab sie auf.

Als Jo gegen fünf Uhr aufwachte, hatte sie so gut geschlafen wie schon lange nicht mehr. Laszlo lag auf dem Bauch, nur mit einem Laken zugedeckt, und atmete gleichmäßig. Und auf einmal war ihr unwohl. Sie hatten kein Wort geredet, und da lag nun dieser schöne, sanfte, schweigende Mann, und Jo fühlte eine Beklemmung. Was störte sie denn? Koketterie von der üblen Sorte: Na, wie war ich denn? Oder diese lästigen Gedankenteufelchen: Ob er dachte, dass sie mit ihm geschlafen hatte, weil sie ihn damit ködern wollte, Ostheimers PC zu knacken. Wieso hatte sie solche Gedanken, und was wollte sie eigentlich über ihn wissen? Welche Hobbys er hat. Ob er ein Instrument spielt, unter welchem Sternzeichen er geboren ist und wie er so lebt. Freundin, Verlobte, Frau in seiner fernen Heimat. Sein Vorleben und ob sie heute Abend zusammen essen gehen würden. Dabei hatte sie einige Stunden ganz ohne ihre Ratio überlebt. Er hatte schon Recht: Sie stemmte sich viel zu sehr gegen das Leben.

Laszlo schlug die Augen auf, stützte sich auf seinen Ellenbogen und lächelte sie an. Er hatte ein Grübchen am Kinn. Sein langer Oberkörper war glatt rasiert, der Oberkörper eines Schwimmers. Er küsste sie ganz sanft auf die Stirn und ging zu einem Vorhang in der Dachschräge. Seine Beine waren lang, sein Po fest, seinen Hüften extrem schmal im Verhältnis zu seinem breiten Rücken. Hatte Banjo nicht auch etwas von einem ungarischen Studentenmeister im Schwimmen gesagt? Laszlo hantierte ein wenig herum und kam dann wieder retour mit zwei kleinen Tassen rabenschwarzen Kaffees.

Jo hatte sich aufgesetzt, die Decke fast unters Kinn geklemmt. Er war so schön, ein Adonis, ein Gott! Sie kam sich so unzulänglich vor und zog unwillkürlich den Bauch ein. Und sie musste an Svenja denken, die ihr einmal die Vorzüge des Vierzig-Seins erklärt hatte: »Du kannst dir einen Lover suchen, der fünfundzwanzig ist, knackig und ein bisschen aufgeregt, oder einen von fünfundfünfzig, nicht mehr so knackig, aber sehr behutsam. Das ist perfekt.« Svenja, die allem etwas Positives hatte abgewinnen können. Die tot sein sollte. Jo wurde das Schweigen unerträglich.

»Laszlo, ich … Nicht, dass du jetzt meinst, ich hätte wegen Svenja …«, stammelte sie.

Laszlo legte ihr einen Finger auf die Lippen und schüttelte den Kopf ganz sachte. Der Finger verhakte sich in der Decke und zog sie herunter. Jo schloss die Augen.

Als sie in sein Auto stiegen, war es sechs Uhr. Er fuhr sie zu ihrem Wagen, und als sie ausstieg, war da wieder dieser weiche Blick, der ihr die Berechtigung zum Leben verlieh. Er hatte noch immer kein einziges Wort gesprochen. Kurz bevor sie die Tür zuschlug, beugte er sich über den Beifahrersitz.

»Heute Nacht um halb zwei am Haus des Gastes. Es ist eine gute Nacht. Die von Sonntag auf Montag. Die Menschen gehen früher zu Bett als am Wochenende. Zwei ist eine gute Zeit, aber wir müssen spätestens um halb vier wieder weg sein. Schlaflose wachen da auf, Schichtarbeiter womöglich auch schon, Bäcker und Bauern. Trag Turnschuhe und was Dunkles.«

Jo war um halb acht zu Hause. Sie hatte die Schuhe vor der Tür abgestreift und trat in etwas Weiches. Mümmel, die kein Trockenfutter vertrug, hatte sich wahrscheinlich Selbiges bis zum Anschlag reingestopft und dann in den Gang gekotzt. Natürlich nicht auf die leicht abwischbaren Bodenfliesen, sondern auf die Fleckerlteppiche. Was war Jo auch die Nacht über weggeblieben! Bianchi, die nichts in einer normalen Geschwindigkeit tun konnte, kam aus der Küche galoppiert und schlitterte, weil Jo die Fleckerlteppiche weggenommen hatte, über die Fliesen. Sie konnte gerade noch ein Bremsmanöver einleiten, indem sie sich in Jos nackten Fuß krallte. Welcome home! Sie stand da noch mit ihren Teppichen und starrte auf ein kleines Blutbächlein auf ihrem Fuß, als eine aufgeregte Resi Gschwendtner hereineilte.

»Deine Ross sind ausgebrochen! Der Hias isch bluatsnarrat!«

Jo war hellwach.

»Wo sind sie hin?«

»Den Hellen und die alt Stute hond mir wieder eigfanga, aber dia Klui, die verwisch i it. Des isch a kluiner Deifel!«

Jo folgte Resi und sah Fjölla schon von weitem. Sie tat sich auf einer von Hias' Wiesen gütlich. Die hatte kein anderes Gras als die eigene, aber sie war nun mal außerhalb des Zaunes. Das reichte Fjölla. Jo warf etwas Pferdemüsli in einen Eimer und schepperte damit. Der Pferdekopf ruckte hoch. Dann folgte ein hohes Wiehern, und Fjölla kam angaloppiert. Jo warf ihr ein Halfter über und zuckte mit den Schultern.

»Ohne Bestechung ist da nichts zu machen. Haben die was kaputtgemacht?«

Resi wiegte den Kopf hin und her. »Mei, der Zaun war hi. I hon ihn gricht. Des isch scho räacht so.«

Jo bedankte sich überschwänglich, brachte Fjölla in ihre Koppel zurück und wollte Resi für ihre Mühe eine Flasche Rotwein aus dem Keller holen. Sie war gerade die steile Treppe wieder oben, als sie im Halbdunkeln über Kater Moebius fiel. Welcome home again! Der Kater hatte sie auch begrüßen wollen. Nachdem die Scherben aufgesammelt waren, der Rotwein aufgewischt war und Resi eine zweite Flasche bekommen hatte, war es halb zehn, und Jo konnte sich endlich einen Cappuccino machen. Gott, der Tag war ja noch ewig lang! Es war eine klassische Übersprungshandlung, dass Jo beschloss, ihr Haus zu putzen. Eine wunderbare Sonntagsbeschäftigung! Bianchi jagte den Wischmopp – es war eine kleine Idylle.

Nach einem ausgedehnten Ritt mit Fenja nahm Jo ein ausschweifendes Bad, bis ihre Finger so schrumplig waren wie die Finger eines Waldtrolls. Es war immer noch nicht mal ansatzweise Nacht! Jo schaltete den Fernseher ein und startete eine Zapp-Orgie durch die Abgründe der Fernsehunterhaltung. Jo, die sehr selten fernsah, hatte mehrfach das Gefühl, sie wäre irgendwann eingefroren und nun Jahre später wieder aufgetaut worden. Oder aber sie hatte eine Zeitreise unternommen. Das Vorabend-Fernsehprogramm war ihr komplett fremd. Da baute eine moppelige Frau einfach die Wohnungen von unbescholtenen Menschen um, da tobte eine deutsch-türkische Familie voller überzeichneter Gestalten aus dem Klischee-Panoptikum über den Bildschirm. Aber was am schlimmsten war: Die Mainzelmännchen, Ikonen ihrer Kindheit, sahen aus wie ein japanischer Comic. Sie waren schlank, trendy, sportlich. Wo waren die dicklichen Kerlchen, die tollpatschig über den Bildschirm gepurzelt waren? Sie wirkten, als ob sie eine Boygroup gründen wollten – vielleicht als Vorgruppe von Jeanette oder Yvonne Catterfeld. Sie hätten sich auch bei Verbotene Liebe oder GZSZ bewerben können – nur Mainzelmännchen waren sie keine mehr. Was für eine verkehrte Welt! Sie zappte weiter, nahm gar nicht wahr, was sie da alles so sah. Endlich, um halb eins, konnte Jo losfahren.

Jo hatte ihr Auto vor der Eisdiele geparkt. Es war eine helle Nacht. Der Mond legte ein milchig weißes Laken über die Berge und die Häuser. Ab und zu schob sich eine Wolke vor den Mond. Als eine Katze vor Jos Füßen vorbeihuschte, hatte sie fast eine Panikattacke. Sie atmete heftig, lehnte sich gegen eine Wand und sah zum Himmel. Komisch, dachte sie, wir reden oft so schnell dahin. Mir ist fast das Herz stehen geblieben. Wir blicken ins Publikum und lachen. Und dabei gibt es Situationen, in denen das Herz für Sekunden seinen Dienst versagt. So wie jetzt eben. Wir sind unvorsichtig mit Worten, wir sind unsensibel nur auf Effekte bedacht. Ich bin untröstlich – wie oft hatte sie das mit einem ironischen Grinsen gesagt. Aber nun war sie wirklich untröstlich über Svenjas Tod – es gab keinen Trost. Nicht jetzt, nicht später. Es gab nur diesen alles überstrahlenden Willen, Svenjas Geheimnis zu entschlüsseln. Der Welt zu beweisen, dass das kein Suizid gewesen sein konnte. Dieser Wille war mächtig und stärker als die Angst, die Jo empfand.

Plötzlich glitt Laszlo aus dem Schatten heraus, katzengleich, geschmeidig. Er drückte ganz kurz ihre Schulter. Jo ging voran. Am Käsladen der Trenkles bogen sie ab, und Jo erinnerte sich an Svenjas Begeisterung für deren Ziegenhof.

»So muss man Tiere halten«, hatte sie gesagt. »Das sind keine Träumer, die wollen Geld verdienen, müssen Geld verdienen, tun es auch, aber nicht auf Kosten der Tiere.« Svenja regierte Jos Gedanken. Sie war, ja sie war untröstlich. Jetzt, wo Svenja tot war, spürte Jo, was für einen Menschen sie da verloren hatte.

Als sie vor der Praxis standen, ließ Laszlo den Blick auf und ab gleiten. Das Haus hatte eine Tür an der Giebelseite und eine zur Straße, die der Praxiseingang war und wohl nachträglich eingebaut worden war. Über ihren Köpfen lief ein Balkon um das ganze Anwesen.

»Wohnt oben jemand?«, fragte Laszlo leise. Er war absolut ruhig, verströmte diese Ruhe und umfing Jo damit.

»Ich weiß es nicht. Gehen wir besser davon aus.«

Laszlo dirigierte Jo auf die Gartenseite. Er hob ein Kellergitter hoch und glitt in den Schacht. Die Geräusche, die zu Jo drangen, waren nicht viel lauter als die eines Igels, der durch die Nacht raschelt. Er streckte den Kopf heraus. »Gyere«, sagte er sanft. Er hatte das Kellerfenster ausgehängt, wie, wollte Jo gar nicht wissen. Sie kroch hindurch und schaltete ihre Stirnlampe ein. Sie befanden sich im Heizungskeller. Laszlo hatte das Gitter und das Fenster wieder an Ort und Stelle verbracht. Sie kletterten eine steile hölzerne Kellertreppe hinauf. Vorsichtig drückte Laszlo die Klinke – versperrt. Jo folgte seinen Bewegungen fasziniert. Nichts war überflüssig oder hektisch. Auf der Innenseite fiel der Schlüssel mit einem Klirren zu Boden, etwa dreißig Sekunden später hatte Laszlo die Tür mit einem Dietrich geöffnet. Sie standen am Ende des Hausgangs, links lagen die Behandlungsräume, rechts die Büros.

Laszlo nahm am Schreibtisch Platz, so, als täte er das täglich. Er lächelte. »So, dann wollen wir das Baby mal in Gang setzen«, sagte er und wandte sich dem Computer zu. Es dauerte eine Weile, bis er aufsah. »Er hat, was zu erwarten war, ein Passwort. Ich kann das unter Umständen umgehen, aber wenn wir's hätten, ging's schneller. Hast du 'ne Idee? Wie heißt seine Frau?«

»Rosemarie oder Röschen.«

Laszlo hackte. »Da tut sich nichts. Mit seinem eigenen Namen auch nicht. Also Tiere?«

»Er hat einen Jagdhund, soweit ich weiß«, überlegte Jo.

»Name?«

»Rambo, glaube ich.«

»Na, sehr passend. Rambo frisst der Computer auch nicht.« Laszlo probierte eine Weile weiter. Dann grinste er. »Der Mensch ist ja so was von berechenbar. Voilà, da haben wir ihn. M-A-B-O-R.«

»Wie?«

»Na ja, ganz Gescheite oder solche, die sich dafür halten, nehmen den Begriff rückwärts oder verwirbeln die Buchstaben. Obmar war's nicht, Bomar auch nicht, genauso wenig wie Ambor. Aber Mabor.« Laszlo wirkte so locker, als gehöre das zu seinem Tagesgeschäft.

Seine Hände tanzten über die Tasten.

»Jetzt sag schon!« Jo war im Gegensatz zu ihm aufgeregt wie ein Kind vor Weihnachten.

»No it hudla, wie ihr im Allgäu sagt.« Das klang mit Laszlos ungarischem Akzent mehr als spaßig.

»Ich hudle nicht, jetzt sag schon!«

»Ich finde nichts!«

»Wie, nichts? Du musst was finden.« Jo vergaß, leise zu sprechen.

»Nicht in diesem PC. Hatte Svenja denn auch einen?«, fragte Laszlo schließlich.

»Keine Ahnung. Aber da drüben steht einer.« Jo deutete auf den nächsten Raum.

Laszlo glitt von seinem Stuhl und ließ den PC im Nebenraum hochlaufen. Der bot seine Dienste ohne Passwort an. Nach einigen Minuten, die Jo so gespannt verfolgte, dass ihr Nacken ganz verspannt war, sah Laszlo ihr ins Gesicht und sagte:

»So, da haben wir die Liste von deiner CD. Also, wie ich das verstehe, sind die Nummern Ohrmarkennummern von Tieren. Hier gibt es eine Zusatzliste mit Namen, ich nehme an, von Besitzern. So, und da ist nun eine weitere merkwürdige Aufstellung: Lolek-Hias hervorgegangen Hias, Bolek-Winnie hervorgegangen Winnie und so weiter.«

Jo dachte nach. Lolek-Hias hervorgegangen? So ein Schmarrn. Was konnte gemeint sein? Nach längerem Überlegen mutmaßte sie: »Laszlo, da geht es womöglich um ein Rennen. Lolek gegen Hias, ein Rennen im K.-o.-System. Ein Pferderennen vielleicht?«

»Komm, du als Pferdefrau! Kein Rennpferd heißt Hias! Hias heißt, heißt ...« Laszlo überlegte. »Vielleicht ein Ziegenbock?«

»Es gibt keine Ziegenrennen! Es gibt, es gibt ... Ochsenrennen! Das ist ein Ochsenrennen. Versuch es mal mit dieser Arbeitshypothese.«

Wieder verstrichen Minuten, bis Laszlo triumphierend sagte: »Im Juli gab es in Tauting ein Ochsenrennen. Gewonnen hat ein Ochse namens Jeronimo. So – und wenn wir nun wieder auf Liste eins gehen: Jeronimo taucht da nie auf im Zusammenhang mit Medikamentengaben. Aber bei Hias und Winnie ist mehrfach Adrenalin in verschiedenen Dosierungen verzeichnet. Dann steht da Rompun bei beiden – auch in verschiedenen Dosierungen. Entschuldige, aber das ist mir alles zu hoch. Da steh ich wie der Ochs vorm Berg. So sagt ihr doch in Deutschland, wenn ihr nicht mehr weiterwisst?«

»Adrenalin ist … na ja, eben Adrenalin«, rief Jo, der es inzwischen egal war, wie laut sie sprach.

»Toll, Chemie war deine Stärke in der Schule, oder?« Laszlo lachte.

»Nicht wirklich, das war auch eher eine Medizinfrage. Du kennst diese Quizsendungen. Wie viel würdest du setzen? Warum würdest du einem Ochsen Adrenalin geben? Adrenalin ist ja wohl ein Nebennierenhormon, das den Stoffwechsel in Gefahren- und Stresssituationen anregt.«

Laszlo starrte Jo an. »Du meinst, Ochsi rennt dann schneller?« In seinen Worten lag ungläubiges Staunen. Es war still, einzig der PC war zu hören. Monoton summte er vor sich hin. Als im Nebenzimmer der Kühlschrank klackte, schreckten sie beide zusammen.

»Schau dir die anderen Listen an …« Jos Worte verklangen im Raum. Sie war sich nicht sicher, ob sie ihre Gedanken überhaupt weiterdenken wollte. Laszlo hämmerte in den PC.

»Wir haben hier für Winnie und Hias auch Ventipulmin verzeichnet und Clenbuterol, bei Letzterem wurde jeweils unterschieden mit p.F und i.v. So, und was sagst du nun dazu? Das ist wohl wieder eine Medizinfrage? Vielleicht sollten wir die Frage tauschen, ein Veto einlegen oder das Publikum befragen?« Er schaute sich im Raum um.

Jo versuchte ein Lächeln, das ihr misslang. Ihr Stressadrenalin war auf Maximalwert angestiegen. »Ventipulmin, das ist ein Medikament für Pferde. Die Asthma haben oder andere Atemwegserkrankungen.«

Sie wagten es beide nicht, eine Folgerung auszusprechen.

»Und Clenbuterol?«, fragte Laszlo schließlich.

»Ich weiß es nicht, aber das wirst du rausfinden können.«

Es kostete Laszlo wenige Minuten, im Internet auf Clenbuterol zu stoßen. »Da steht: ›Clenbuterol anabolisch wirksam, wird zur Kälbermast eingesetzt, in Granulatform oder intravenös.‹ Soweit ich weiß, erweitert es die Bronchien, und damit kann mehr Sauerstoff transportiert werden.«

»P.F per Futter, er meint fütterbar als Granulat, und i.v. intravenös.« Jos Augen waren geweitet. »Laszlo, die haben Ochsen gedopt!«

Laszlo nickte, starrte in den PC. »Ich habe auch Rompun eingegeben. Das ist ein Sedativum. Die haben Ochsen erst schneller und dann wieder langsamer gemacht. Aber das gibt's doch nicht wirklich? Das ist ein Witz, das ist die Fangfrage, oder?«

»Es kann nur so sein. Das hört sich an wie eine ganze Testreihe. Nur, wieso taucht dieser Jeronimo nie auf? Der hat doch gewonnen?«, fragte Jo.

Laszlo lachte kurz auf. »Diese Frage ist eine auf einem niedrigen Gewinnniveau. Die ist zu einfach. Die haben für die Testläufe die Ochsen beschleunigt, um diese als Favoriten einzuführen. Für das eigentliche Rennen haben sie die beiden ausgebremst und diesen Jeronimo, natürlich mit Adrenalin oder all dem anderen Zeug – nun hatten die ja Erfahrung –, zum Gewinner hochgespritzt.«

»Und Svenja hat das rausgefunden, Ostheimer zur Rede gestellt, und er hat sie ermordet. Der wäre als Tierarzt doch ruiniert gewesen, wenn so was rauskommt!« Jo rannte aufgeregt im Raum umher.

»Jo, die Dateien waren aber nicht auf Ostheimers Computer, sondern auf dem anderen. Das war wahrscheinlich Svenjas Computer! Das ist eine sehr gewagte Hypothese, die du da aufstellst«, bremste Laszlo ihre Euphorie.

»Gott, das sind beides Praxiscomputer. Der eine war ohne Passwort gesichert, das heißt ja nicht, dass das explizit Svenjas war.«

»Wenn du davon überzeugt bist, dann geh zur Polizei. Die wirst du mit deinem Charme bezirzen müssen, denn ein normal vernunftbegabter Mensch glaubt so eine Geschichte doch niemals. Ein Bulle schon gar nicht. Das ist ja pure Phantasterei. Das wird schwer.« Laszlo sah Jo durchdringend an.

Wenn Laszlo gewusst hätte, wie Recht er hatte. Die Polizei – das bedeutete, sie würde mit Gerhard reden müssen. Das würde schwer werden. Weniger wegen der bizarren Geschichte. Aber wegen der monatelangen Eiszeit, die zwischen ihnen geherrscht hatte. Aber sie musste mit ihm reden. Er musste mit ihr nach Tauting fahren. Ihr Plan lag klar auf der Hand: Diese beiden Ochsen mussten ja Besitzer haben, und die musste Gerhard verhören. Er musste einfach! Und dann Ostheimer festnehmen.

»Wo ist eigentlich Tauting?«, fiel ihr plötzlich ein.

Wieder keine Herausforderung für Laszlo, der fast unmittelbar danach dem Computer entlockte, dass Tauting ein Ortsteil von Eglfing war, gelegen in Oberbayern im Landkreis Weilheim-Schongau. »Da, schau!« Er zog Jo vor den PC. Da gab es sogar Bilder vom Ochsenrennen, eins vom Sieger Jeronimo und von seinem strahlenden Besitzer Karl Schraub.

»Schraub heißt dieser miese Typ!« Jo starrte in den PC. Der Ochse sah ganz normal aus. Aber wie schaute ein gedopter Ochse auch aus?

Laszlo hatte inzwischen begonnen, seine Spuren im PC und im Internet zu tilgen. »Lass uns abhauen, es ist schon vier Uhr.« Der umsichtige Einbrecher sperrte zuerst die Kellertür wieder ab, dann sagte er: »Wir müssen vorne raus.« Und er führte wieder in Minutenschnelle den Beweis, dass man mit einem Dietrich nicht nur aufsperren, sondern auch zusperren konnte.

»Ein russisches Modell. Ist nicht alles schlecht gewesen, was aus dem Osten kam.« Er klang ein wenig melancholisch.

Bei Jos Auto angelangt, drückte er ihr eine Sicherungskopie auf CD in die Hand. Jo hatte nicht mal bemerkt, wann er die gezogen hatte. Er gab ihr einen Kuss auf die Stirn. Eine frühmorgendliche Szene, die aussah, als wolle ein besorgter und liebevoller Ehemann seine Frau verabschieden, die zur Frühschicht in die Fabrik aufbrach. So vieles ist Fassade, dachte Jo, als sie davonfuhr.

4. Jo war gegen fünf Uhr zu Hause. Es wurde gerade hell, und es war bereits ungewöhnlich warm, auch dieser Septembermontag hatte so gar nichts Herbstliches. Sie schob die CD zwischen einige Küchenhandtücher und ging zu Bett beziehungsweise fädelte sich akrobatisch zwischen drei Katzenkringeln ein, die sich über ihr Bett verteilt hatten.

Sie schlief unruhig, als sie um sieben von einem erbärmlichen Geräusch erwachte. In der Ecke ihres Zimmers saß ein Frosch und schrie. Seit Jo im Besitz ihrer Felldeppen war, wusste sie, dass Frösche in Todesangst zetern konnten, so schauerlich, dass es einem eiskalt über den Rücken lief. Diese Tonlage beeindruckte auch Kater Moebius so sehr, dass er in zehn Zentimetern Entfernung vor dem Frosch hockte und diesen mit zusammengekniffenen Augen anstarrte. Jo sprang aus dem Bett und war sich schlagartig bewusst, dass der Tag mal wieder so richtig gut begann. Entweder würde Moebius den Frosch irgendwann doch attackieren und sie würde das ekelhafte Knacken der Knöchelchen hören, oder aber sie musste den Frosch retten. Frösche gehörten selbst bei Tierfreundin Jo nicht zu ihren liebsten Streicheltieren – und dieser war riesig und warzig.

Sie packte Moebius, sperrte ihn ins Bad und trat mutig dem Frosch entgegen. Nein, der war kein verzauberter

Prinz! Als sie in die Hocke ging, sprang er ihr mit einem Riesensatz fast ins Gesicht. Der Eisschauer in der Rückenpartie verstärkte sich. Schließlich gelang es ihr, das Tier in einem Zimmereck einzukesseln. Sie nahm ihn mit Todesverachtung auf. Er fühlte sich erstaunlich trocken und kühl an. Sie trug ihn vorsichtig hinters Haus. Als sie ihn im taufeuchten Gras abgesetzt hatte, blieb er sitzen und betrachtete Jo. Vielleicht war er doch der Froschkönig? Vielleicht hätte sie ihn küssen sollen, dachte Jo und musste letztlich lachen. Sie hatte in ihrem Leben so viele Frösche geküsst, die sich in alles andere, bloß nicht in einen edlen Prinzen verwandelt hatten, dass es auf diesen Versuch auch nicht mehr angekommen wäre.

In behäbigen Sätzen sprang der Frosch von dannen, und Jo beschloss, überdreht und todmüde zugleich, noch eine Stunde zu schlafen. Ein kühner Plan, sie hätte es besser wissen müssen. Nach einer halben Stunde stellte ihr Bianchi eine Pfote ins Gesicht und fuhr ganz leicht und zierlich die Krallen auf ihrer Backe aus. Als Jo mühsam die Augen aufschlug, starrte sie in ein Katzenmaul, das eine Eidechse trug. War das heute Morgen ein Jägerwettstreit? Sie packte Bianchi samt Beute und trug beide vor die Tür. Bevor nun auch noch Mümmel ihren Beitrag zur Dezimierung geschützter Arten leisten würde, war es besser, ins Büro zu fahren. Schlaflos, mit unruhigem Herzen.

Laszlo hatte Recht. Sie musste Gerhard anrufen. So oder so. Sie hätte lange schon in Kontakt mit ihm treten müssen. Hätte, hätte sollen – ein Leben in Konjunktiven. Es war Zeit für den Indikativ. Sie tippte die ersten Ziffern, natürlich wusste sie diese auswendig – und legte auf. Okay – zweiter Versuch: Es läutete, eine Männerstimme in der Vermittlung meldete sich. Jo verließ der Mut. Sie warf den Hörer so schnell in die Schale, als sei der mit Dornen gespickt. Beim dritten Versuch ließ sie sich mit Gerhard Weinzirl verbinden. Wer sich meldete, war Evi Straßgütl. Ausgerechnet das Blondchen! Gerhard sei nicht da, ob sie was ausrichten könne. Ja, das könne sie. Jo merkte selbst, dass ihre Stimme ironisch klang und zu laut und dass sie wie ein unruhiger Zwingerhund durch ihre Küche schoss. Sie setzte sich und bat Evi, Gerhard zu sagen, dass sie Informationen beibringen könne, die auf Svenjas angeblichen Suizid ein ganz neues Licht werfen würden. Als sie ins Tourismusbüro aufbrach, war sie nervös wie vor einem Date. Würde er sich melden?

Gerhard war noch nicht richtig in seinem Büro, als Evi hereinrauschte. »Jo hat angerufen. Sie will dich unbedingt sprechen. Wegen dieser Svenja. Sie sagt, das war kein Selbstmord.«

Gerhard zuckte zusammen. So, wie man wegzuckt, wenn man an einen Weidezaun fasst, der unter Strom steht. Er starrte Evi an.

»Hallo? Ist jemand zu Hause? Ich sagte, Jo hat angerufen und bittet um Rückruf. Sie hat angeblich Informationen für dich, die besagen: Svenja Gudmundsdottir hat sich nicht umgebracht. Mir wollte sie nichts Näheres sagen.« Evi klang sehr geschäftsmäßig.

Gerhard wollte gemessenen Tons antworten, aber irgendwo aus tiefem Seelengrund, dort, wo die alten Ängste, Verwirrungen und Verletzungen gut versperrt für den Rest der

Welt hinter Gittern sitzen, brach es hervor: »Das kann sie doch nicht bringen! Einfach hier anzurufen, als sei nichts gewesen!« Er registrierte Evis entgeisterten Blick. Sie kam einen Schritt auf ihn zu.

»Sie kann. Sie darf doch sowieso fast alles«, sagte Evi in einem Ton, den Gerhard an ihr nicht kannte. Sie zögerte, und dann rief sie: »Irgendwie sind doch alle in Jo verliebt. Unser Ex-Kollege Volker Reiber war in sie verliebt. Du bist es, alle Männer sind es. Männer bewundern ihren Esprit, ihre mitreißende Art, ihr Dekolleté. Sie hat etwas provozierend Weibliches, obwohl sie eigentlich zu fett ist. Entschuldigung, aber es stimmt doch. Und wir Frauen hassen sie und bewundern doch ihre Unabhängigkeit, ihren Optimismus, ihre Präsenz. Wenn Jo einen Raum betritt, sind andere nur noch Statisten. Sie hat diese Aura. Verdammt, ich hätte das auch gern.«

»Scheiß auf die Aura!«, rief Gerhard.

»Ich weiß nicht. Ich hasse diese Frau, und ich habe doch Respekt vor ihr. Sie ist keine Tussi, sie ist nicht dumm. Sie nervt mit ihrer Bauernhofromantik, ihren Gummistiefeln und nach Stall stinkenden Haaren. Aber bei ihr wirkt das natürlich charmant, weil sie einige Minuten später im Hosenanzug und viel zu viel Dekolleté umwerfend aussieht. Ich hasse ihr Dekolleté, sie braucht nicht mal 'nen Push-up. Sie wäre die Idealbesetzung für Bekanntschaftsanzeigen: in Jeans und Abendkleid. Du solltest dir mal selbst zusehen, mit welcher Verzückung du erzählst, dass sie Traktor fahren kann und einen Schweißkurs gemacht hat. Und dabei hat sie einen Doktortitel der Soziologie und kann wahrscheinlich, wenn's die gesellschaftlichen Umstände erfordern, Hölderlin zitieren. Sie ist unfassbar, und sie kann dich in den Abgrund ziehen. Sie schafft es, die besten und die schlechtesten Eigenschaften in Menschen hervorzurufen. Schau dich an, bei dir ist das so. Sie ist, sie ist … sie ist Jo. Und Jo werde ich nie sein! Du liebst sie, du hast sie immer geliebt.« Evi war so aufgebracht, wie Gerhard sie selten erlebt hatte.

»Evi, das ist doch Quatsch. Ich kenn dich gar nicht mehr. Du machst dir so viel Gedanken über Jo?« Gerhard war ehrlich verblüfft.

»O ja! Ich hatte genug Zeit, sie zu beobachten. Durch deine Augen. Lange bevor wir … Du weißt schon. Sie nimmt so viel Raum in deinem Leben ein.«

»Selbst wenn es so wäre«, sagte Gerhard, »das ist nicht alltagstauglich!«

»Männer! Was fragt ihr nach der Alltagstauglichkeit von Liebe? Du solltest nehmen, was das Leben dir offeriert. Das Leben ist zu schade, die besten Dinge zu verschwenden! Zu schade, um Zeit zu verschwenden. Alltagstauglichkeit! Was für ein Kotzwort. Was brauchst du? Eine Köchin, eine Putzfrau? Eine Mutter?«

»Nein, aber eine Partnerin, ich will …« Gerhard rang nach Worten.

»Du willst? Was willst du? Sind wir jetzt bei der Märchenstunde von den inneren Werten? Du lässt zu, dass sie deine Gedanken regiert, das ist verdammt viel. Mehr, als andere je erleben. Sie begleitet dich, auch wenn sie nicht da ist. Du überlegst, was Jo gedacht, gesagt, getan hätte. Ich merke das. Für wie blöd hältst du mich? Ich bin vielleicht blond, aber nicht blöd. Ich sitze leider immer nur auf der Ersatzbank.« Ihre Stimme war leiser geworden.

Gerhard versuchte, ihr in die Augen zu sehen. »Evi, ich wollte nie, dass du dich als Ersatz für Jo empfindest.«

»Bin ich aber! Gerhard, was redest du von Alltag, wenn es um etwas Größeres geht!«

»Du redest, du redest …«

»Nicht wie eine Polizistin? Nicht wie die immer kühle Evi, die alles im Griff hat? Ich versuche mal so zu reden, wie Jo das täte. Ich habe das vor dem Spiegel geübt: dramatisch, fulminant. Das müsste dir doch gefallen!«

»Evi, ich bitte dich. Bleib du selbst. Du bist doch eine tolle Frau! Das hört sich doch an, als wolltest du mich überzeugen, zu Jo zu gehen. So, als wolltest du mich loswerden.« Gerhard sprach zögernd.

»Das muss ich nicht, weil du längst bei ihr bist, in Gedanken, verbunden durch eine ewig lange Vergangenheit, verwirrt durch die Gegenwart und auf der Suche nach einer Zukunft. Ich will dich nicht loswerden. Ich hatte dich bloß nie.« Evi sah zu Boden.

»Aber, ich, ich mag dich. Ich bin gerne mit dir zusammen. Du hast ein gutes Herz. Du …«

»Ja, genau, das klingt, als würdest du von deiner Schwester, deiner Kusine oder Oma sprechen, wahlweise auch von einem lieb gewonnenen Haustier. Ein gutes Herz! Ich bitte dich!«

»Aber so ist das nicht! Wir hatten guten Sex, wir hatten Spaß. Du bist eine wahnsinnig attraktive Frau, nein, du bist schön. Du hast einen perfekten Körper, sexy. Wir haben denselben Beruf, du verstehst mich …« Gerhard merkte selbst, wie bemüht das klang.

»Und ich bin nicht Jo. Niemals! Sie versteht dich nicht. Ich habe sie ein paarmal furchtbar selbstgerecht und ätzend erlebt. Sie hat wahrscheinlich keinen perfekten Körper. Aber sie bringt dich um den Verstand. Den wenigen, den ihr Männer habt! Hast du mit ihr geschlafen?«, fragte sie urplötzlich ganz abrupt.

»Nein, oder …«

»Was oder?«

»Vor vielen, vielen Jahren! Ich war zweiundzwanzig, Jo war zwanzig.«

»Und?«

»Was und?«

»Wie war es? Explodierte der Himmel?«

»Evi! Bitte! Das ist achtzehn Jahre her. Ich weiß es nicht mehr. Das war eine Zeit, wo Sex mehr ein Volkssport war. Heute die, morgen die«, sagte Gerhard und wusste, dass er log.

Es gab auch eine Vergangenheit, die gar nicht so lange zurücklag. Es war im März gewesen. Nachdem Jo aus dem Krankenhaus gekommen war, damals nach ihrer lebensgefährlichen Aktion am Fellhorn, als sie mal wieder der Polizei ins Handwerk gepfuscht und sich selbst in Teufels Küche oder besser in eine weiße Schneehölle gebracht hatte, da war etwas passiert. Sie waren beide so froh gewesen, dass es vorüber war. Jo hatte für Gerhard ein Weißbierverbot in ihrem Haus ausgesprochen, und Gerhard – dank rheinhessischer Weinbauernverwandtschaft – hatte kühn vorgeschlagen, sie ihren österreichischen Weinen zu entwöhnen und den Beweis zu führen, dass deutscher Rebensaft so richtig gut war. »Dem deutschen Wein fehlt die Poesie«, hatte Jo noch gelästert.

Am nächsten Abend war er aufgetaucht mit den Schätzen seines entfernten Onkels Doll aus Stadecken-Elsheim. Zuerst gab es einen RS, Rheinhessen-Silvaner, jung, frisch, leicht moussierend. Jo hatte genippt, einmal, zweimal, und dann überrascht und anerkennend genickt. Es folgte ein Grauburgunder, leicht und doch gehaltvoll, und dann kam ein Riesling. Furioses Finale! Jo hatte gekostet. »Maracuja, wie wunderbar!«, hatte sie gesagt. Sie tranken und schwiegen. Es war ein samtweicher Abend, einer dieser ganz seltenen Momente, wo alles fließt, ganz ohne an die Ecken und Kanten des Lebens anzustoßen.

Gespräche, die Zeit, der Rebensaft – alles war im Fluss. Gerhard hatte auf Jos Couch gesessen, den göttlichen Riesling im Glas, und auf einmal, vielleicht zum ersten Mal in seinem Leben, hatte er jenes Gefühl verspürt, einfach da zu sein, an niemand und nichts zu denken. Stille ringsum, es drängte etwas heran, was er verloren hatte. Dieser wuschelige Kater hatte auf seinem Bauch gelegen und fast hypnotisch vor sich hin geschnurrt. Es war, als wäre Gerhard mit seiner Unterlage und dem Tier verschmolzen. Da war Jo vorbeigegangen, und ein Schatten war auf sein Gesicht gefallen.

Deshalb, nur deshalb, hatte er hochgeschaut und war überrascht gewesen. Sie hatte nicht direkt gelächelt, sie hatte ihm auch keine erotisch provozierenden Blicke zugeworfen. Sie hielt ihr Glas in der Hand, ihre Augen waren grün, so grün wie ihr Kapuzensweatshirt. Es war, als gehöre sie zu einem Bild, und weil sich ihre Blicke trafen, nur deshalb, gehörte er schlagartig dazu. Sie setzte sich auf den Boden, und er spielte mit ihren Haarsträhnen. Samt und Seide. Der kluge Kater hatte sich nach langer Zeit gestreckt, einen Katzenbuckel gemacht und war gegangen. Gerhard war zu Jo auf den Boden geglitten. Sie lagen auf dem Bauch, und Jo hatte trotz der unmöglichen Lage weiter Wein getrunken. Gerhard hatte sein Glas verschüttet. »Eine gute Rückenmuskulatur kommt vom Reiten«, hatte Jo gelacht und ihm empfohlen, an den Lippenschluss zu denken. Lippenschluss? So war das gekommen.

Die beiden hätten bei der Aufrechnung ihrer jeweiligen Liebhaber viel Spaß gehabt – und viel Zeit benötigt. All die Affären, die Nächte mit schalem Beigeschmack und die, wo man sich wohlig verrucht vorkam, das hatten beide zur Genüge vorzuweisen. All die unwürdigen Spielchen, bei denen es Jo geschafft hatte, mit drei besten Freunden zu schlafen, und doch hatte keiner vom anderen gewusst. Und Gerhard, der ein bisschen mit Schnee und Sex experimentiert hatte, frei nach Falcos Kultsong »Der Kommissar«: Den Schnee, auf dem wir alle talwärts fahrn, kennt heute jedes Kind.

Letztlich waren sie beide Meister der Talfahrten, der emotionalen Selbstverstümmelung gewesen. Und wie war das bei all den echten Beziehungen gewesen? Viele Versuche, mal kürzer, mal länger. Letztlich hatte sich die rechte Balance von Liebe und Freundschaft nicht einstellen wollten. Respekt und Loyalität waren irgendwo auf den Schlachtfeldern jener Kriege um Banalitäten verloren gegangen. Sie hatten beide nichts verpasst und nie etwas ausgelassen, was verletzt. Aber jetzt waren sie beide unschuldig und rein.

»Reinheit«, ein Wort, dem wir uns ziemlich entfremdet haben, hatte Gerhard am nächsten Morgen voller Verwirrung gedacht. Aber es war eine Reinheit der Gefühle, der Seele und des Körpers gewesen. Sehr sanft und doch so geil. Sehr vertraut und doch so phantastisch neu.

Gerhard hatte begonnen, leise aufzuräumen, der Kater mit den unergründlichen Augen hatte ihn lange angesehen. Und Gerhard hätte schwören können, dass er das Geschehene guthieß. Er hatte die leeren Weinflaschen betrachtet und gelächelt. Jo lag unter einer Wolldecke noch immer am Boden, und nur ihre Nasenspitze war zu sehen.

Gerhard hatte vorsichtig das Haus verlassen und war nach Immenstadt hinuntergefahren, um Schoko-Croissants zu holen. Als er wiedergekommen war, war sie verschwunden gewesen. Drei Monate lang. Sie hatte zwar im Juli wieder begonnen zu arbeiten, aber keinen Kontakt zu ihm aufgenommen. Nun war es später September.

»Trotzdem!« Evi riss ihn aus der irritierenden Erinnerung. »Ihr seid über all die Jahre Freunde geblieben? Du stehst noch immer – oder von mir aus wieder – auf sie!«

»Scheiße. Ich hab sie seit Monaten nicht mehr gesehen! Was interessiert mich Jo?« Gerhard versuchte, cool zu klingen.

»O ja. Ich weiß, dass sie plötzlich verschwunden war. Ich weiß von deinen Telefonaten, wie du wochenlang bei jedem Anruf gehofft hast, sie wäre es. Gerhard, verarsch mich, die Welt, aber nicht dich selbst. Geh zu ihr – und sei es nur wegen dieser Svenja. Vielleicht weiß Jo ja wirklich was. Jo weiß doch immer was.« Jetzt klang Evi bitter. »Und du, du hast dann doch einen guten Grund.«

Gerhard sprang ungehalten auf, sein Bürostuhl fiel gegen den Tisch und donnernd zu Boden. Seine beiden Uli-Stein-

Kameraden, die gerade gedöst zu haben schienen, wurden wild durchgerüttelt. Sie blickten Gerhard missbilligend an, genau wie Evi, die wortlos den Raum verließ.

Der Tag ging zäh dahin. Gerhard ranzte mehrmals Kollegen an, die sich keiner Schuld bewusst waren. Er kleckerte Senf auf sein T-Shirt und schwappte den Kaffee über seine Unterlagen. Um 18 Uhr floh Gerhard aus dem Büro. Er floh vor Evi, aber er konnte nicht vor den Gedankenwirbeln in seinem Kopf fliehen – Gedanken, wie mit einem spitzen Handbohrer ins Hirn getrieben.

Gerhard rieb sich die Schläfen. Aber Akupressur war nur halb so effektvoll wie ein Weißbier – zumindest nach Gerhards Auffassung von Notfallmedizin. Und wirklich. Als er im Stift im Biergarten saß, ließ das Bohren nach. Und er wusste, dass Evi Recht hatte: Jetzt gab es einen Grund, Jo zu sehen.

Er stürzte sein Weißbier hinunter, startete seinen röhrenden Bus und fuhr stadtauswärts.

Gerhards Bus tuckerte weiter und einmal mehr musste er sich wundern. Die neue Autobahn war für ihn immer noch ein Fremdkörper. Erst war der bei Kuhnen eliminiert worden – als ob da minütlich Züge gefahren wären. Hatte denn niemand mehr ein paar Minuten Zeit? Die Asphaltlebensadern hatten längst die Regentschaft übernommen, und dazu passte allemal, dass für den Bau der Benzinbar eine Naturschutzzone verschoben worden war. Money rules the world, das richtige Parteibuch und der korrekte Stammtisch, dachte Gerhard, und nichts an diesem scheidenden Sommertag war dazu angetan, ihn von seinem Blues zu befreien. Manchmal kam er sich vor wie in einem Trichter, der sich immer mehr verengte. War das Älterwerden? Wurden die Möglichkeiten immer weniger? Knarzend hatte sich der schwere Buchdeckel geschlossen, ihn erneut hochzustemmen war unmöglich. Darin verschlossen war nun ein großer Teil dieser Achtziger-Jahre-Jugend – so locker-leicht und so emotional-dramatisch zugleich.

Und weil er so in Gedanken war, verpasste er die Ausfahrt nach Niedersonthofen – vielleicht hatte auch sein Unterbewusstsein ihm verboten, dort abzubiegen. Der See und Jo – sie waren untrennbar verbunden. Der »Plastikstrand« – das war das sommerliche Äquivalent zu den Kammeregg-Liften im Winter gewesen. Und zweiter Szene-Treff nach dem Eschacher Weiher. Hier hatten sich die Surfbretter gestapelt und die Segel – nur einer war ausgeblieben: der Wind. Gerhard musste nun doch schmunzeln, trotz aller Melancholie: Der Niedersonthofner See, der gute »Nieso«, war der wahrscheinlich windstillste See im Voralpenland, wie er da in der bewaldeten Kuhle kauerte. Da hätte es schon fünf Meter hohe Masten gebraucht, um ein Lüftchen einzufangen. Aber so hatten sich die Mädels eben oben ohne auf den Brettern geräkelt, eingecremt mit Melkfett, um schneller braun zu werden. Was für eine gute alte Zeit, als Einteiler out gewesen waren und das Hautkrebsrisiko nirgendwo diskutiert wurde. Diskutiert wurde höchstes, dass das Melkfett die Bretter so glitschig gemacht hatte, dass man runterrutschte. Schlaufen hatten diese ersten Bretter nicht gekannt – es hatte auch nur drei, vier Modelle gegeben. Gerhards Mistral Epoxy, der mit der blauen Kante, das war das höchste der Gefühle gewesen. Jo war damals eine echte Zierde für den See gewesen, wie sie da melkfettglitzernd auf den Boards lag. Aber auch als Surferin war sie den Jungs echt um die Ohren gefahren. Jo – immer diese Jo!

Gerhard bog in Oberdorf ab, er folgte der Bergstraße, und parkte sein Auto auf einem Parkplatz im Waldstück. Er riss sein Mountainbike geradezu aus seinem Bus, der neben dem Bike auch noch die Tourenski, Campinggeschirr, mehrere verstreute T-Shirts und ein Zelt barg. Über Eckarts und Freibrechts wäre er rasch in Göhlenbühl gewesen, aber Gerhard fuhr erst mal nach Niedersonthofen hinunter und nach Rieggis hinauf. So, als wolle er sich kasteien, trat er viel zu hohe Gänge in der ersten steilen Kurve. Und wieder kreiste er sein Ziel nur ein, hielt erst mal auf Diepolz zu und fuhr weiter nach Knottenried. Er überlegte, ob er sich im Bergstätter Hof erst noch mal ein Weißbier gönnen sollte, aber nein – er bog in den Fußweg nach Göhlenbühl ab. Er war klatschnass, als Jos Häuschen in den Blick kam. Sein Puls raste. Was, wenn sie gar nicht da war?

Er lehnte sein Rad an die Hauswand, und da sah er sie über die Wiese auf ihn zukommen. Sie trug einen fadenscheinigen alten Badeanzug unter einer verwaschenen Jeans-Latzhose. Und obgleich dieses Kleidungsstück alles andere als figurbetont war, konnte er feststellen, dass Jo abgenommen hatte. Sie war braun gebrannt, und ihre einst rötlich brünetten Haare waren fast blond. Ihre Schritte wurden langsamer.

Schneller hingegen wurde Jos Gefolgschaft: eine halbstarke Katze, die aussah wie ein Iltis. Sie sauste auf Gerhard zu und begann, hochinteressiert seine Wade zu beschnüffeln und schließlich zu lecken: Heh, dich kenn ich noch nicht, aber du schmeckst so schön salzig!

Gerhard schaute immer noch auf die Katze hinunter, als Jo sagte: »Sie mag dich.«

»Mmm, eher mag sie Salz. Ist die neu?«

»Ja, das ist Bianchi von Grabenstätt.«

Erst jetzt sah Gerhard Jo ins Gesicht. Die Bräune unterstrich einige neue Fältchen um ihre Augen, und wie schon oft irritierte Gerhard, dass Jo ein Augen-Chamäleon war. Eigentlich hatte sie mausgraue Augen, aber sie konnten grün blitzen oder, wie jetzt, fast hellblau aussehen, als spiegelten sie ihre Jeans wider.

Jo ging langsam ins Haus und kam mit einem Weißbier, einer Flasche Rosé und jeweils passenden Gläsern wieder.

»Besser, du schenkst dir selber ein, ich mach immer zu viel Schaum«, meinte Jo.

Ja, du machst immer zu viel Wirbel, dachte Gerhard.

»Neues Bike? Hattest du kein Fully?«, fragte Jo und deutete auf das Scott Boulder.

»Hmm, aber diese ganzen Dämpfungen, das ist mir zu viel Schnickschnack. Back to the roots. Deshalb das Scott. Ich wollt es mal ausprobieren, und hier bei dir heroben gibt es ordentliche Steigungen.«

Bianchi war auf den Tisch gesprungen und begann, mit dem Weinkorken und dem Kronkorken zu spielen und Letzteren vom Tisch zu bugsieren. Das Geräusch, als der Korken auf den schiefen verwitterten Bodenplatten aufsprang, war viel zu laut für die sie umgebende Stille. Da Bianchi merkte, dass sie keine Aufmerksamkeit ergattern konnte, benutzte sie den Tisch als Kratzbaum. Sonst fluchte Jo dann immer, heute blieb sie still. Bianchi trollte sich hinüber zur Nachbarin Resi Gschwendter, um dort Unheil anzurichten.

»Ich habe bei dir angerufen. Wegen Svenja. Hat diese Evi dir das ausgerichtet?«, sagte Jo schließlich.

War es das »Diese«? War es die Betonung des Wortes Evi? Gerhard fuhr herum und schrie: »Was denkst du eigentlich? Einfach so anzurufen! Nach allem!«

Jo schwieg und goss sich Wein ein.

»Verdammt! Antworte mir, du hast doch sonst immer die Klappe offen!«, brüllte Gerhard.

Jo sah ihn an, die Augen leicht zugekniffen wegen der tief stehenden Abendsonne. Sie hatte wirklich mehr Falten bekommen, dachte Gerhard, und gleichzeitig fand er, dass ihr die Falten sehr gut standen.

»Scheiße«, murmelte er. »Ich sollte nicht so schreien. Es ist nur … Es ist nur … Wieso bist du abgehauen? Wieso hast du nie angerufen?«

Jo hob den Korken vom Boden auf und drehte ihn zwischen den Fingern.

»Ich habe nächtelang wach gelegen und mir tags die Finger wund gewählt. Aber deine Nächte waren anscheinend ruhig und entspannt, was?« Gerhards Stimme war schon wieder aggressiv.

»Was weißt du von meinen Nächten? Was? Was weißt du von meinen Al-Stewart-CDs? Was weißt du vom Running Man und vom Year of the cat? Was von meinen Tränen? Was von meiner Angst? Was von den langen Nächten ohne Schlaf? Von der Einsamkeit? Davon, dass die Energie verpufft ist?«

»Einsamkeit? Pah! Du hast doch immer genug Lover um dich herum. Momentan einen heißen Ungarn, wie man hört. Dafür reicht deine Energie.«

»Andrea! Na klasse!«

»Ja, Andrea. Deine Freundin hat sich ebenso viele Sorgen gemacht, sie war es, die mir im Juli gesagt hat, dass du wieder da bist. Wir telefonieren öfter. Von ihr weiß ich die latest news, dass du in guten ungarischen Händen bist.« Gerhard wurde selten zynisch, er hasste das eigentlich, weil Zynismus dem Gegenüber jede Chance nahm, wirklich noch zu kommunizieren. Aber er konnte nicht anders.

Jo seufzte. »Ach, Gerhard! Ich will jetzt nicht mein Liebesleben mit dir diskutieren. Aber ich sage dir eins: Der angeblich heiße Ungar schenkt mir Stunden außerhalb meiner Realität. Er rettet mich, Sex rettet immer. Aber nicht lange. Natürlich hatte ich Männer, die werde ich immer haben. Das ist einfach, weil ihr Männer so einfach gestrickt seid. Aber was weißt du von der Suche nach einem Seelenverwandten, einem, der wortlos versteht? Einem Freund, der zugleich Liebhaber und Partner ist? Jemand, vor dem du Respekt haben kannst? Den du bewundern kannst?«

»Du klingst wie aus einem Lore-Roman. Jo, die taffe Jo, redet wie aus einem Pilcher-Schinken. Du willst jemanden bewundern und respektvoll sein? Du, die du durch nichts und niemanden zu beeindrucken bist! Die du nie Respekt hast, dich in alles einmischst, was dich nichts angeht!«

Gerhard hatte sich etwas beruhigt, und seine Stimme hatte wieder eine erträgliche Lautstärke erreicht.

»Das stimmt nicht. Ich habe Respekt vor echter Freundschaft, vor einigen wenigen echten Werten. Wirklich!«, beteuerte Jo.

»O ja, verdammt. Deshalb bist du einfach so verschwunden. Ich war kurz weg, um dir Croissants zu holen. Als ich kam, warst du weg, drei Monate lang. Du spinnst doch. Wie konntest du so was tun? Man verschwindet nicht einfach so, wenn man angeblich Freundschaft als ein hohes Gut ansieht. Und man verschwindet als Frau nicht einfach so nach so einer Nacht.«

»Ah, als Frau! Als Mann schon? Weil Frauen natürlich dank ihrer ausufernden Emotionen mit der Macht des Sex nicht fertig werden. Weil sie den großen Helden auch am Morgen danach anbeten wollen, ja müssen! Klar, als Frau macht man das doch nicht. Stimmt, fürs Verschwinden danach, dafür warst du ja in Kempten stadtbekannt.« Jo war eine Meisterin des Zynismus, und sie hatte da weniger Skrupel als Gerhard, den Finger in die wunden Stellen zu bohren.

»Ach, Jo, sei nicht immer so polemisch. Ich habe mir Sorgen gemacht. Als Freund. Du warst einfach verschwunden. Niemand wusste, wo du bist, nicht mal Andrea!«

»Ja, genau, niemand, nicht mal Andrea! Und was sagt dir das?«

»Jo, kapierst du das nicht? Da sind deine besten Freunde und jede Menge Bekannte im Fünfeck gesprungen. Erst hatten wir Angst, dann wurden wir wütend.« Gerhard schüttelte den Kopf und starrte geradeaus in die Berge. Sie begannen, sich rosa zu färben. Es war ein dramatisches Dolomitenrosa.

Es dauerte lange, bis Jo wieder zu sprechen begann. Deutlich sanfter. »Und nun seid ihr immer noch wütend? Wohl schon, so wie ich dich erlebe.«

»Ach, Jo, ich weiß nicht. Ich hatte eher damit abgeschlossen. Dich aus meinem Leben verbannt. Aber anscheinend ist die Wut noch in mir.« Er verzichtete darauf zu sagen, dass Evi es gewesen war, die ihm klargemacht hatte, dass ein Leben ohne Jo zu wenig war. Mit dir ist es verdammt anstrengend, dachte er. Ohne dich auch. Mit dir ist wenigstens mit dir. Aber das sagte er nicht.

»Anscheinend«, sagte Jo gedehnt.

»Jo, versetz dich doch mal in unsere Lage! Alles, was wir hatten, war das Wort des Bürgermeisters, dass du drei Monate unbezahlten Urlaub genommen hast und am 1. Juli wieder anfangen würdest.«

»Und genau das habe ich getan!«

Gerhard schüttelte resigniert den Kopf. »Du verstehst es nicht! Oder?«

»Doch, ich verstehe es. Aber ich konnte nicht anders. Gerhard, ich habe keine Worte für meine Ohnmacht damals. Ich war leer. Ich war unfähig, mit Menschen zu reden. Ich hatte nichts zu sagen. Ich habe nur noch unnütze Beobachtungen gemacht. Ich musste weg.«

»Hast du nicht immer die These vertreten, dass Flucht sinnlos ist, weil man sich selbst immer mitnimmt?«

»Ja, Gerhard«, sie sprach seinen Namen langsam aus, so, als müsse sie sich daran gewöhnen. »Die Situation war anders. Das Blut meiner Verletzungen ist in meinen eigenen Boden versickert. Verstehst du? Ich wollte nicht ständig über blutgetränkten Boden gehen.«

Gerhard ließ die Worte in seinem Inneren nachhallen. »Und wo warst du?«, fragte er dann.

»Auf der Via Spluga.«

»Auf der was?«

»Via Spluga, das ist ein Weitwanderweg, der von Graubünden nach Italien führt. Bei meinen Recherchen zum Mord von Adi Feneberg …«

»Recherchen!« Gerhard schnaubte. »Du hast dich eingemischt, du wärst fast elendiglich im Schnee verreckt.«

Jo nickte. »Ja, und das hat mich völlig aus der Bahn geworfen. Darf ich weitererzählen?«

Gerhard schaute starr geradeaus. Jo fuhr fort.

»Ich hatte doch Hermine Cavegn kennen gelernt, die Schwester von Adi Fenebergs Frau. Sie hatte mich sehr beeindruckt damals, und sie hatte mir angeboten, sie in Graubünden zu besuchen, wenn ich mal eine Auszeit bräuchte. Und die habe ich gebraucht! Ein Bekannter von ihr ist Andi Triet, ein Bergführer, und der führt Leute auf der Via Spluga von Thusis nach Chiavenna. Sie hat mir geraten, da mal mitzugehen. Ein Weg über den Splügenpass, dort, wo die Säumer ihr Leben gelassen haben. Ein Weg durch die berüchtigte Via Mala, wo Handläufe in die Felsen geschlagen sind, damit, wenn das Pferd abstürzte, zumindest der Ritter am Leben blieb. Ein Weg durch die Cardinello-Schlucht, die Hölle, wenn es glitschig ist. Ein Weg, den seit Jahrtausenden Menschen begangen haben. Es gibt dort Schalensteine aus der Megalithzeit, verstehst du? Damals schon haben Menschen Kunst geschaffen, oder das Ganze diente der Astronomie. Wer weiß das schon? Ich will es gar nicht wissen, will den Zauber nicht brechen. Klar, da gibt es Leute, die sagen, gelangweilte Hirten hätten die Kreise und die Zeichnungen von Tieren in die Steine geritzt. Aber das ist Quatsch – diese Steine stehen an Orten so durchdringender Kraft, dass du es körperlich spüren kannst. Ich bin wirklich keine Eso-Tante, aber dieser Magie kann man sich nicht entziehen. Der Weg hat mich so fasziniert, dass ich für Andi als Hilfsguide einige Gruppen übernommen und geführt habe.« Sie lächelte, und erstmals schaute Gerhard ihr in die Augen. »Du siehst, der Tourismus lässt mich nicht los. Ich bin den Weg zehnmal gegangen, immer neu verzaubert. Und es war mit jedem Mal so, dass meine Batterien sich weiter aufgeladen haben. Ich lag bäuchlings auf einem dieser Steine, und es war, als würde Wärme durch mich hindurchfließen. Gänsehautgefühle waren das! Ich weiß, das klingt jetzt doch esoterisch oder auch nur verkitscht. Aber es gibt den Genius Loci. Und diese Wochen waren unendlich wichtig für mich. Sie haben mich gerettet. Vor mir selbst, vor der Angst. Und noch eins: Diesen Weg zu begehen ist nicht nur eine Wanderung abseits der Asphalt-Lebensadern, auf denen wir sonst dahinrasen. Es ist eine Reise und mehr noch eine Zeitreise. Ich habe begriffen, dass du wissen musst, wo du herkommst, um zu wissen, wo du hinwillst. Und so hab ich meine Mutter besucht. Sie ist in einem Heim am Bodensee. Ich hab sie seit fünf Jahren nicht mehr gesehen, seit klar wurde, dass sie niemals mehr in der Realität, in meiner, in der allgemein gültigen Realität auftauchen würde. Aber diese Tage auf der Via Spluga haben mir gezeigt, dass es mehr als eine Realität gibt. So, das war nun eine lange Rede.« Jo versuchte noch ein Lächeln.

Gerhard erinnerte sich: ein Autounfall, Jos Vater war ums Leben gekommen. Jos Mutter hatte den Unfall verschuldet. Sie waren vom Bodensee gekommen, und sie war betrunken gefahren. Zu viele Bodensee-Obstler, und hinter Eglofs, in der Höhe Staudach, war sie in einer lang gezogenen Kurve von der Straße abgekommen. Sie war aus dem Auto geschleudert worden, weil sie nicht angeschnallt gewesen war. Ihr Vater war an den schweren inneren Verletzungen noch auf dem Weg ins Krankenhaus gestorben. Jos Mutter hatte mit der Todesnachricht aufgehört zu sprechen. Ein schier endloser Irrweg durch alle Instanzen von Neurologie und Psychiatrie hatte begonnen. Nach einem Jahr hatte auch Jo darüber geschwiegen, und ihre Freunde hatten nie mehr daran gerührt. Gerhard rückte einige Zentimeter näher auf der Holzbank.

»Ja, eine sehr lange Rede.« Und er wusste, dass er dabei war, Jo zu verzeihen und wieder einmal von ihrer ungeheuren Energie mitgerissen zu werden.

»Ich war dort. Früher war meine Mutter klug, schlagfertig, scharfzüngig, kritisch, schwierig und so lebendig. Sie verfällt jeden Tag mehr. Ihre Sätze, nein, eher Wortfetzen flattern davon, sie selbst vergeht wie ein verhungertes Vögelchen. Sie hat noch vierzig Kilo Gewicht. Sie hat mich nicht erkannt, aber sie hat meine Hand genommen. Ihre ist wie Pergament. Aber sie hat sich gefreut, das sagte auch die nette Ärztin. Gefreut in ihrer Realität. Die wenigsten Dinge sind so, wie man sie vordergründig sieht! Ich werde jetzt öfter hinfahren.«

Gerhard rückte wieder einige Zentimeter näher und schwieg. Sie blickten beide starr geradeaus. Falco stand unter einem Apfelbaum und versuchte, einen Apfel zu erwischen. Schließlich stellte er sich auf die Hinterhand, ruderte mit den Vorderbeinen, um die Balance zu halten, und pflückte so Apfel um Apfel. Jo lächelte. Bianchi von Grabenstätt kam über die Wiese geschossen und setzte sich in ehrfürchtiger Entfernung auf einen Grasbuckel und schaute dem großen Falco zu. Postkartenidylle, ein Foto in einer Tierzeitschrift. Jo wandte ihr Gesicht Gerhard zu.

»Du hast schon Recht mit dem Lore-Roman. Ich habe Sehnsucht nach Idylle. Aber woher kommen wir denn auch? Aus einer Kindheit, wo Flipper und Skippy, das Buschkänguru, unsere Helden waren, keine Lara Croft!«

»Na ja, meine waren eher Daktari und Clarence, der schielende Löwe«, sagte Gerhard.

»Ja, der gute Clarence! Und Flicka und Fury und die Tatsache, dass es immer ein Happy End gab. Sehnen wir uns nicht alle nach einem Happy End?«

»Ja, wahrscheinlich. ›Where have all the cowboys gone?‹ hab ich gerade im Radio gehört. Irgend so 'ne Paula-wer-auch-immer wollte ihre Helden wieder und ein Happy End«, er stutzte, »ich weiß gar nicht, warum ich das jetzt sage.«

»Weil du auch ein Happy End suchst, so wie bei Clarence?«

Sie schwiegen.

»Gerhard?«

Er nickte.

»Gerhard, es ist extrem dumm, die Vergangenheit zu bereuen. Sie ist vergangen. Aber vielleicht können wir an der Zukunft arbeiten. Wieder Freunde sein?« Jo klang wie ein kleines Mädchen.

»So einfach ist das nicht. Ich verstehe das nicht. Ich verstehe einiges, aber nicht, dass du nach dieser wunderschönen Nacht gegangen bist. Und sag jetzt nicht, das sei typisch Mann.«

Jo hielt ihr Roséglas gegen das Licht und sagte dann leise: »Es war noch Winter. Das ist der Grund.«

»Wie bitte?«

»Ich versuch, es dir zu erklären: Wenn das Tageslicht schon in der Früh um fünf so fordernd vor der Tür steht, ist es leichter, in die Realität einzutauchen. Winternächte gehen langsamer, die Tage kommen zäher, oft weigern sie sich, geradewegs aus dem Nebel aufzutauchen. Fällt es uns deshalb auch schwerer, uns vom Schwebezustand der Winternächte zu lösen? Ist es Magie einer Schneekönigin, von Wintertrollen? Hypnotisieren Schneeflocken, wenn man nur lange genug in den Flockenwirbel starrt? Und was denkt eigentlich der Schneemann vor der Tür? Winter macht empfindsamer. Ich war und bin da immer besonders gefährdet. Und weil ich das gewusst habe, musste ich schnell weg. Du hast natürlich Recht: Ich hatte die Zeit, meine Tiere unterzubringen, den Bürgermeister vom unbezahlten Urlaub zu überzeugen. Ich hätte dir eine Nachricht zukommen lassen können. Aber ich konnte nicht. Ich hätte mich in dich verliebt. Das wollte ich nicht.«

Falco kam näher, und sein Schatten verdeckte die untergehende Sonne. Plötzlich fühlte Jo, dass es kühler geworden war. Es gab sie doch, die ersten zögerlichen Anzeichen des Herbstes. Sie sehnte sich nach Fleece-Pullover-Nächten. Sie schnalzte leicht mit der Zunge. Falco kam noch näher und schnoberte an Jos Hand. Die Sonne war plötzlich weg, der Farbkasten hatte den Deckel zugeklappt für die Nacht.

»Gerhard, du hast meine Frage nicht beantwortet. Können wir nicht wieder Freunde sein?«, versuchte Jo es nochmals.

»Vielleicht nicht gerade morgen.«

»Aber können wir über Svenja reden? Du warst immer der, der hingesehen hat, wenn andere weggesehen haben.

Du hast viel Gespür, du hast vieles verziehen. Aber du hast das Unverzeihliche nicht verziehen. Deshalb bist du so gut in deinem Job. Du musst hinsehen. Svenja hat sich nicht umgebracht. Bitte!« Jos Augen waren weit aufgerissen.

Gerhard gab ein seufzendes Geräusch von sich, das sich irgendwo im tiefsten Seelengrund angestaut hatte. »Gut, lass uns reden. Es gibt keinerlei Anzeichen, die auf ein Gewaltverbrechen hindeuten. Ihre Autotür war offen, weil jemand, der sich umbringt, keine Sorge mehr haben muss, ob er beklaut wird.«

»Sie hat immer alles offen gelassen. Ich hab ihr das mehrfach gesagt, dass es ungut ist, die Medikamente da so rumliegen zu lassen. Sie hat nur gelacht. So war Svenja!«

»Von mir aus. Aber wir haben auch in der Ruine keinerlei Spuren gefunden, die verdächtig wären«, setzte Gerhard dagegen.

»Aber es muss welche geben! Allein schon der Platz. Eine wie Svenja hätte sich in ihrer Wohnung umgebracht. Sie hätte nie an einem so öffentlichen Platz Selbstmord begangen. Ihr wäre das unangenehm gewesen, wegen der armen Menschen, die sie dann zwangsläufig gefunden hätten.«

»Ihr Chef sagt aber, dass die Ruine ihr viel bedeutet hat, der Fundort so eine Art magischer Platz für sie war.«

»Das ist nun wirklich der pure Quatsch!« Jo war aufgesprungen. »Ich höre Svenja noch reden, als ich von Schottland erzählt habe und von meiner Begeisterung für Burgen und Burgruinen. Scheiß historische Steinhaufen, hat sie gesagt. Ihr Chef lügt. Er war es, glaub mir. Wieso lag der Abschiedsbrief denn in der Praxis, als Computerausdruck?«

»Weil ihre Handschrift katastrophal war, weil sie immer

per Computer geschrieben hat. Das hat auch Frau Ostheimer bestätigt. Zu Hause hätte ihn keiner gefunden. Natürlich lag er in der Praxis!«, konterte Gerhard.

»Man schreibt seinen Abschiedsbrief nicht auf einem Praxiscomputer. Außerdem: Wo ist ihr privater Laptop? Wenn, dann hätte sie darauf geschrieben. Und sie hatte einen Laptop. Ich habe ihn gesehen.«

Gerhard runzelte die Stirn.

Jo hatte Bianchi auf den Schoß genommen, die sofort zu schnurren begann. Ekstatisch geradezu, mal klang sie wie ein Brummkreisel, dann gurrte sie wie eine Taube. Als sie begann, sich zu putzen, dabei gleichzeitig weiterschnurrte und sich mit einem Kicksen verschluckte, musste Gerhard lachen. »Du und deine Viechereien!«

»Ja, ich weiß, nicht jeder mag zerkratzte Möbel, zerbissene Schuhe, Rattanstühle in zunehmender Auflösung, überall Katzenhaare und Profilsohlen, in denen irgendwie immer der Pferdemist hängen bleibt. Aber ohne Tiere würde ich jede Richtung verlieren. Tiere analysieren nicht, sie sind einfach da. Sie wählen aus, wer und was ihnen guttut. Das trauen wir uns nicht.« Jo lachte kurz auf. »Wäre ich eine Katze, würde ich sicher nie auf den Schoß des Bürgermeisters springen. Als Mensch muss ich mit ihm arbeiten. Überleg dir das mal für dein Berufsleben, auf wessen Schoß du springen würdest!«

»Da ist was dran«, gab Gerhard zu.

»Ja, und apropos Tiere: Die Überleitung mag dir jetzt etwas harsch vorkommen, aber um Viecher geht es bei Svenja auch. Ich weiß, das klingt jetzt wirklich sehr bizarr, aber ihr Chef dopt Ochsen«, sprudelte es aus Jo hervor.

Gerhards Stirnfalten vertieften sich. Schlagartig war alles wie immer. Er war schon wieder dabei, ein Grinsen zu unterdrücken. Jo formulierte abstruse Theorien, sie spann wilde Geschichten schneller, als andere durchs TV-Programm zappten. Und war dabei nur schwer zu bremsen. Also sagte er erst mal nichts und schaute ins Leere.

»Svenja hat eine Diskette bei mir vergessen, oder besser, hinterlegt. Verstehst du, sie hat geahnt, dass ihr Gefahr droht. Darauf waren merkwürdige Listen, Nummern und Namen von Medikamenten. Ich habe das am Praxiscomputer überprüft. Dr. Ostheimer hat Ochsen gedopt. Er hat Tierversuche an Rennochsen in Tauting – das ist in Oberbayern – gemacht. Stell dir das vor! Er hat akribisch Buch über die verwendeten Substanzen geführt.«

Gerhard schreckte hoch. »Was heißt, du hast das am Praxiscomputer überprüft? Jo?«

»Nun ja, also – ja, ich war drin. In der Nacht. In der Praxis.«

»Wie bitte? Du verschaffst dir illegal Zutritt zu einem Haus und wühlst in fremder Leute Computerdateien?«

Jo sah Gerhard flehentlich an. »Schau, das war Svenjas Vermächtnis an mich. Ich …«

»Bitte werde jetzt nicht pathetisch. Vermächtnis. Das ist Hausfriedensbruch!« Gerhard war fassungslos.

»Von mir aus«, da war sie wieder, die trotzige Jo, »aber Fakt ist, dass diese Medikamente verabreicht wurden. Es waren Substanzen, die Tiere pushen, und andere, die sedieren.«

Langsam begann sie zu erzählen, was sie herausgefunden hatte. Und tunlichst vermied sie es, Laszlo zu erwähnen. Sie rannte ins Haus und kam mit dem aufgeklappten Laptop retour.

»Da! Ich hab eine Sicherungskopie gemacht. Schau dir das bitte an! Bitte! Fahr mit mir nach Tauting. Bitte! Es muss doch einen Grund geben, weswegen man Ochsen dopt. Bevor du den Fall ganz einstellst! Bitte!«

Gerhard nahm den PC auf die Knie, las, tippte, las und sagte lange nichts. Er atmete tief durch. »Ich bin kein Veterinär, ich muss das erst mal jemandem vorlegen, der das richtig einordnen kann. Deine Thesen und Schlüsse in Ehren, aber du bist auch keine Spezialistin, oder?«

»Nein, aber ich fände es toll, wenn du jemanden hinzuziehen könntest. Bitte – und wenn das das Einzige ist, was du jemals noch für mich tust. Bitte!«

»Tue ich ja!«, sagte Gerhard und wurde plötzlich von einer Art Fluchtreflex erfasst. »Ich pack's jetzt.« Er stand auf und gab Jo unbeholfen die Hand. »Servus.«

»Rufst du mich an?«, fragte Jo leise.

»Ja, ja doch.« Er schwang sich auf sein Bike, und Jo sah ihm nach. Strubbelhaare im Wind, seine strammen Bergfex-Waden. Sie musste lächeln, ein wenig wehmütig, aber auch sehr froh. So wie es ist, wenn man nach einer langen Reise ankommt und sich zuerst gar nicht so recht freuen kann, weil der Weg so anstrengend war.

5.

Gerhard rief Jo am Dienstagmorgen an. Er klang ein bisschen brummig. »Also, das ist alles sehr dubios. Auch der Fachmann nimmt an, dass es sich um Testreihen an Rennochsen handelt. Wir haben mal ein wenig über das Ochsenrennen in Tauting nachrecheriert. Der Besitzer des Gewinner-Ochsens, ein Mann namens Schraub, hat einen sehr hohen Betrag auf das Tier gesetzt.«

»Da hast du es doch!« Jo triumphierte. »Das ist doch der Beweis. Svenja hat das rausgefunden, Ostheimer zur Rede gestellt, und Ostheimer hat sie umgebracht.«

Gerhard lachte trocken. »Nein, so einfach ist das nicht. Ich gebe zu, die Sache stinkt, aber das ist noch lange kein Beweis dafür, dass Ostheimer etwas mit Svenjas Tod zu tun hat. Und ich sage es noch mal: Da waren keinerlei Zeichen von Fremdeinwirkung. Wir machen das nicht zum ersten Mal!«

»Ihr könnt euch auch mal irren!« Jo machte eine Kunstpause. »Und fährst du jetzt nach Tauting?«

»Ja, verdammt!«

»Und nimmst du mich mit? Du weißt ja, ich bin so eine Art Landwirtin für Arme, ich kann es gut mit den Bauern.« Jo war voller Elan.

»Na, das ist ja mal ein Anreiz für mich. Ja, ich nehme dich mit. An sich würde ich Evi vorziehen, das ist nämlich ihr Job.

Aber das Ganze ist so albern, dass mein Team mich auslachen würde. Aber gut, hol mich zu Hause ab. Fahren wir halt mit deinem landwirtschaftlichen Fahrzeug.« Als Gerhard aufgelegt hatte, war er irgendwie nervös. Eigentlich würde ich Evi vorziehen, hatte er gesagt. War das so?

Sie hatten Bertoldshofen passiert, als Jo zum ersten Mal etwas sagte. Sie sah Gerhard von der Seite an, der einen Straßenatlas auf den Knien hatte. »Andere haben ein Navigationssystem, wir sind ganz schön altmodisch.«

Gerhard schaute auf die Konsole von Jos Landcruiser, wo statt des Aschenbechers ein schwarzes Loch klaffte. Der CD-Spieler ging nicht, und das Radio glänzte auch immer wieder mit Rauschen oder totaler Funkstille. »Navigationssystem, genau, das würde toll in deinen Bauernkarren passen.«

»Sag nicht Bauernkarren!«, gab sich Jo entrüstet.

Gerhard zog die Nase hoch. »Das ist ein Bauernkarren. Es müffelt nach Mist, überall kleben Pferdehaare zäh wie Kleister. Was machst du eigentlich in dem Ding?«

»Nichts! Manchmal transportiere ich Sättel und so.«

»Hier drin riecht es so, als ob du das ganze Pferd transportieren würdest«, meinte Gerhard, der wohl wusste, dass Jo das Toyota-Ungetüm nur deshalb gekauft hatte, weil ein nagelneuer Pferdehänger dabei gewesen war. Typisch Jo: Der Hänger für die Viecherei war top, ihr Zugfahrzeug eine fahrende Müllhalde mit Antiquitätenwert.

Jo sagte nichts und lachte Gerhard an. Er lachte zurück, befreit. Es war alles wie immer. Das Geplänkel alter Freunde, die sich zu gut kannten, um sich etwas vorzumachen. Sie passierten einen Ort namens Burk mit einer Traumsicht auf den Grünten und die gesamte Alpenkette. Jo röhrte an Krottenhill vorbei.

»Das sind Namen! Krottenhill, das ist aber auch ein letzter Außenposten der Zivilisation.«

Gerhard schaute in den Atlas. »Das gehört schon zum Landkreis Weilheim-Schongau. Komisches Konstrukt, die Landwirte hier in Krottenhill haben sicher wenig mit den Schickis am Starnberger See zu tun.«

Sie ließen Schongau hinter sich und bogen auf eine neue Umgehung ein, die das endlos lange Peißenberg noch länger wirken ließ, aber auf jeden Fall einen Zeitgewinn bedeutete. Der Landcruiser ruckelte mehrmals ungesund. Gerhard »Hilfe, ich hoffe, dass die Mühle nicht gerade jetzt ihr Ableben ankündigt.«

Jo schüttelte missbilligend den Kopf. »Der stirbt nicht!«

Oberhausen, Huglfing und dann ein Schild Richtung Eglfing und Uffing. Jo nahm die Kurve rasant.

»So, wir sind gleich da. Wie willst du nun vorgehen?«, fragte Jo.

»Wir fragen, wo der Schraub wohnt, und ich befrage ihn. Ich!«, sagte Gerhard und drohte ihr mit dem Zeigefinger.

Jo steuerte den Landcruiser durch eine lang gezogene Kurve. Da war ein Schild, das nach Tauting wies. Aber Gerhard hieß sie geradeaus weiterzufahren. Jo war ausnahmsweise still und bester Vorsätze, Gerhard mal machen zu lassen.

»Ober- oder Untereglfing?«, fragte sie beim nächsten Ortsschild.

»Fahr mal nach Unter, vielleicht läuft ja jemand auf der Straße rum.«

Dem war so, zwei ältere Frauen standen am Ortschild und ratschten. Die eine war rundlich mit geröteten Apfelbäckchen, trug über ein geblümtes Hauskleid einen blauen Schaber und gelbe Gummistiefel drunter. Die andere war dünn, fast dürr, und wurde von ihrer Jeans und Blümchenbluse nur so umschlottert. Auch ihre grünen Gartenclogs waren eindeutig zu groß, wahrscheinlich die ihres Mannes.

Gerhard lehnte sich aus dem Fenster. »Entschuldigen Sie, wo finden wir denn den Schraub?«

»Tauting, da sans vorbeigefahren«, sagte die Rundliche, die auch weiterhin das Wort führte.

»Und den Herrn Stangassinger?«

»Gradaus, an der Kirch vorbei. Der Hof ist weiter hinten. Was wollen Sie von dem?«

»Ach, Sie hatten doch ein Ochsenrennen hier. Wir wollten …«

»Na, des Rennen war in Tauting!«, wurde Gerhard unterbrochen.

»Ja, aber gehört das nicht zu Eglfing?«

Sie schaute ihn an, als ob er sie gefragt hätte, was sie für die Nacht kostet oder ob sie ihm ihre Tochter vermieten würde. Etwas in der Art. Die Handbewegung, die sie in Richtung des Hofes machte, war extrem unwirsch.

Gerhard bedankte sich dennoch artig, bevor sie wieder losfuhren. Jo grinste. »Na, der oberbayerische Grant liegt dir wohl nicht? Du hättest dich besser vorbereiten müssen auf die innerdörflichen Feinheiten.«

Sie steuerten weiter dorfeinwärts, kamen aber nicht weit, weil ein Bulldog gerade in eine Wieseneinfahrt rangierte. Auf dieser Weide standen einige Pferde und Rinder.

Jos Augen leuchteten auf. Vorbei mit den Vorsätzen, sich rauszuhalten!

»Lass mich mal, ich versuch es über die Pferde.«

Sie fuhr den Landcruiser zackig halb in den Graben und stieg aus. Gleichzeitig kletterte der Typ vom Bulldog. Er war groß, kräftig, schätzungsweise Mitte vierzig und schickte sich an, Zaunpfähle abzuladen. Er hatte lustige Augen und schaute Jo offen an.

»Du fährst einen recht heißen Reifen.«

Jo lachte. »Ich hab deine Isis gesehen. Ich hab auch welche. Die Stute da drüben«, sie deutete auf ein Pferd, »sieht aus wie meine. Pass und Tölt? Jo heiß ich übrigens, das ist Gerhard.«

Der Typ nickte. »Servus. Michi heiß ich. So, und ihr seids vom Allgäu draußen?«

Es entbrannte ein Fachgespräch über Isländer, auch darüber, wie sinnvoll es war, Rinder und Pferde auf einer Weide zu halten. »Die fressen sich gegenseitig das Schlechte weg«, meinte der Mann, stellte sich einen Zaunpfahl zurecht und hieb ihn in fünf Zügen bombenfest in den Boden. Gerhard registrierte Jos Blick auf den gewaltigen Oberarm des Mannes sehr wohl.

Inzwischen hatten die beiden Frauen die Wiese erreicht und starrten herüber.

»Die Huberin, die blede Kachel!«, rief Michi, in einer Lautstärke, die die »blede Kachel« sicher auch gehört hatte.

»Nicht dein Fall, die gute Frau?«, fragte Gerhard.

»Horch, die hat so viel Haare auf den Zähnen, dass du täglich einen Friseur bräuchtest. Der Huber ist eine arme Sau bei dem Weib. Und wenn man denkt, wie billig heutzutage

Latzhosen beim Aldi sind, da rentiert sich a Frau zum Stopfen doch gar nicht.«

Gerhard lachte laut. Jo hätte eigentlich entrüstet sein müssen, aber auch sie musste schmunzeln.

»Und deine Frau? Rentiert die sich auch nicht?« Jo flirtete augenscheinlich mit ihm und starrte erneut auf den Oberarm, der den nächsten Zaunpfahl in den bockharten ausgedörrten Boden hieb, als sei der weich wie Pudding.

»Ich hab keine. Muss sich doch nicht jeder fortpflanzen. Die anderen hocken auf wie die Steinesel, und das ist dann christlich und ein gesundes Dorfleben. Na, ich dank dir schön! Ich kann dieses Dorf nur ertragen, weil ich für jeden liebevolle Spitznamen habe: Der Dachskopf zum Beispiel oder auch Rotköpfchen, weil der immer knallrot anläuft, wenn ich ihn anschau. Horch, da sind mir meine Viecher lieber. Die sind ehrlich und loyal.«

Gerhard, der ahnte, dass Jo darauf natürlich sofort anspringen würde – ein tiernarrischer Bauer mit gewaltigen Muskeln – versuchte, das Ruder rumzureißen.

»Hast du denn auch Ochsen? Ihr hattet doch da so ein Ochsenrennen im Juli?«

»Horch! Bei diesen dumm gesoffenen Bauernschädeln mach ich doch nicht mit!«

»War aber eine Mordsgaudi, oder?« Gerhard wollte am Thema dranbleiben.

»Ja, schon – lustiger waren die Trainings. Anfangs sind die dumm gesoffenen Bauernschädel ja nur runtergedonnert. Ein Weib ist mitgeritten, die hatte das besser im Griff. Locker aus der Hüfte.« Er grinste Jo an.

»Haben die oft trainiert?«, fragte Jo.

»Klar, wochenlang, und am End sind einige sogar ganz ordentlich gerannt. Ein Ochs ist halt trotzdem kein Araber. Aber zwei waren schon wirklich schnell und sind auch geradeaus gelaufen. Ein Allgäuer Braunvieh, der Winnie, vom Stangassinger-Alois und ein Murnau-Werdenfelser, der Hias, vom Schraub-Erwin. Und dann nennt der Schraub kurz vor dem Rennen einen weiteren Murnau-Werdenfelser, einen, der nie vorher mittrainiert hat.«

»Und dann?«

»Na, das halbe Dorf hat natürlich auf die Favoriten Winnie und Hias getippt, einen Euro oder so. Und dann prescht dieser Neue, dieser Jeronimo, vor, als wäre er ein Renngaul!« Michi nickte dazu beteuernd.

»Und die Favoriten? Die im Training immer punkten konnten? Was war mit denen?« Gerhard fand Gefallen an dem Gespräch.

»Waren wie Schnecken! Da sind sogar Lolek und Bolek schneller gewesen, und das waren wirklich Krücken.« Michi haute auf den nächsten Pfahl.

»Und die Wetten? Ich stell mir vor, Jeronimo hatte als Außenseiter eine ziemlich attraktive Quote?«

»Na, dieser Jeronimo hatte natürlich eine sagenhafte Quote. Das kannst du dir ja denken.« Donner! Wieder ein Pfahl.

»Und wer hat gewonnen?«, mischte sich Jo nun ein.

»Na, nun ratet mal. Sein Besitzer, der Schraub-Erwin und zwei Spezeln. Der Stangassinger-Alois und noch einer, den ich nicht gekannt habe. Und einige Kinder, die einfach wegen des schönen Namens auf den Jeronimo gesetzt haben.« Michi lachte laut heraus.

»Wie? Der Stangassinger, obwohl der einen Favoriten hatte, der im Training immer gewonnen hat, tippt auf den Jeronimo?« Gerhard schaute von Michi zu Jo und zurück.

»Ja, merkwürdig, oder? Mir sagt das, der hat gewusst, dass der Winnie schlecht laufen wird. Und wieso hat der das wohl gewusst? Na?«

»Du willst sagen, da wurde manipuliert?«

»Klar will ich das sagen. Horch, der Stangassinger, dieser Tropf, diese dumme Hauben, der hat ja nur fünfzig Euro gesetzt und trotzdem ordentlich was rausbekommen wegen der Quote. Aber das Allerbeste kommt ja noch. Der Schraub, dieser dumm gesoffene Bauernschädel, also der Schraub hat fünfhundert Euro auf seinen Jeronimo gesetzt, und wegen der Quote konnten sie das Geld gar nicht auszahlen. Dann hätte sonst nämlich keiner mehr was gewonnen. Der Schraub ist natürlich fast ausgerastet, dieser dumm gesoffene Bauernschädel. Einer seiner Spezeln hat ihn am End fast niedergeschlagen, um ihn zu beruhigen. Aber das ist auch die einzige Sprache, die der Schraub versteht, dieser dumm gesoffene Bauernschädel.«

»Ja, das wissen wir jetzt, dass du den Schraub nicht magst. Aber wer hat ihn denn nun beruhigt?«, versuchte Gerhard das Gespräch wieder in die richtigen Bahnen zu lenken.

»Beruhigt ist gut. Horch, fast niedergeschlagen hat der den. Das war einer von euch da draußen, so ein großer Bulliger. Der schrie immer: Jetzt mandel di it auf. Am Ende haben sie sich geeinigt, dass der Schraub siebenhundert Euro kriegt. Ist ja auch nicht schlecht!«

»Sag mal, was anders: War bei der Allgäuer Abordnung eine kräftige, große blonde Frau dabei?«

»Nein, die wäre mir aufgefallen.« Michi grinste und wandte sich wieder seiner Arbeit zu. Rums.

Jos Blick war verzückt, und Gerhard hatte alle Mühe, ihre Aufmerksamkeit wieder auf das merkwürdige Ochsenrennen zu lenken. »Und wieso ist der Ochs denn nun so gerannt?«

»Wieso? Na, weil die dem Feuer unterm Arsch gemacht haben. Der hatte einen ganz irren Blick auf. So schaut kein Murnau-Werdenfelser. Das sind Gemütstiere.« Er deutete auf seine Herde auf der Wiese.

»Du würdest also sagen: Das Tier war im weitesten Sinne gedopt?«, fragte Gerhard vorsichtig.

»Ja, klar würd ich das sagen. Und wissts was? Diesem Jeronimo, dem standen die Haare zu Berge.«

»Wie?«

»Also, horch! Bei mir seid ihr da goldrichtig. Ich arbeite drei Tage die Woche in München in der Tierklinik. Landwirtschaft kann man heute ja nur noch als Nebenerwerb betreiben. Ja, also, ich bin mir sicher. Die haben dem Jeronimo etwas in den Muskel oder unter die Haut gegeben. An der Einstichstelle stehen anschließend die Haare eine ganze Weile zu Berge. Das ist zumindest für Fachleute ein eindeutiges und verräterisches Zeichen. Natürlich merken diese dumm gesoffenen Bauernschädel so was nicht.«

»Könnte das Adrenalin gewesen sein?«, fragte Jo aufgeregt. Hatte sie also doch Recht gehabt!

»Klar, Adrenalin für den Sieger, und die beiden anderen haben die langsamer gemacht.«

»Michi, und was würde langsamer machen? Etwas namens Rompun?« Jo war absolut euphorisch. Sie war eben doch eine gute Spürnase, das musste Gerhard jetzt einsehen.

»Genau, du kennst dich ja doch aus! Xylazin, der gängige Handelsname ist Rompun, das sediert. Da kann ich euch mal 'ne Geschichte erzählen! In der Tierklinik, da hatten wir mal so 'nen Renner aus Riem da, und den sollte ich zurücktransportieren. Völlig hysterisch, der Gaul. Dem hab ich auf der Fahrt regelmäßig Rompun verabreicht, damit er an einem Stück ankommt. Allerdings wäre bei gleicher Menge jegliche Kuh schon lang über den Jordan gegangen.«

»Und ein Ochs?«

»Je trainierter der Ochs ist, desto weniger wirkt das Zeug«, erklärte Michi.

»Das heißt, wenn man vorher ein bisschen mit der Dosierung rumexperimentiert, dann kriegt man das gut in den Griff?«, wollte Gerhard wissen.

»Exakt!«

»Aber Doping bei Ochsen?« Gerhard fand das immer noch abwegig.

»Der Schraub, der würde seine Mutter oder Großmutter dopen, wenn es Großmutter-Rennen gäbe. Das ist ein Schwätzer und Wichtigtuer, der immer in der ersten Reihe stehen muss. Da sitzt der in der Dorferneuerung, ist über sechzig und würde allmählich besser schon mal bei der ›Trauerhilfe Denk‹ Probe liegen! Was interessiert sich der für das Dorfbild. Kinder hat er keine, aber er könnt ja irgendeinen Vorteil rausziehen.«

»Michi, sag: Wo finden wir denn Herrn Schraub?«

»Den, den findet ihr besser nicht. Erstens hetzt der seinen Hund auf euch. Zweitens überfährt der, wenn's pressiert, den

Wagen mit dem Bulldog, drittens ist er in Weilheim auf dem Zuchtviehmarkt. Aber aus dem kriegt ihr auch nichts raus, wenn ihr wartet. Da könnts mit der GSG9 kommen. Wenn ihr was rauskriegen wollt, gehts mal besser zum Stangassinger, dieser dummen Hauben. Der zittert wahrscheinlich schon, wenn er deinen Bullenausweis sieht.«

Gerhard runzelte die Stirn.

»Na, du bist doch bei den Bullen, oder? Ein Kriminaler, oder?«

»Sehe ich so aus?« Gerhard grinste Michi an.

»Nein, eben nicht. Das ist es ja gerade. Und die schöne Frau da ist keine Bulette«, sagte er in Jos Richtung. »Aber ein Akademikerweib. Nix für ungut, aber mit den schlauen Frauen gibt's immer Ärger.«

Das schien nun ein Hinweis in Gerhards Richtung zu sein. Michi grinste und donnerte auf den nächsten Zaunpfahl ein.

»Ich fahr jetzt ins Holz. Wenn ihr noch was wissen wollt oder ein Bier braucht, kommts vorbei. Mein Hof ist gleich bei der Kirch.« Er sprang auf seinen Bulldog.

»Du, Michi? Noch eine Frage: Würde es einem Tierarzt auffallen, wenn eine Praxis besonders viel Adrenalin oder Rompun verwendet?« Jo war neben ihn getreten – so nah, dass sie sein nacktes Bein fast berührte.

»Etliche Praxen und Kliniken führen Buch über ihren Xylazinverbrauch, die Frage ist, wie akribisch der Chef ist in seiner Buchhaltung. Die alten Tierarzt-Haudegen sind da eher ziemlich schlampig. Also, der Professor Meierl damals in der Klinik …«

»Michi!«

»Ja, ich red zu viel. Also horch! Wenn einer Buch führt,

würde ein plötzlicher Anstieg im Verbrauch einem Fachmann auffallen. Aber man könnte natürlich gute Erklärungen finden. Ein Vieh hat sich bei einer regulären Sedation so aufgeführt, dass eine größere Menge nötig war. Oder vielleicht ist auch noch eine volle Spritze abgebrochen am Konus, und damit ist die entsprechende Menge des Medikamentes verloren gegangen. Oder der hat das Zeug irgendwoher illegal, und es taucht nie auf in den Unterlagen. Alles ganz einleuchtend. Die Welt ist schlecht. Nix wird besser«, schloss er seine Rede düster. Als er lostuckerte, hellte sich seine Miene auf: »Für ein Akademikerweib bist du ganz schön wief. Kannst du Bulldog fahren?«

Jo lachte. »Klar! Vielleicht komm ich nächstes Jahr mal vorbei und helf dir beim Schwadern.«

Er nickte anerkennend, zwinkerte Gerhard zu und fuhr.

»Na, das ist ja mal eine Marke!« Jo schüttelte den Kopf.

»Sei vorsichtig mit deiner Begeisterung. Das ist der Dorfquerulant, solche Aussagen sind mit Vorsicht zu genießen«, sagte Gerhard.

»Och, ich fand ihn ganz amüsant.«

»Ja, und diese Muskelpakete! Willst du nicht gleich hier bleiben? Eine Frau hat er noch keine, dafür deine geliebten Isländer.«

»Ich denke darüber nach!« Jo lachte lauthals. »Aber du hast ja gehört, dass sich ’ne Frau angesichts der Latzhosenpreise nicht rentiert. Fahren wir lieber zu diesem Stangassinger.«

Die Höfe waren alle an der Hauptstraße aufgereiht, schöne große Höfe, Blumen in den Bauerngärten, Geranien in den Balkonkästen. Eine bayerische Herbstszene wie aus dem Reiseführer. Der Stangassingerhof aber war ziemlich verlottert. Als sie in die Stallgasse traten, kam ihnen die Frau im Schlotterlook entgegen, gefolgt von einem Mann, der genauso dünn war wie sie. Beide wirkten ziemlich verdruckt.

Gerhard zauberte überaus schmissig seinen Ausweis aus der Jacke und hielt ihn dem Ehepaar unter die Nase. Mit solchen Aktionen konnte er Jo immer wieder verblüffen. Er agierte wie ein Fernsehkommissar, und die Leute waren dann immer tief beeindruckt. Gerhards Masche war es, unterschätzt zu werden.

»Kripo. Grüß Gott. Sie haben Rennochsen mit unlauteren Mitteln gedopt. Das ist Betrug. Vom Tierschutzgesetz mal ganz abgesehen. Dazu kommt, dass die Wetteinsätze zurückbezahlt werden müssen. Und wenn andere, die gewettet haben, Schadenersatz fordern … O weh!« Er sagte das wie zu sich selbst. »Das wird teuer.«

Er starrte die Stangassingers geradewegs an. Sie schrumpfte noch mehr in ihren Kleidungsstücken zusammen, bekreuzigte sich und rannte clogsklappernd ins Haus. Ihr Mann war bleich geworden und deutete mit einer Handbewegung an, dass Gerhard und Jo ihm in den Stall folgen sollten. Wie sich bald rausstellte, war Michis Ausdruck »Tropf« nur allzu treffend. Er stammelte eine Geschichte zusammen, die ebenso haarsträubend wie einleuchtend war. Er, der Stangassinger, sei dem Schraub noch was schuldig gewesen. Na ja, ein paar alte Leichen im Keller, aus der Nachkriegszeit. Da seien Probleme mit Grenzverläufen entstanden, und der Schraub, der wäre damals ziemlich kulant gewesen. Und dann habe der Schraub ihm gesagt, dass die

Praxis eines alten Jagdfreundes vom Allgäu draußen an einer wissenschaftlichen Arbeit über Ochsen säße und Hilfe bräuchte. Und dass er da eben auch mithelfen müsse. Und ein bisschen Geld würde es ja auch geben.

Angesichts des desolaten Zustandes des Hofs glaubte Gerhard sofort, dass der Mann jeden Cent brauchen konnte. Na ja – und für die Wissenschaft, da tät man gerne was, wenn man könnt. Und es sei ja auch wirklich sehr interessant gewesen, wie die Ochsen gerannt wären. Sehr interessant.

»Bin ich jetzt verhaftet?«, fragte er. »Soll ich packen für den Bau?« Und er wandte sich in Richtung Haus.

Wirklich, was für ein Tropf! Der liebe Herrgott hatte schon ein breites Sammelsurium an Geschöpfen erschaffen, und der Mensch war in den meisten Fällen nicht die Krönung, dachte Gerhard. Er setzte ein grimmiges Gesicht auf und brummte: »Momentan noch nicht, aber ich behalte mir das vor. Ich warne Sie, Herr Stangassinger, wenn Sie nur ein Wort verlauten lassen, dass wir hier waren …« Er sah ihn so scharf an, dass der Tropf einige Schritte rückwärts machte.

»Ja, aber was sag ich denn?« Der Bauer zitterte wie Espenlaub.

»Dass wir uns einfach für das Rennen interessiert haben, weil wir so was im Allgäu auch machen wollen«, flötete Jo.

»Ja, ja, das ist gut.« Er trat wieder einen Schritt nach vorn und reichte Gerhard die Hand. »Nix für ungut.«

Gerhard war sich nicht ganz sicher, ob das jetzt passte, aber wahrscheinlich war mit solchen Sätzen der Sprachschatz des Stangassingers ausgereizt. Und so brummte er: »Des wert scho.«

Als sie wieder ins Auto gestiegen waren, rief Jo: »Du kannst doch nicht glauben, dass der die Klappe hält!«

»Nein, kann ich nicht. Das ist ein Dorf, und da sickern Gerüchte durch wie durch Kalkböden und kommen an ganz anderer, oft unerwarteter Stelle wieder zum Vorschein. Aber ein wenig Zeit wird schon vergehen, und das reicht mir. Mir geht es um Ostheimer, und ich will nicht, dass der durch Schraub gewarnt ist.«

»Aber du kannst doch dieses illegale Rennen nicht auf sich beruhen lassen!«, insistierte Jo.

»Doch, kann ich. Überlege doch mal: Es ist doch heute gar nicht mehr zu beweisen, dass die Ochsen gedopt waren. Soll ich da jetzt Wochen später Blutproben nehmen lassen? Jo! Die Rennochsen drehen sich wahrscheinlich auf irgendeinem Volksfest längst am Spieß.«

»Ach, komm, du bist eklig!« Jo war entrüstet.

»Wieso? Ich wüsste nicht, dass du Vegetarierin geworden bist, oder? Ochsenfleisch ist lecker und von so trainierten Kerlchen doch sicher erst recht!«

»Puh, du Ekel. Trotzdem, dieser Stangassinger hat es doch zugegeben. Den kann man doch darauf festlegen.«

»Jo, der Mann ist grenzdebil! Dessen Aussage vor Gericht zählt null. Wenn der Ostheimer und der Schraub den zurechtstutzen, hat der uns angeblich gar nichts erzählt. Du weißt doch, wie so was läuft. Und selbst wenn: Was würden wir erreichen? Dass das Rennen annulliert wird? Dass es einen Dorfskandal gibt? Dass das Weilheimer Tagblatt oder wie die Postille hier heißt, eine tolle Story hat? Mich interessieren diese Ochsen nicht. Höchstens doch am Spieß, so mit Meerrettich und Bratkartoffeln.« Gerhard lachte.

»Immer ans Fressen denken!« Jo haute Gerhard auf die Schulter und zog den Arm blitzschnell zurück. Das war die erste Berührung seit Monaten. Sie starrten beide aus dem Fenster.

»Und jetzt?«, fragte Jo schließlich.

»Fährst du mich nach Pfronten?«

»Natürlich.« Jo wählte eine Strecke, die sie über eine passartige Straße nach Böbing und weiter nach Rottenbuch mitten durch den Klosterhof führte. »Gar nicht so schiach hier in Bayern«, versuchte sie, Konversation zu machen.

»Ja, recht nett«, meinte Gerhard, und er bemühte sich später beim Passieren der Wieskirche um eine Story, die er mal mit seiner Oma beim Besuch dieser Barockkirche erlebt hatte.

Plauderton, lange Schweigepausen dazwischen, Banalitäten. Gerhards höfliche Antworten. Sie umschlichen sich gegenseitig. Als Jo durch Nesselwang fuhr, musste Gerhard an Evi denken. Himmel, Gefühle sind eine Geißel der Menschheit, dachte er. In Pfronten ließ er Jo beim Haus des Gastes parken und empfahl ihr die Eisdiele.

»Du bleibst hier sitzen! Auf jeden Fall!«, sagte Gerhard mit warnendem Unterton.

»Ja, großer Columbo! Oder soll ich besser sagen: Kottan oder Stockinger? Muss ich immer hier sitzen, oder darf ich zum Tourismusverband rübergehen und den Kollegen besuchen?«, fragte Jo grinsend.

Die Antwort blieb aus. Gerhard drohte ihr mit dem Finger, als er davonmarschierte. Jo sah ihm nach. Seit langem war sie mal wieder froh gestimmt: Gerhard war wieder da.

Ostheimer war in der Praxis, gerade von einigen Bauern heimgekommen, wie er Gerhard wissen ließ. Er bat Gerhard in die Küche, wo er ihm ein Engelbräu offerierte. Gerhard nahm das Angebot an, und während Ostheimer einschenkte, erzählte er, er sei als Rucksackstier unterwegs gewesen. Als Gerhard verständnislos schaute, lachte er polternd. Rucksackstier war der Ausdruck für das künstliche Besamen.

»Was sagt Ihnen Tauting?«, fragte Gerhard so urplötzlich, dass Ostheimer sein Bier verschüttete.

»Tauting?«

»Ja, Tauting, Oberbayern, Schauplatz eines legendären Ochsenrennens! Klingelt es bei Ihnen, Herr Doktor Ostheimer?«

Ostheimer stand auf und holte noch ein Bier aus dem Kühlschrank.

Gerhard schnippte eine CD auf den Tisch. Er konnte natürlich die illegalen Kopien aus der Praxis nicht ins Gespräch bringen, aber er beschloss, hoch zu pokern. »Wir haben die Wohnung von Svenja Gudmundsdottir genauer unter die Lupe genommen und das gefunden. Eine akribische Aufstellung der verwendeten Medikamente, die die Rennochsen erst beschleunigt haben und dann wieder verlangsamt. Ostheimer! Kommen Sie in die Hufe!« Das was eigentlich ein schönes Bild für einen Tierarzt, dachte Gerhard.

Ostheimer blickte lange in sein zweites Bier, dann schaute er Gerhard sehr ernst an. »Herr Weinzirl, ich habe so sehr gehofft, dass uns allen diese Szene erspart geblieben wäre.« Er stemmte sich gequält hoch, so, als habe er schwere Rückenschmerzen oder aber das Elend der Welt auf seine breiten Schultern geladen. »Kommen Sie mit.«

Gerhard folgte ihm ins Büro.

»Sie können gerne unsere Praxiscomputer überprüfen, wenn Sie wollen. Das ist meiner, der andere war Svenjas.« Er drückte einige Tasten an Svenjas Computer und hieß Gerhard, sich davorzusetzen. »Alle diese Dateien stammen von Svenja. Sie hat sich anfangs wegen einer wissenschaftlichen Publikation mit Doping bei Tieren beschäftigt und ist dann leider auf die Idee verfallen, Geld daraus zu machen. Es begann mit einem Haflingerrennen. Sie hat dem Sieger damals Adrenalin gespritzt, und die Wirkung war verblüffend. Dieser Hafi namens Simmerl ist geflogen wie Pegasus. Sie ist da mehr und mehr reingeschlittert und hat das finanzielle Potenzial erkannt. Letztlich wollte sie im Pferdesport Geld machen, die Ochsen aus Tauting waren Versuchskaninchen. Sie hat dringend Geld gebraucht.« Sein Blick glitt zum Fenster, er schüttelte betroffen den Kopf. »Herr Weinzirl, ja, ich habe Ihnen das nicht erzählt. Aber ich wollte doch über eine Tote nicht schlecht reden. Was hätte das alles noch gebracht? Ich meine, das Ochsenrennen ist vorüber. Wozu schlafende Hunde wecken?«

Oder tote Ochsen am Spieß, dachte Gerhard. »Herr Doktor Ostheimer, soviel ich weiß, ist doch aber der Herr Schraub ein Freund von Ihnen«, warf er ein.

»Ja, eben. Das ist es doch gerade. Da liegt doch der Hase im Pfeffer, wenn ich so sagen darf. Svenja war auf Kleintiere sowie Schafe und Ziegen spezialisiert. Auch auf Exoten, Lamas zum Beispiel. In Seeg gibt es sogar Kamele, die wir ab und zu behandelt haben. Ja, schauen Sie nicht so: Rent a Camel, die verleihen Kamele, die Viecher standen in Oberammergau sogar bei Aida auf der Bühne. Also, ich bitte Sie: Kamele und Lamas, des sind doch kuine Viecher fir isre Hoimet«, verfiel er ins Allgäuerische. »Nun, Svenja liebte solche Aufgaben, Rinder und Pferde hat sie selten behandelt. Deshalb hat sie meine Karteien geplündert und versucht, sich beim Schraub einzuschleichen. Ihre Gedanken waren ja nur logisch. Lieber außerhalb des Allgäus agieren, da, wo sie keiner kennt. Sie hat in meinem Namen um Mithilfe für eine Publikation gebeten. Der Schraub hat mich aber schließlich angerufen. Da hatte sie die ersten Versuche schon vorgenommen gehabt. Ich war wie vom Donner gerührt.«

Gerhard beobachtete Ostheimer, der keinerlei Anzeichen von Nervosität zeigte. Sein Blick war offen und besorgt zugleich.

»Herr Doktor Ostheimer, was ich aber nicht verstehe: Das Rennen fand statt. Mit dem gedopten Jeronimo? Sie waren vor Ort. Sie haben gewettet, Ihre Kumpels auch.«

Ostheimer nickte bedächtig. »Ja, Sie haben Recht. Aber die Sache war so weit gediehen, dass ich einfach neugierig war, ob das wirklich alles so funktioniert, wie Svenja sich das ausgedacht hatte. Zudem war ja auch der Herr Stangassinger beteiligt. Der ist ein etwas – äh, sagen wir mal – einfach gestrickter Mann. Wie hätten wir dem begreiflich machen sollen, dass der Test gerade vor dem Rennen abgebrochen wird?«

»Und die hohen Wetten? Was soll ich davon halten? Das war ja nicht gerade unauffällig!«, wetterte Gerhard.

»Ja, Herrgottsakrament! Ich habe dem Schraub eingebläut, kein Aufsehen zu erregen, und dann setzt der fünfhundert Euro. Das wusste ich nicht! Wirklich! Wissen Sie, wenn bei den Landwirten die Bauernschläue durchbricht, da gibt es kein Halten. Der Nährstand – immer am Jammern und immer auf den eigenen Vorteil bedacht.« Er lachte ein wenig unangenehm.

»Wie viel haben Sie denn gesetzt?«

»Fünf Euro, mehr nicht.«

»Und Svenja? Hat sie das alles so klaglos hingenommen?«

»Nein, natürlich nicht. Aber ich habe ihr gedroht, sie anzuzeigen und sie zu entlassen. Sie hätte ihre Approbation verloren. Das wäre das Schlimmste für sie gewesen. Sie hat ihren Job geliebt. Ich hatte sie ständig unter Beobachtung. Wissen Sie, sie kam mir vor wie eine Zockerin. Sie tat mir leid. Das ist ja auch eine Sucht. Ich war mir nicht sicher, ob sie rückfällig würde. Ich wollte sie natürlich nicht wirklich entlassen, aber wie bei einem Alkoholiker kommt man mit Verständnis nicht weiter.«

»Das kann ihr aber nicht gefallen haben, oder?« Gerhard versuchte weiter, in Ostheimers Gesichtsausdruck eine Lüge zu entdecken. Was ihm aber nicht gelang.

»Nein, aber ich wollte sie doch nur davor bewahren, komplett in ihr Elend zu rennen.« Er schüttelte erneut den Kopf. »So eine kluge Frau. So eine hervorragende Veterinärin gefährdet durch kriminelle Machenschaften ihr ganzes Leben.«

»Herr Doktor Ostheimer, der Zeitpunkt ihres Selbstmordes, wieso gerade letzten Donnerstag? Ist noch etwas vorgefallen?«

»Nicht eigentlich, aber glauben Sie mir, ich mache mir immense Vorwürfe, dass ich sie mit meiner kurzen Leine und meiner ständigen Beobachtung zusätzlich in den Tod getrieben habe. Himmelherrgottsakrament!«

»Darf ich Sie trotzdem fragen, wo Sie am Donnerstag zwischen 13 und 16 Uhr waren?«

»Dürfen Sie. Ich war in Gschwend auf dem Pferdehof. Eine Steißgeburt, wir hatten alle Mühe, das Fohlen ans Licht der Welt zu befördern. Ein bildhübsches Haflinger Stütchen übrigens. Haben Sie denn Anlass, an etwas anderes als Selbstmord zu glauben?«

Gerhard schüttelte den Kopf.

»Herr Doktor Ostheimer? Ist da noch was?« Gerhard hatte das Gefühl, dass Ostheimer etwas auf der Seele brannte.

»Ja, äh, Svenja hat ein Haus gekauft, oder besser, einen alten Bauernhof. In Freundpolz, ein altes Ding, aber in Traumlage! Ich habe keine Ahnung, woher sie das Geld hatte. Vielleicht bin ich als Spitzel doch nicht so gut gewesen. Vielleicht hatte sie doch Kontakt zu Pferderennställen? Ich weiß es nicht, es ist alles so undurchsichtig, so befremdlich. Da kennt man einen Menschen – Svenja war fünf Jahre bei uns – und kennt ihn doch gar nicht. Herr Weinzirl, das ist tragisch.« Er stockte und fragte dann: »Kann ich noch etwas für Sie tun?«

Gerhard schüttelte erneut den Kopf. Er stand auf und verabschiedete sich. Ostheimer hatte einen festen Händedruck und einen festen Blick.

»Auf Wiedersehen, Herr Weinzirl.«

Als Gerhard in Richtung Vilstalstraße ging, war er wütend. Am meisten auf sich selbst. Wie hatte er sich nur einmal mehr auf Jos verzwirbelte Gedankengänge einlassen können? Er sah sie in der Eisdiele vor einem Eiskaffee sitzen. Er warf sich auf einen Stuhl und machte Jo unmissverständlich klar, in was sie ihn da hineingeritten hatte. Jo versuchte, sich zu verteidigen, und als ihre Stimme so laut wurde, dass an den Nachbartischen die Eisbecher zu wackeln begannen, zischte Gerhard: »Wir fahren jetzt!«

Erst im Auto gelang es Gerhard, die Fassung wiederzuerlangen. Er gab das Gespräch mit Ostheimer nun nochmals kühl und unemotional wieder.

»Er hielt Svenja für eine Zockerin.«

»Zockerin? Gerhard, ich bitte dich. Kennst du den Unterschied zwischen einem Zocker und einem Abenteurer? Ein Zocker hat nur ein Ziel – einzig und allein den Gewinn. Egal, ob das Spielbanksüchtige oder eBay-Junkies sind. Zocker sind völlig fokussiert auf das Spiel. Ein Abenteurer funktioniert ganz anders. Das sind Typen, bei denen der Weg das Ziel ist. Jeder Schritt ins Ungewisse gehört zu dieser abenteuerlichen Fahrt. Wenn überhaupt, dann war Svenja eine Abenteurerin.« Jos Augen versprühten Blitze.

»Na prima! Und zum großen Abenteuer gehört, dass sie ein Haus gekauft hat? Mit welchem Geld? Das ist doch Wahnsinn!« Gerhard wurde wieder laut.

»Toll, natürlich, du nennst Sehnsucht Wahn. Svenja wollte eine eigene kleine Tierklinik eröffnen. Eine, die auch auf Homöopathie setzt, auf Bio-Resonanz, eine tiergerechte Pflegestation. Sie war über vierzig, sie wollte es nochmals wissen, ihre Sehnsüchte leben, ja – sich nochmals in ein Abenteuer stürzen. Mit der Leidenschaft für den Augenblick, egal, wo der Weg hinführt. Aber das ist typisch: Wenn ein Mann Sehnsüchte hat, ist er ein Visionär, bei einer Frau ist das Wahn und Hysterie.« Jos Augen füllten sich mit Tränen.

»Jo, bitte jetzt keine Emanzensprüche. Ich gestehe Frauen jede Menge Visionen zu, aber du kannst die Augen nicht vor ihrer finanziellen Situation verschließen. Wo hat sie das Geld her? Und jetzt fang bitte nicht an zu heulen!«

Jo schluckte. »Vielleicht hat sie das Geld geerbt?«

»Nein, da gab's nichts zu erben. Jo, schau der Wahrheit ins Gesicht. Menschen ändern sich. Menschen spielen tückische Spiele. Menschen erzählen Halbwahrheiten. Wie gut kanntest du Svenja? Jo!«

»Gut genug, um zu wissen, dass sie nie was Illegales getan hätte.« Jos Stimme erstarb.

»Jo, deine ach so hervorragende Menschenkenntnis hat dich letztes Jahr aufs Böseste verlassen. Das hätte dich fast das Leben gekostet. Erinnerst du dich?«

Jo wollte aufbegehren, aber sie schwieg und starrte stur geradeaus auf die Straße.

»Oder ein ganz anderes Beispiel: Denk an dein letztes Klassentreffen. Ich weiß nicht, wie deins war, meins war bitter. Unsere Klassenschönheiten, die blonden Objekte der Begierde, waren stinklangweilig, waren zweimal geschieden und hatten drei Kinder von drei unterschiedlichen Vätern. Und einige Mädchen von damals, an die ich mich nicht mal richtig erinnere, sind hochinteressante Frauen geworden. Die eine ist Hoteldirektorin auf Mauritius, die andere wohnt in Japan, International Affairs, was immer das ist. Und so ein Fall Mauerblümchen mit achtzehn ist dermaßen attraktiv als Vierzigjährige, dass ich immer wieder hinsehen musste.« Gerhard wurde lauter. »Nix ist fix, verdammt! Die

Zeit und die Umstände verändern die Menschen. Letztlich weißt du nichts über Svenja. Also, bitte verschone mich jetzt und in Zukunft mit deinen wilden Theorien. Wie konnte ich mich bloß auf so einen Schwachsinn einlassen. Ochsendoping!«

Jo hatte inzwischen Gerhards Wohnung unter der Burghalde erreicht. Kaum bremste sie, sprang er aus dem Auto. Wie hatte er nur wieder rückfällig werden können? Ihr zu glauben, sich einwickeln zu lassen, aber auch, so unangemessen zu explodieren? Wie hatte Evi gesagt? Jo brächte die besten und schlechtesten Eigenschaften in Menschen hervor. Wie wahr – ihn reizte sie bis aufs Blut. Er versuchte, sich zu beruhigen, und lehnte sich kurz noch an die Autotür.

»Johanna! Nimm es zur Kenntnis: Das war ein Selbstmord. Svenja war sicher eine nette Frau, aber sie war verzweifelt. Es ist bedauerlich, dass du eine Freundin verloren hast. Akzeptiere das bitte, auch in deinem Interesse. So, und ich muss jetzt gehen.«

Jo sah ihm nach, wie er fast zu rennen begann. Auf der Flucht vor ihr. Sie hatte es wieder einmal versiebt. Aber das war ja nichts Neues. Sie fuhr nach Hause, Gerhards Gesicht vor Augen.

Im Kühlschrank stand noch eine halbe Flasche Veltliner. Sie schüttete ihn in ein Saftglas und erinnerte sich an den deutschen Riesling damals mit Gerhard – und was daraus entstanden war. Niemals mehr würde sie deutsche Weine trinken. Na ja, den von Familie Doll vielleicht doch, Doll war ein Gott, was Wein betraf.

Ja, sie hatte es wirklich mal wieder in den Sand gesetzt. Und in bitterer Selbsterkenntnis merkte Jo, dass auch ihr erster Impuls nichts Neues war: Immer in verzweifelten Momenten rief sie ihre Freundin Andrea in Berlin an. Andrea, die Gute, die sie ebenso wie Gerhard im Stich gelassen hatte. Mit der sie zwar mehrmals seit ihrer Rückkehr gesprochen hatte, aber doch nie mehr so intensiv wie früher.

Jo erzählte ihre Geschichte langsam – zögernd. Sie, die sonst so schnell redete, dass ihrer Zuhörerschaft ganz schwindlig wurde. »Für einen Moment sah es so aus, als würden wir wieder zueinanderfinden. Ich meine, als Freunde.«

Andrea klang freundlich, aber sehr bestimmt. »Jo, du mutest Gerhard aber auch einiges zu, oder? Du tauchst auf wie ein Gewitter aus dem Nichts. Ziehst auf wie eine dunkle Wolkenwand und hast sofort wieder tausend Verschwörungstheorien im Gepäck. Du strapazierst deine Umgebung ganz schön!«

»Ich weiß, aber was hätte ich tun sollen?«, fragte Jo.

»Das sagst du immer!«

»Aber es ging mir echt um Svenja!«

»Auch das hat Seriencharakter. Du hast immer gute Gründe. Und noch eins zum Thema Serie und Daily Soap: Du hättest nicht mit ihm schlafen sollen.« Andrea klang ganz neutral.

In Jos Magen begann es zu rumoren. Sie sagte lange nichts. Versuchte, die Übelkeit zu unterdrücken.

»Hat dir Gerhard das erzählt?«

»Musste er nicht. Als er nach dir gesucht hat, als wir nach dir gesucht haben, war mir das klar. Es war ihm anzumerken. Gerhard ist nicht gut darin, den coolen Macho zu spielen.

Beruflich wahrscheinlich schon, privat nicht! Dazu kennen wir uns auch zu lange!«

»Ach, Andrea, du bist immer so schlau! Bist du mir auch so böse? Kannst du verstehen, warum ich wegmusste? Ohne euch zu informieren?«

»Nein, ich bin nicht böse, und ja, ich kann dich verstehen. Ich war anfangs in Sorge, dann enttäuscht, dann wütend und dann alles zusammen. Aber das war meine Geschichte. Jo, wir gehen rasant auf die vierzig zu. Ich bin tief überzeugt, dass man immer weniger Menschen trifft, die einem wirklich wertvoll sind. Qualität statt Quantität – egal, ob es um Zeit oder Worte geht. Du bist so jemand, wirst immer so jemand bleiben.«

»Ich dachte immer, Gerhard wäre auch so jemand«, sagte Jo.

»War er auch, ist er auch. Jo, du hast ihn als Freundin verlassen. Wenn du als Geliebte gegangen wärst, dann wäre er wegen gekränkter männlicher Eitelkeit einige Tage in der Kneipe rumgehangen, das wär's gewesen. Er hätte sich ein Betthäschen gesucht und wäre ganz zufrieden gewesen. Aber du hast ihn als Freundin verlassen, eigentlich als sein bester Kumpel. Das hat ihm wehgetan, sehr weh, auch wenn er versucht hat, seine Gefühle runterzuspielen.«

»Ich weiß, wir hätten die Freundschaft nicht mit Sex verquicken dürfen. Eins von beiden hätte genügt. Oder?« Jo war sich nicht sicher, ob das eigentlich stimmte.

»Ach, ich weiß nicht. Wenn es eine Beziehung gäbe, bei der Freundschaft und Sex zusammenspielten, dann hättest du das Bernsteinzimmer wiedergefunden oder Atlantis. Vielleicht hätte das bei euch sogar klappen können, aber ihr habt da irgendwie den Absprung verpasst. Ihr seid an Missverständnissen gescheitert, an seiner Toleranz und deiner Hauruck-Mentalität. Beschissene, sinnlose Gründe, sich aus den Augen zu verlieren! Andere hassen sich und haben völlig konträre Ansichten. Sie werfen mit Möbeln, und sie verschulden sich in vernichtenden Krediten. Ihr hättet besser zusammengepasst als die meisten, die sich nur ständig verpasst haben. Manchmal, obwohl ich nicht im eigentlichen Sinne an Gott glaube, da glaube ich, es schaut uns einer zu. Schüttelt den Kopf, weil er nicht eingreifen kann. Schüttelt verzweifelt den Kopf, weil er Großes mit uns vorgehabt hätte. Mit dir und Gerhard. Ihr hättet einen Holzzaun um euer Haus gebaut, keinen Stacheldraht. Sein AKW hat immer gut zu deinem Prosecco gepasst. Ihr hättet nie gesagt, das kann man nicht machen. Ihr hättet nie geblümte Vorhänge gebraucht. Ihr wärt nicht samstags zu Adler und Real zum Einkaufen, in Ballonseide im Partnerlook. Ihr hättet für Freunde auch aus dem Nichts noch ein Menü zaubern können. Ihr hättet herrenlose Hunde und Katzen gesammelt. Ihr hättet nicht zugesehen, wenn der Nachbar sein Kind prügelt. Ihr hättet kein Auto als Statussymbol gebraucht. Ihr hättet Bier zum Lachs und Champagner zum Leberwurstbrot trinken können. Ihr hättet die Angst fortgelacht. Ihr hättet euch oben an einem Berghang hinlegen können und runterrollen wie die Kinder, über und über voller Grasflecken – wenn es ein ›Ihr‹ gegeben hätte!«

»Und du meinst, es gibt nie mehr eine Chance dafür?« Jo war auf einmal todtraurig.

»Ich weiß es nicht. Ehrlich. Da bin selbst ich ratlos. Aber willst du das denn, und mehr noch: Will Gerhard das?«

»Ich weiß nicht. Weder, ob ich das will, noch, was er will. Aber ich weiß, dass ich endlich mal vorsichtig sein muss und leise und langsam.«

»Ja, und bitte denke fünfmal nach, bevor du sprichst. Die Worte entstehen bei dir einfach irgendwo in der Magengrube, da, wo es zieht. Weil du immer mitten in Worten lebst und mitten in Geschichten und verwirrter lebst, wenn es deine eigene Geschichte ist.« Andrea klang eindringlich.

»Ja, ich weiß das doch, dass ich eine Dampfwalze bin.«

»Du bist eben ein Allgäuer Bergbauer, kein zartes Röschen im botanischen Garten oder ein feines Wingert-Gewächs! Aber eine Chance gibt es: Gerhard ist auch so ein Bergbüffel.«

Jo musste lachen. »Und wie geht es nun weiter?«

»Lass ihn in Ruhe. Bitte! Keine Anrufe, kein Terror. Einfach warten. W-a-r-t-e-n. Nicht gerade dein Lieblingswort, ich weiß.«

6.

Jo hätte auch wenig Zeit gehabt, Gerhard anzurufen. Im Tourismusbüro war anderntags die Hölle los. Die einen wollten Wanderkarten erstehen, die anderen die Termine für die Viehscheid wissen. Ein Ehepaar kam hereingerauscht und beschwerte sich, dass sie den letzten Lift vom Mittag runter verpasst hätten. »Da laufen wir diese ganze beschissene Nagelfluhkette entlang, immer auf und ab, und meine Frau hatte schon jede Menge Blasen, und da steht der Lift. Im Prospekt stand, dass man mit der Hochgratbahn hinauffahren kann und mit der Mittagbahn runter.«

Auf Jos Nachfrage, wann sie denn am Lift gewesen wären, bekam sie 19 Uhr genannt! Und weitere Nachfragen ergaben, dass die beiden erst um elf am Hochgrat gestartet waren. Für eine siebenstündige Wanderung! Herr, lass Hirn regnen, dachte Jo und versuchte, in freundlichen Worten zu erklären, dass sie dafür leider keine Verantwortung übernehmen könne.

So ging das den ganzen Vormittag. Jo war momentan eine One-Woman-Show, die hundert Hände gebraucht hätte und am besten ein paar Klone, um multilokal überall gleichzeitig sein zu können. Während ihrer dreimonatigen Abwesenheit hatte Jos Assistentin Patti den Laden geschmissen, ihr hatte man zwei Praktikantinnen zugebilligt. Nun war Patti im Mutterschutz, die Praktikantinnen an der Uni, und weitere

Hilfe hatte das Stadtbudget nicht vorgesehen. Jetzt war Ende September, und die Wandersaison im Gebirge galt anscheinend als nicht zugkräftig genug.

Jo war so genervt, dass sie um eins kurzerhand zusperrte und sich eine Mittagspause am Alpsee gönnte. Sie schlenderte in Bühl am Ufer entlang und sah den Alpsee-Segler herangleiten. Wie ein stolzer Schwan glitt er über den See. Bis um 1930 hatten solche Schiffe noch Dienst am Bodensee getan, und weil Immenstadt mit Immenstaad am Bodensee einen regen Austausch pflegte und schon zur Römerzeit ein Handelsweg, die Via Decia, am Alpsee entlang hinunter zum Bodensee geführt hatte, hatte der See eben ein solches Schiff, eine so genannte Lädine, bekommen. Aus touristischer Sicht war diese altertümliche Schönheit aus blank poliertem Holz für Jo natürlich eine tolle Attraktion, und jetzt war sie mit fünfundzwanzig Personen voll beladen. Hermann Seltmann, der Initiator, der keine Blechkiste als Seetaxi hatte haben wollen, fuhr selbst. Wegen der Windstille heute ganz allein nur mit Elektromotor. Bei mehr Windstärken musste die Lädine von einer richtigen Mannschaft gesegelt werden, denn dann demonstrierte die mit 8,7 Tonnen schwergewichtige Dame überraschende Leichtigkeit und Geschwindigkeit.

Jo winkte Seltmann zu, plauderte mit einigen Leuten, schlenderte weiter zum Café Hauser, wo sie sich jedes Mal über die Kletterkünste der »Cafékatze« freute, die über ein ausgeklügeltes System aus Brettchen vom Dach auf die Terrasse spazieren konnte. Aber sosehr sie sich auch abzulenken suchte, Svenja ging ihr nicht aus dem Kopf. Als wäre es gestern gewesen, sah sie die Freundin vor sich, als sie sich scheckig gelacht hatte. »Stell dir vor, komm ich gerade zu einem Schweinezüchter, und der freut sich tierisch, äh, schweinisch, darüber, dass eine Frau aus dem Dienstauto klettert. Sagt der doch, Frauen hätten bekanntlich kleinere Hände. Nun ja«, Svenja hatte gelacht, »und das sei beim gebärenden Schwein ein massiver Vorteil.« Svenja, die sich selbst oft als Brünhilde bezeichnet hatte, hatte Hände wie ein Bauarbeiter. Sie war fast eins achtzig groß gewesen und nicht etwa dick. »So a Feschte«, das war eher die Umschreibung. Und dann hatte sie zu allem Überfluss noch himmelblaue Augen und so lange und dicke naturblonde Haare, dass jede Frau sie eigentlich wegen dieser Haarpracht gehasst hätte, wenn Svenja nicht so ein kerniges Weib gewesen wäre. Männern machte sie Angst – Barbie-Blondies auch. Frauen wie Jo liebten Svenja, hatten Svenja geliebt ... Sie hatten bei Falco gestanden, und der hatte nach der Schweinegeburt Svenjas Arm zur Liebe seines Lebens erklärt. Er schlabberte an dem Arm herum, obwohl sie versichert hatte, ihn gründlich gewaschen zu haben. »Dein Wallach ist pervers«, hatte Svenja gelacht.

Dieses Lachen, dieser Optimismus, das war Jos Bild von Svenja. Es nagte in ihr, fraß sich tiefer und tiefer. War Svenja wirklich eine Kriminelle gewesen? Hatte sie sich so irren können?

Schließlich nahm sie ihr Handy und drückte auf Laszlos inzwischen wohl bekannte und lieb gewordene Nummer. Leider nur die Mailbox.

Gerhard kam früh ins Büro. Das nennt man »senile Bettflucht«, dachte er. Außerdem war die Hitze in seiner schlecht isolierten Wohnung inzwischen so tropisch, dass er jede

Nacht ein Bettlaken durchschwitzte. Das Oberbett hatte er längst verbannt, und in den weißen Laken hatte er das Gefühl, in Leichentüchern zu liegen. Seine Uli-Stein-Figuren auf dem Computer schauten erstaunt. Na, schon wach, großer Meister?

»Ich bin wach, jawohl«, schnauzte Gerhard in ihre Richtung, »und ich sehe nicht schlecht aus. Auch nicht schlechter als sonst.« Und gleichzeitig fragte er sich, ob es ein weiteres Anzeichen von Senilität war, wenn man mit Plastikkameraden sprach.

Er verschränkte die Arme hinterm Kopf und starrte die Decke an. Er war sauer – vor allem sauer auf sich selbst. Jo hatte ihn mal wieder überrannt, seine Bastionen im Sturm eingenommen – wobei er zugab, dass sein Verteidigungswall gegen Gefühle wohl auch nicht der beste gewesen war. Und er war unzufrieden – unzufrieden damit, dass er Ostheimer nicht doch ein bisschen mehr auf die Füße getreten war. Die Geschichte war so glatt wie eine polierte Tischplatte. Dabei war es nun mal Kennzeichen des Lebens, dass man sich ständig irgendwo einen Schiefer einzog.

Einem Impuls gehorchend, griff er zum Telefon und bat die Pathologie, die Leiche von Svenja Gudmundsdottir nochmals anzuschauen. Genau anzusehen.

»Und wonach sollen wir suchen?«, fragte der Gerichtsmediziner.

Gerhard zögerte. »Nach Anzeichen, die nicht auf Selbstmord deuten. Fragen Sie mich doch nicht, nach welchen. Das Wühlen im Gedärm ist euer Job.«

Sein nächster Anruf galt Frau Bodenmüller, die so schnell ranging, dass sie wohl auf dem Telefon gesessen haben musste. Nachdem Gerhard erfolgreich eine Geschichte über den Brustkrebs einer Bodenmüller'schen Nichte und eine weitere über das Venenleiden der Frau Bodenmüller höchstselbst abgewiegelt hatte, schaffte er es, in einer Pause, in der eben auch eine Frau Bodenmüller mal Luft holen musste, zum Zug zu kommen.

»Frau Bodenmüller. Wissen Sie, dass Svenja ein Haus gekauft hatte?«

»Ja, ich hab's sogar gesehen! Uralte Hütte, meine liebe Seele, da hat sie sich was aufgetan!«

»Sie haben es gesehen?«

»Na, hören Sie mal, die Frau Doktor Svenja war so ein lieber Mensch, und sie hat mich informiert, dass sie in circa drei Monaten ausziehen würde. Und mir ihr Haus gezeigt. Wirklich, ein so ein uralter Hof, so was von runtergekommen. Also, Herr Kommissar, ich, wenn ja ...«

Sie holte wieder Luft, und Gerhard ergriff das Ruder. »Liebe Frau Bodenmüller. Wer hat ihr das Haus denn verkauft?«

»Na, die Bank in Missen! Sie hatte da auch ihr Konto, weil sie da mal gewohnt hat. Das Haus war ja ewig ausgehängt im Schaufenster. So eine verlotterte Hütte!«

Nachdem es Gerhard erneut gelungen war, eine Zäsur der Kurzatmigkeit abzupassen, fragte er: »Sie hat doch die Miete immer bar bezahlt. Haben Sie eine Ahnung, wo das Geld für das Haus herkam? Frau Bodenmüller, eine Frau mit Ihrem Gespür für Menschen, Sie haben da doch sicher eine Idee?«

Frau Bodenmüller gluckste. »Herr Kommissar, Sie kennen sich aus, gell? Nun, ich hab da mal so was läuten hören. Die alte Frau Weigand, ehemals Weigand Fabriken, war mehrmals da, und ich glaube, sie hat ihr Geld geschenkt.«

»Sie glauben?« Gerhard flötete.

»Ja, ich, ich …«

Gelauscht hast du, dachte Gerhard amüsiert. Das Ohr an die Tür gepresst wahrscheinlich.

»Frau Bodenmüller, das tut ja nichts zu Sache. Wir alten Spürnasen müssen ja nicht über unsere Methoden reden, gell?«

»Herr Kommissar, wie Sie das sagen!« Sie klang verzückt.

»Sie wissen doch sicher auch, wo Frau Weigand lebt?«

»Ja, in Waltenhofen im Altersheim. Stellen Sie sich vor. Die Frau muss Geld wie Heu haben. Die könnte sich eine Seniorenresidenz am Bodensee oder Ammersee oder in einem schönen Kurbad leisten. Die könnte lebenslänglich in einem Hotel wohnen. In der Süte! Und was macht die Frau? Wohnt in dieser Holzschachtel mit Glasbalkonen!«

»Ja, des Menschen Wille ist sein Himmelreich!«, rief Gerhard theatralisch aus und fragte sich, wo er diesen Spruch rausgezogen hatte. Und erfolgreich konnte er weitere Krankengeschichten abwehren, gab noch Grüße an das »reizende Bubele« durch und legte auf.

Er hatte gar nicht gemerkt, dass Evi in der Tür stand.

»Wer erfreut dich so, dass du so grinst?« Sie hatte sich wohl ein »dümmlich« dazugedacht, es aber nicht ausgesprochen.

»Och, eine ältere Dame respektive unsere Frau Bodenmüller. Evi, könntest du bitte mal über Frau Weigand, Witwe des Fabrikanten Weigand, recherchieren? Familienverhältnisse, Erben und so weiter. Du bist in diesen Computerdingen einfach großartig.«

Obwohl er das wirklich nur nett gemeint hatte, fegte ihn Evi an. »Verarschen kann ich mich selbst!«

Was hatte sich Gott bei der Erschaffung zweier Geschlechter bloß gedacht?, überlegte Gerhard und sprang auf.

»Ich bin kurz weg«, sagte er, eiligen Schrittes verließ er das Haus. Wieder auf der Flucht.

Als er in Missen ankam, musste er erst mal was zur Beruhigung tun. Ein Schäffler trinken nämlich. Nachdem die Braukrise nach diversen Neuerungen und Umstellungen überwunden war, schmeckte das Bier süffig wie immer. Auch wenn Gerhard mit den neuen schwarzen Etiketten nichts anfangen konnte. Er plänkelte mit seinem alten Kumpel Grassl ein bisschen über die »Beerdigungsflaschen« herum und fragte am Rande mal nach dem Hof. Er hatte sich das schon so gedacht, was Grassl ihm dann steckte.

»Der Preis isch ständig gefallen, die hätten an Lugabeutl und Lumpa verkauft, solang einer zahlt und kuine Fiesamatentla macht. Damit sie des fiechtige Haus loswerden.«

Als Gerhard die Bank betrat, wurde ihm der zuständige Banker vorgestellt. Er war vielleicht vierundzwanzig Jahre alt. Ein Milchgesicht im grauen Anzug, ein blaues Hemd darunter und dazu eine fette Krawatte, die Gerhards Großvater nicht mal getragen hätte. Er lächelte das typische Bankerlächeln, das Vertrauen bilden sollte, dennoch absolut unverbindlich war, und das so schnell zu einem Haifisch-Zahn-Fletschen werden konnte.

Bürscherl, dir hilf i ind Schuah nei, grollte Gerhard innerlich, der oftmals im Dialekt dachte, ihn aber nie sprach. »Kriminalpolizei. Ich möchte Sie in Sachen Svenja Gudmundsdottir sprechen.«

Bürscherls Lächeln erstarb.

»Sie haben ihr ein Haus verkauft?«

»Jaaa?«, sagte der Jungbanker gedehnt.

»Na, Fakten, Zahlen, die Unterlagen!«

»Ähm, das ist Bankgeheimnis. Also ich weiß nicht, also da müsste ich meinen Chef ...«

»O ja, tun Sie das! Ich finde es nämlich überaus interessant, dass das Haus bar bezahlt wurde. Ganz ohne Finanzierung. Ist das Usus bei Ihnen?«

Bürscherl schluckte. »Ähm, wir hatten keinen Anlass, an Frau Gudmundsdottirs Integrität zu zweifeln. Ähm, ungewöhnlich war das schon.« Er überlegte kurz. »Oder haben Sie Zweifel an ihrer Integrität?«

Aha, dachte Gerhard, gar nicht so dumm, der Kleine. Angriff ist die beste Verteidigung. Wahrscheinlich auf einem Rhetorik-Seminar für Nachwuchskräfte gelernt. »Nein, aber Frau Gudmundsdottir ist tot, und kurz vorher wurde das Haus erworben. Ich hätte gerne Einblick in die Unterlagen, und nur allzu gerne würde ich den Leiter dieser Filiale sprechen.« Gerhard lehnte sich entspannt zurück.

Bürscherl entschuldigte sich und kehrte nach einigen Minuten mit einem älteren Mann im Schlepptau zurück, der mehrere Ordner dabeihatte. Nun, was Gerhard erfuhr, war ein Lehrstück dafür, wie gut man auf einer Schleimspur die Balance halten konnte, wenn man daran gewöhnt war. Die Essenz des Gesprächs war letztlich, dass Svenja vermittelt hatte, eine Erbschaft erhalten zu haben, und, wie sagte der Herr Filialleiter so überaus nonchalant: »Die Dame war im mittleren Alter, sie hatte eine Festanstellung, was hätte ich da prüfen sollen?«

Heilfroh waren sie gewesen, die alte Hofstelle letztlich verkauft zu haben, dachte Gerhard. Diese Säcke! Das Ding hatte zwei Jahre leer gestanden, und Svenja hatte immer noch zweihundertzwanzigtausend Euro dafür bezahlt. Ganz schön viel Holz für den Schuppen, auch wenn einige Hektar Grund dazu gehörten. Aber bitte: Kein Bauerwartungsland, teilweise Wiesen in Steillagen, wer band sich so was schon ans Bein?

»Nun, ist es nicht so, dass Sie sehr genau wussten, dass die Dame mehr Ausgaben als Einnahmen hatte?«, fragte Gerhard so zuckersüß, dass diese Worte auch dem Filialleiter pappig aufstoßen mussten.

Er nahm den Ton auf. »Sicher, aber da befindet sie sich in allerbester Gesellschaft, Herr Weinzirl.« Dann lächelte er süffisant. »Außerdem bekam ihr Konto ja von Zeit zu Zeit immer mal wieder eine Auffrischung.«

»Genau, und da möchte ich jetzt gerne wissen, wo diese Frischzellenkur herkam?«

»Das kann ich Ihnen sagen. Moment. Kommen Sie mit.«

Gerhard folgte ihm in sein Büro. Dort tippte er in seinem Computer herum und schob sich dann die Brille affektiert auf die Nasenspitze.

»Eine Anwalts- und Steuerkanzlei in Lindau. Meckle, Meckle und Partner. Bitte, hier ist die Adresse. Und nun entschuldigen Sie mich bitte. Ich habe einen Termin im Gemeinderat.« Der Filialleiter erhob sich und streckte Gerhard die Hand hin.

Sollte ich ihm jetzt den Ring küssen?, fragte sich Gerhard. So eine großspurige Geste! Gemeinderat! Ja, genau, da gehörst du hin – zu den anderen Schacherern, zu den

Honoratioren, die immer weich in einem sozialen Netz aus beredtem Schweigen abgefedert wurden. Was für eine Scheiße!

Als Gerhard draußen wieder bei seinem Auto war, warf er die Tür seines Busses so ungehalten zu, dass die ganze Rostlaube erbebte. Und als er wieder in Kempten angekommen war, war er alles andere als gut gelaunt.

Evi schien auch nicht gerade von sprühender mitreißender Lebensfreude erfüllt zu sein. Sie begrüßte ihn frostig und leierte ihre Erkenntnisse runter wie in einem Schulreferat, das sie auswendig gelernt hatte. Elvira Weigand war fünfundsiebzig Jahre alt, ihr Mann war vor fünf Jahren gestorben. Die Firma hatten beide bereits vor zehn Jahren an einen finnischen Konzern veräußert, Kaufsumme 5,3 Millionen Euro. Die einzige Tochter der Weigands war nach dem Tod des Vaters mit zwei Millionen Euro abgefunden worden, sie hatte den Verzicht auf jedes weitere Erbe erklärt und war nach Chile gegangen. Was Elvira momentan noch besaß, war unklar – klar war aber, dass sie allein von den Zinsen sehr gut leben konnte. Sollte sie sterben, gab es noch eine erbberechtigte Enkelin namens Karina, einundzwanzig Jahre alt. Karina wohnte augenscheinlich in Kempten und jobbte ab und zu in einem Tattoo-Laden. Elvira Weigand lebte tatsächlich seit zwei Jahren in Waltenhofen, was Evi immerhin einen persönlichen Kommentar unter der hyperprofessionellen Hülle abrang. »Diese Frau könnte sich doch wirklich was Besseres leisten.« Ansonsten aber biss sie sich anscheinend lieber die Zunge ab, als Gerhard zu fragen, weswegen er das eigentlich alles wissen wollte.

»Danke«, sagte Gerhard, »und noch eine Frage: Ist dir eine Kanzlei Meckle untergekommen?«

»Ja, durchaus. Das ist die Kanzlei, die das Vermögen verwaltet und die wohl auch Frau Weigand in allen Rechtsfragen vertritt.« Evi schien auf eine Erklärung zu warten.

»Danke«, sagte Gerhard lediglich nochmals und ging zum zweiten Mal heute, ohne Evi einzuweihen, seiner Wege. Wie fast immer nahm er statt des Dienstwagens den Bus. Während der Fahrt war ihm unwohl zumute. Altersheime verursachten ihm stets Übelkeit. Die Fassaden waren oft so nett herausgeputzt, und hinter den Zimmertüren roch es nach Aufgabe, Depression und jenem paralysierten Starren aufs Ende, das dann doch oftmals so lange auf sich warten ließ. Es dachte an das Heim seines Opas. Überall, ob im Foyer oder den Gängen, wurde plakativ deutlich gemacht, wie viel man doch für die lieben Senioren tat: Bridgenachmittage, Bingo, Lesungen. Malen nach Zahlen, Ikebana und Makramee. Vom letzten Kunstworkshop hatte ein Bild der Teilnehmer auf einer Stellage im Eingangsbereich gehangen: Leere Gesichter, verwirrte Augen, angeblitzt mit der erbarmungslosen Kamera und vorgeführt für die Angehörigen: Seht her, wir tun was. Habt kein schlechtes Gewissen, dass ihr Oma und Opa abgeschoben habt. Das Bild zeigte alte Menschen, denen man ansah, dass sie nicht mehr wussten, wie man überhaupt von Tag zu Tag kam.

In Waltenhofen gab es gottlob keine solchen Bilder. Gerhard bat am Empfang um ein Gespräch mit Frau Weigand, und nach einem kurzen Telefonat wurde ihm gesagt, er solle drüben im Gasthof Hasen auf sie warten. Hinterm Haus auf der Terrasse bitte.

Gerhard war einigermaßen überrascht, als eine ältere Dame auf ihn zusteuerte, die noch immer so hin- und mitreißend aussah, dass alle Blicke auf sie gerichtet waren. Sie ging nicht, sie schritt zwischen den nichts sagenden blauen Plastikstühlen hindurch, als ob sie bei der Berlinale oder in Cannes auf dem roten Teppich wandeln würde, und machte völlig vergessen, dass sie einen Stock benötigte, einen Stock, den ein brillantbesetzter Schwanenkopf zierte. Ihr Kostüm war makellos, ihr Make-up auch, ihr stahlgrauer Pagenschnitt wippte leicht. Bevor sie sich richtig setzen konnte, klingelte ihr Handy, das sie anmutig aus der Jackentasche zauberte. Sie lächelte Gerhard entschuldigend zu und telefonierte.

»Kaufen Sie! Aber nicht mehr als fünfzigtausend.« Sie schien zuzuhören und schickerte wie ein junges Mädchen. »Sie Charmeur, Sie. Aber Sie haben durchaus Recht. Da habe ich den siebten Sinn und den achten.«

Endlich setzte sie sich und überschlug die Beine. »Entschuldigung. Das war mein Berater. Ein historischer Tiefstand. Da muss man kaufen, die steigen wieder. Bankenkrise hin oder her. Kennen Sie den Tote-Katzen-Effekt? Wenn das Tier aufschlägt, hüpft es nochmals etwas hoch, den Moment müssen Sie erwischen.«

Gerhard war für den Moment sprachlos, dann fragte er lächelnd: »Ihr Berater? Meckle aus Lindau?«

»Richtig! Und Gegenfrage: Gerhard Weinzirl, Kriminalpolizei? Es geht um Svenja, nicht wahr?«

Gerhard nickte.

»Ich mache Ihnen einen Vorschlag. Fahren wir in die Traube nach Diepolz hinauf, da sitze ich am liebsten. Der Blick ist einfach himmlisch.«

Resolut dirigierte sie Gerhard zur Ampel vor dem Gasthof, stoppte mit ihrem Stock den Autoverkehr und öffnete drüben am Parkplatz vor dem Seniorenheim ein Cabrio. Ein Morgan Plus Eight – in British Racing Green, ein unglaubliches Fahrzeug! Der dürfte ungefähr fünfundsechzigtausend Euro kosten, und wahrscheinlich gab es im ganzen Allgäu keinen zweiten.

»Schönes Stück!« Gerhard sagte das bewundernd.

»Ja, wissen Sie, das ist alles Handarbeit, ein sehr individuelles Auto. Er hat den *Spirit* der dreißiger Jahre.« So, wie sie das sagte, war das überhaupt nicht affektiert. Aus ihren Augen sprach echte Freude über das Fahrzeug. Sie schlang ein Tuch um den Kopf, setzte eine Sonnenbrille dazu auf und wirkte ein bisschen wie Grace Kelly in ihren besten Zeiten. Einige Köpfe hingen aus dem Altersheimgebäude.

»Ha! Und heute Abend erzähle ich, ich hätte einen neuen jungen Liebhaber!« Sie lachte hell, und dann gab sie Gas. Wie sie durch die ersten Kurven schoss, hatte sie auch den *Spirit* früher Bergrennen, überlegte Gerhard. Er hatte schon Angst, dass sie das hübsche Holzhaus mitnehmen würde. Sie fuhr das Ministräßchen nach Memhölz. Dort winkte sie einem Bauern zu, der fast so was wie eine Verneigung machte. Diese Frau hatte die Ausstrahlung einer Gutsherrin, die ihre Ländereien besuchte. Die aber keine Ausbeuterin war, sondern heiß geliebt wurde. Sie röhrte durch Mähris und Rieggis, und als sie dann schließlich auf dem harten Biergartenstuhl saß, verlieh sie der Szenerie einen derartigen Glamour, dass Gerhard sie fast anstarrte. Und sie bestellte Champagner!

»Ich wusste gar nicht, dass es hier Schampus gibt.« Gerhard war verblüfft.

»Nun, ich habe ein paar Fläschchen Veuve hier eingelagert, ich trinke kein Bier, und die Biergartenweine im Allgäu sind ja auch eher so, dass selbst das Mineralwasser in der Weinschorle sich schämt.« Sie lächelte wieder ein verschmitztes und reizendes Lachen, prostete Gerhard zu, und dann sagte sie ohne Überleitung: »Es ist eine Tragödie, dass Svenja tot ist. Eine Tragödie! Selbstmord, unvorstellbar! Aber wie kann ich Ihnen denn helfen?«

»Frau Weigand, über Ihre Kanzlei Meckle in Lindau wurde Svenja ab und zu Geld angewiesen. Zudem gibt es Informationen, dass Sie Svenja eine nicht unerhebliche Summe Geldes geschenkt haben sollen.«

Frau Weigand lehnte sich zurück, nippte am Champagner und sagte dann ganz schlicht: »Erstens: Jawohl, Geld wurde angewiesen, und zweitens: Die Summe betrug zweihundertfünfzigtausend Euro. Svenja wollte das erst nicht annehmen. Aber ich konnte sie überzeugen, dass das eine Art Stiftung wäre für eine Tierklinik, die Schulmedizin und alternative Methoden verquickt. Sie wollte die Klinik nach mir benennen. Elvira-Weigand-Haus.«

Gerhard pfiff durch die Zähne. »Darf ich fragen, warum Sie das getan haben? Meines Wissens sind Sie weder verwandt, noch gibt es sonstige augenscheinliche Bande.«

»Lieber Herr Weinzirl, ich habe es mir zur Lebensmaxime gemacht, dass ich Wahlverwandtschaften eingehe, Seelenverwandtschaften, wenn Sie so wollen. Die echte Verwandtschaft kann man sich leider nicht aussuchen. Svenja habe ich ausgewählt, weil sie mir vor fünf Jahren, als ich noch drei Reitpferde und einige Hunde hatte, sehr geholfen hat. Sie hat einem Hund das Leben gerettet, den drei andere Ärzte komplett verpfuscht hatten. Es war das Wie ihrer Arbeit, was mich beeindruckt hat. Die Kompetenz natürlich und ihr diagnostisches Wissen, aber mehr noch die Ruhe, die sie ausgestrahlt hatte. Sie war keines dieser Mannweiber, aber sie war auch nicht betroffen-leutselig. Sie war ganz sie selbst. Sie war klug. Sie hat das Leben nicht um Gesundheit oder inneren Frieden gebeten, sie hat die Ausdauer gebeten, sie möge mit ihr leben. Ja, sie hat mich beeindruckt, weil sie einen so alten, weisen Geist für eine Vierzigjährige hatte. Ich habe sie dann ein paarmal in die Villa eingeladen, und als ich nach Waltenhofen gezogen bin, hatten wir einmal pro Woche unseren Champagner-Nachmittag.«

Sie lächelte ein wenig wehmütig und fuhr fort: »Ich weiß, was Sie denken. Da sitzt diese exaltierte Alte in einem Heim weit unter ihren finanziellen Möglichkeiten und hat niemanden mehr. Sie haben sich doch sicher informiert über meine Tochter und Enkelin. Nun, der Kontakt zu meiner Tochter ist abgebrochen, und das wird so bleiben. Und Karina hat leider das Erbgut der Mutter mitbekommen, was mich nicht davon abhält, ihre Wohnung und ihr Auto zu bezahlen. Vielleicht sollte ich das nicht tun, denn ihr Lebenskonzept – wobei das Wort ›Konzept‹ etwas hoch gegriffen ist – setzt da an, wo andere etwas für sie tun müssen. Meine Unterstützung soll lediglich dem gegensteuern, dass sie wirklich kriminell wird, denn der Umgang, den sie pflegt, ist jetzt schon fragwürdig genug. Und um noch einer Frage zuvorzukommen: Ich hätte natürlich die Möglichkeiten, meinen Lebensabend – wenn's sein müsste – auch im Badrutts Palace in Moritz zu verbringen oder in solch einer Seniorenresidenz. Gütiger Himmel! Wissen Sie, was da für ein Volk hockt? Neureiche ohne Erziehung oder hoch verschuldete Proletarier, die es bis zum Schluss nicht verstanden haben, dass ein Leben auf Pump eben nur ein geliehenes Leben ist. Die haben früher die Schrankwand über den Otto-Versand finanziert, den Rasenmäher auf Raten gekauft, und das Auto hat sowieso der Bank gehört. So viele Menschen waren und sind mit einem Leben beschäftigt, das sie gar nicht erreicht hat! Ich bin hier im Understatement untergetaucht. Meine liebsten Freunde hier sind ein Mann, der jahrzehntelang bei Wind und Wetter in der Nacht den Kreisboten ausgefahren hat, und eine Bauersfrau, deren Wärme so erdig ist, dass daraus jeden Tag etwas Neues erblüht. Und dann«, sie lächelte erneut hinreißend, »habe ich eine gewisse Narrenfreiheit. Eine großzügige Donation – nun, ich schätze Geld nur deshalb, weil es manches vereinfacht, Wege ebnet, Wogen glättet.«

Gerhard sah Frau Weigand nochmals sehr intensiv an. »Vorweg: Ich halte Sie nicht für exaltiert. Ich hatte mich tatsächlich gefragt, ob Sie nun mit Svenjas Tod gar niemanden mehr haben.«

Er klang wie ein Schulbub, dachte Gerhard.

»Lieb von Ihnen, aber seien Sie unbesorgt. Das Leben ist voller Verluste. Ich habe viele verloren, die ich geliebt habe. Teilstrecken, mein Lieber, an deren Ende man sich über das Leben beugt. Ich bin mir heute nicht mehr sicher, ob man sich irrt, wenn man umherirrt. Und ohne Zerstörung gibt es niemals Hoffnung. Das müssen meine Tochter und meine Enkelin noch lernen anzunehmen. Ich habe erfahren, dass nur einer den ganzen Weg mit mir geht: Das bin ich selbst. Ich vermisse Svenjas kluge Ruhe. Und sie soll sich wirklich umgebracht haben?«

Was Gerhard jetzt tat, war gegen jede Regel. Aber er erzählte von Dr. Ostheimer und der Ochsendoping-Geschichte und schloss, dass all diese Annahmen aber nur dann Sinn machten, wenn Svenja tatsächlich Geld benötigt hätte. »Aber sie hatte dank Ihnen doch gar keine Geldsorgen.«

Frau Weigand blickte eine Weile über den Biergarten in die Landschaft und wandte sich dann Gerhard zu. »Sie können sich hundertprozentig sicher sein, dass Svenja niemals Tieren Leid zugefügt hätte. Und so sie es denn gewusst hat, hätte sie versucht, solchem Treiben einen Riegel vorzuschieben.«

Gerhards Gedanken schlugen Kapriolen, Jos Gesicht huschte vorbei. »Glauben Sie denn, dass Dr. Ostheimer von Ihrer Schenkung wusste?«

»Das glaube ich nicht. Svenja war sehr dezent. Gewusst hat das eigentlich nur ...«, ein Schatten huschte über ihre Augen, »ja, gewusst hat das nur meine Enkelin.«

»Und die war nicht erfreut?«, fragte Gerhard vorsichtig.

»Nein, und um deutlicher zu werden: Sie hat gerast, einer Furie gleich. Dabei erbt sie nun wirklich genug. Aber meine Enkeltochter ist eine Krawallfrau. Sie hat mich mit einem Buch beworfen.« So, wie Frau Weigand das sagte, empfand sie es als ungeheuerlich, der Oma gegenüber eine solche Respektlosigkeit walten zu lassen. Und es schien ihr auch ungeheuerlich zu sein, Büchern gegenüber so respektlos zu sein.

»Hatte sie denn Kontakt zu Svenja?«

»Ja, hatte sie. Sie hat Svenja erst telefonisch beschimpft, sie hat ihr vor der Wohnung aufgelauert, und sie hat – nun, Sie erfahren es ja sowieso – einen Schlägertrupp zu Svenja geschickt. Zwei Jungs mit Schlagringen, die Svenja einschüchtern sollten. Karina war dabei.«

Gerhard riss die Augen auf. »Frau Weigand, Sie wissen schon, was Sie da sagen?«

»Ja, das weiß ich. Aber ich kann mich nicht ewig schützend vor Karina stellen. Sie ist alles andere als dumm. Sie sieht die Stricke wohl, einen, noch einen. Aber sie wundert sich dann, dass es kein Entkommen gibt.«

Gerhard war mehr und mehr fasziniert von dieser Frau. Auch gefordert, denn ihre Art zu sprechen war so durchdacht, vor allem aber durchseelt, dass er auf eine positive Art erschüttert war.

»Ist Svenja denn etwas zugestoßen?«

»Nein, Svenja war auch nur minder beeindruckt. Zumal sie den Hund ihres Chefs dabeigehabt hatte, und der mag es gar nicht, wenn Menschen, die unter seinem Schutz stehen, angegriffen werden. Er hat das einem der Jungs wohl ziemlich deutlich gemacht – mit einem Biss ins Handgelenk. Svenja hat mir von der Szene erzählt, und glauben Sie mir: Weniger wegen sich als wegen Karina. Sie war der Meinung, dass Karina da in wirklich schlechte Kreise abrutscht. Ich habe versucht, mit Karina zu reden – nun ja, zumindest flog kein Buch –, aber sie war völlig verstockt. Ich habe ihr dann angedroht, den Geldhahn zuzudrehen. Das hat sie geläutert.« Das klang nun zum ersten Mal wirklich bitter.

»Und glauben Sie, Ihre Enkeltochter hat die Sache dann auf sich beruhen lassen?«

»Nein, das glaube ich leider nicht.«

Sie erhob sich anmutig, und Gerhard wusste, dass das Gespräch beendet war. Er wusste auch, dass sie ihm in stummer Übereinkunft freie Hand gegeben hatte für sein weiteres Vorgehen. Und obwohl das Bohren in unangenehmen Dingen sein Job war und Rücksichten auf Gefühle von Angehörigen nun mal Luxus und unangebracht, war Gerhard froh, dass sie ihm sozusagen ihren Segen gegeben hatte. Egal, was er entdecken würde.

Frau Weigand war in die Küche gegangen, plauderte ein wenig mit der Seniorchefin, und schließlich saßen sie und Gerhard wieder im Cabrio. »Frau Weigand, noch eine Frage: Was passiert denn jetzt mit dem Klinikprojekt, nachdem Svenja tot ist?«, fragte Gerhard.

»Nun, ich habe Kontakte zu Frau Ostheimer geknüpft. Feine Fäden, kaum sichtbar, wenn Sie verstehen, was ich meine. Svenjas Leiche ist ja noch nicht freigegeben. Sie hat aber sicher ein Testament gemacht, und ich habe da so eine Ahnung …«

Während der rasanten Fahrt talwärts hatte Gerhard das Gefühl, dass dieser Song »It's a men's world« lange nicht mehr stimmte. Wo waren sie hin, seine Klischees von den stutenbissigen Weibern? War es nicht eher so, dass er mit seiner vermeintlichen Spürnase in einem weiblichen Spinnweben-Gespinst hängen blieb? Wie hatte Frau Weigand gesagt: feine Fäden?

Als er sich mit einem angedeuteten Handkuss – zum ersten Mal in seinem Leben – von ihr verabschiedete, nahm sie seine Hand und tätschelte sie. »Sie sind ein feiner Mensch, Herr Weinzirl. Wenn Sie in Ihrer Verwandtschaft oder Bekanntschaft jemanden haben, der Ihnen wirklich wichtig ist, dann bemühen Sie sich, die gemeinsame Zeit nicht im Stich zu lassen. Damit es etwas gegeben hat, auf das man blicken kann. Das Leben eilt schnell voran.« Sie winkte ihm nach, als er wegfuhr.

Gerhard steuerte seinen Wagen Richtung Kempten. Was für eine Frau! Und was lag wohl zwischen den Zeilen ihrer wohl temperierten, beherrschten Sätze, dachte er, als er am Bühl die Adresse von Karina gefunden hatte. Es war ein gesichtsloser Wohnblock: Balkone wie Rattenfallen, ein schlecht übermaltes Graffiti neben der Klingelleiste. Er läutete, und der Türsummer ging wenig später. Karina wohnte im dritten Stock.

Als er die Etage erreicht hatte, flog ihm eine Tüte um die Ohren. »Du Arschloch, fick sie doch alle, du Oberarschloch. Fick doch diese Kerstin als Erste. Oder hast du schon?« Eine Lederjacke flog hinterher, der Gerhard geschickt auswich. »Wag es nicht, näher zu kommen«, kreischte die Stimme.

»Oh, das werde ich schon wagen!«, rief Gerhard und war mit einem Sprung vor der Tür, seinen Ausweis in der Hand. Im Türrahmen stand eine junge Frau, ihre dunklen Augen waren schwarz vor Wut. Sie war hübsch, keine Frage. Sie war schmal gebaut, wirkte aber nicht sportlich-durchtrainiert, sondern eher wie ein Mädchen, das das Glück hatte, trotz Fehlernährung nicht zuzunehmen. Angesichts leerer Pizzakartons, Chipstüten und Colaflaschen, die Gerhard von der Tür aus auf dem Couchtisch sah, wusste Gerhard, dass er mit dieser Annahme nicht falsch lag. Ihre ausgeleierte Jogginghose und das Minitop gaben eine Tätowierung am Bauch frei, auch auf ihrem linken Arm hatte sich einer mit Ranken und Schlangen verkünstelt. Ihr Haar war etwas über schulterlang, die Tönung, die ins Aubergine ging, machte sie älter. Ihre Körperhaltung war angespannt, und sie klammerte sich so an den Türstock, dass ihre Fingerknöchel ganz weiß wurden.

»Polizei. Ich nehme mal an, Ihre freundliche Begrüßung sollte nicht mir gelten?«, fragte Gerhard und drückte sich ganz in die Wohnung.

Sie war alles andere als eingeschüchtert. »Hat das Arschloch jetzt auch noch die Bullen am Hals?«, schrie sie.

»Das Arschloch interessiert mich nicht. Mich interessiert, wieso Sie einen Schlägertrupp auf Svenja Gudmundsdottir gehetzt haben!« Gerhard wurde jetzt auch laut. Der Überraschungseffekt war auf seiner Seite. Sie plumpste auf einen Stuhl, und ihr Gesicht durchzuckte Angst. Man konnte ihr ansehen, was sie dachte: Ausweg, Ausreden, wo war das Mauseloch? Sie starrte Gerhard bitterböse an und schwieg.

Gerhard pokerte. »Ich habe hier eine Anzeige von Frau Doktor Gudmundsdottir. Sie hat Anzeige gegen Sie erstattet. Ich habe hier zudem eine Zeugenaussage, die das bestätigt. Nun? Ich kann Sie gerne vorladen!«

»Ich hab diese Schlampe nicht angerührt!«, schrie die junge Dame.

»Oh, das müssen Sie nicht selbst getan haben. Anstiftung reicht völlig aus. Also?«

Eines war Gerhard oft schon aufgefallen bei dieser Generation, egal, ob bei Praktikanten oder Auszubildenden. So cool und allwissend sie auftraten, so schnell bröckelte die Fassade dann. Konfliktbewältigung, Kommunikation, Einsicht in eigene Fehler – das waren alles Fertigkeiten, die nur noch diese altvorderen Opapas in Gerhards Alter zu beherrschen schienen.

»Diese Svenja sollten Sie besser vorladen. Sie hat meine Oma betrogen und bestohlen. Sie hat sich eingeschlichen. So a Neigschmeckte von Grönland oder Irland oder …« Sie brach in Tränen aus.

Gerhard sah sie mit gerunzelter Stirn streng und unverwandt an.

»Wissen Sie nicht, dass sie bei meiner Oma Geld abgezockt hat, diese miese Schlampe!«, heulte sie auf.

»Ist es nicht so, dass auch und gerade Sie sponsored by Oma leben?«

»Ich bin auch ihre Enkelin, nicht so eine dahergelaufene Tierärztin. Die wollte sich Geld erschwindeln. Hat meiner Oma schöngetan. Zweihundertfünfzigtausend Euro hat Oma ihr gegeben. Dieses miese fette Weib von einer Tierärztin.«

»Und da haben Sie beschlossen, sie zu bedrohen? Was wollten Sie damit erreichen? Dass sie das Geld wieder hergibt?« Aber zugleich wusste Gerhard, dass dieses Mädchen nie so strukturiert und zielgerichtet denken würde. Ihr Hass hatte einfach ein Ventil gebraucht. Wohl auch ihre Verbitterung. Die Mutter hatte sie verlassen, und Gerhard konnte sich vorstellen, dass eine Frau wie Elvira Weigand so große Fußstapfen vorgab, in die zu treten auch einem gereifteren Menschen als dieser zornigen kleinen Dame hier schwer fallen würde.

»Ach, Sie haben doch keine Ahnung. Niemand hat eine Ahnung!« Sie kreischte richtiggehend.

»Nun, was ich aber weiß, ist, dass Svenja Gudmundsdottir tot ist. Und kurz vorher haben Sie sie bedroht. Welche Ahnung würden Sie denn da haben?« Gerhard konnte auch sehr ätzend werden, wenn er wollte. Er hatte bewusst vermieden, die Worte »Selbstmord« oder »Mord« in den Mund zu nehmen. Aber er wusste, was sie assoziieren würde.

»Wir haben ihr nichts getan. Die Jungs wollten sie nur erschrecken. Sie hatte einen Köter dabei, eine echte Bestie. Wir haben ihr doch nichts getan!« Ihre dunklen Augen waren weit aufgerissen, und sie sah auf einmal wie ein kleines Mädchen aus.

»Wer sind die Jungs?«, donnerte Gerhard.

»Fabian und Dominik.«

Fabian und Dominik, so hieß man heute. So harmlose, so sanfte Namen, die sich die Eltern ausgedacht hatten. Aber was wurde aus diesen Namen? »Fabian und Dominik, und wie weiter?«

»Fabian Unsinn und Dominik Pflug.«

»Und welcher ist das Arschloch?«

»Fabian.«

Im Treppenhaus war ein Geräusch zu vernehmen. Sowohl Karina als auch Gerhard sahen auf. Im Gang stand ein junger Mann in einer schwarzen Jeans und einem dieser eng anliegenden Hungerhaken-T-Shirts, die Gerhard selbst in XL nicht passten. Panik flackerte im Gesicht des Jungen auf. »Bullen, Scheiße!« Er rannte aus dem Raum, Gerhard hinterher. Der Junge nahm das Treppengeländer als Rutschbahn, schlug Gerhard die Eingangstür vor der Nase zu und röhrte mit einem Motorrad davon. Sekunden später hatte Gerhard Markus Holzapfel im Präsidium am Apparat.

»Check mir mal eine Achtziger. KTM. Halter wahrscheinlich Fabian Unsinn. Schau mal, ob wir über den was haben.

Auch über Dominik Pflug. Und organisier mir die Adressen.«

Karina stand auf einmal neben Gerhard auf der Straße. Ihr schwarzer überreich aufgetragener Kajal war verschmiert, hier im Tageslicht wirkte ihre Haut weiß wie ein Leichentuch. Sie weinte hemmungslos: Über den Verlust von Fabian und über das Leben, das so ungerecht war. Sie tat Gerhard fast leid, aber das durfte er nicht zeigen.

»Ich möchte, dass Sie morgen früh zu mir ins Büro kommen.« Er reichte ihr seine Karte. »Und es würde einen guten Eindruck auf mich machen, wenn Sie Ihre beiden Freunde davon überzeugen könnten mitzukommen. Verstehen wir uns?« Gerhard starrte sie an.

Karina nickte kaum merklich.

»Gut, morgen um acht Uhr.«

Als Gerhard wieder ins Büro kam, war ihm klar, dass er Evi allmählich mal über seine Unternehmungen in Kenntnis setzen musste. Er rief sie in sein Büro, wo sie an den olivfarbenen Spind gelehnt stehen blieb. Gerhard erzählte von seinen Gesprächen und wich ihrem angewiderten Blick aus. Er schonte sich nicht, erzählte vom Ochsendoping und davon, dass er wohl einem Irrtum aufgesessen war. Er sprach von Frau Weigand und von Karina.

Kaum hatte er geschlossen, schnaubte Evi nur: »Jo! Doktor Johanna Kennerknecht!« Allein in der Betonung dieses Namens lag alles an Verzweiflung.

Gerhard war ans Fenster getreten. Es war noch immer schön draußen, penetrant schön, blau, hell, schweißtreibend. Schon wieder klebte sein T-Shirt am Rücken. Einzig Evi schien der Brutsommer nichts auszumachen. Sie war wie aus dem Ei gepellt, kein Schweißtropfen verunzierte ihre Stirn. Ihre Kleidung wirkte nie zerknittert wie bei anderen Hitzeopfern. Er hörte Evi tief durchatmen und wandte sich ihr zu. Sie bemühte sich um Fassung und um professionelles Auftreten, und dafür hätte er sie nun doch am liebsten in den Arm genommen.

»Was ich nicht verstehe: Wenn diese schwachsinnige Ochsendoping-Geschichte ins Leere läuft, was sie ja tut, wieso verbeißt du dich dennoch in Svenjas Leben? Was lässt dich daran zweifeln, dass es Selbstmord war?«, fragte sie.

»Ein Gefühl?«

»Deins oder Jos?«

»Meins!«

»Na gut, glaubst du, dass diese Karina was damit zu tun hat?« Evi hatte sich auf den Stuhl gesetzt und drehte sich im Halbkreis, immer hundertachtzig Grad mal in die eine, dann in die andere Richtung.

»Das werden wir hoffentlich morgen erfahren. Hat Markus denn die Jungs gecheckt?«, fragte Gerhard.

Evi lächelte ihn wehmütig an. »Nein, hat er nicht. Er ist doch gerade bei den Kollegen eingesetzt. Er hatte keine Zeit. Ich habe das gemacht.«

Sie reichte Gerhard einige Blätter. »Die KTM läuft auf die Mutter von Fabian Unsinn. Sie ist allein erziehend, arbeitet bei Bosch in Seifen, und der Knabe macht ihr wohl wenig Freude. Mehrere Delikte, seit er dreizehn ist: Diebstahl und so weiter, mit fünfzehn eine Jugendstrafe wegen des Überfalls auf eine Tankstelle. Kurzzeitig sah es ganz gut aus, er hatte eine Lehrstelle als Kfz-Mechaniker beim Abt. Da hätten sich andere die Finger abgeschleckt. Der Tuning-Papst schlechthin stellt ihn ein, und dieser Fabian muss wirklich gut gewesen sein. Aber er hat die Stelle vor etwa einer Woche geschmissen.«

»Und der andere?«

»Dominik Pflug. Der Vater hat einen Doppeldoktor, ist Zoologe, oder besser, war es. Er war unter anderem Zoodirektor im Alpenzoo in Innsbruck. Ist jetzt im Ruhestand. Die Mutter ist Juristin und arbeitet unter der Woche in München. Dominik ist einundzwanzig und hat dieses Jahr Abitur gemacht. Mit 1,3 bestanden. Anscheinend macht er jetzt nichts, vielleicht wartet er auf einen Studienplatz? Ansonsten unauffällig.«

Gerhard nickte Evi zu. »Danke! Wirklich danke! Was würdest du jetzt tun?«

Sie sah ihn überrascht an. »Warten wir ab, ob die drei morgen auftauchen, oder? Ich nehme mal an, dass Karina und Dominik eingeschüchtert sind, bei diesem Fabian bin ich mir da nicht so sicher.«

»Ja, gut, warten wir bis morgen. Ähm, gehst du noch mit auf ein Bier oder so?« Für Gerhard war das ein Friedensangebot, das allerdings mehr seinem Frieden dienen sollte, wenn er ehrlich war.

»Besser nicht«, sagte Evi, stand auf und verabschiedete sich in den Feierabend.

Gerhard sah ihr nach. Dann sprang er auf und ging in die Küche. Im Kühlschrank stand eine Flasche Sekt. Halbtrocken. Die machte er auf. Dabei verabscheute er Sekt. Eine halbe Flasche Ouzo nahm er auch noch mit. Und dann tat er etwas, was er selten tat: Er blieb im Büro, schaltete seinen Computer ein und verbrachte den Abend mit eBay. Musste er ja auch mal probieren, er, der er ein absoluter Computertrottel war. Er ließ sich überbieten, ersteigerte schließlich eine Jeans, die ihm sicher nicht passen würde, starrte in den Kasten, trank den süßen Sekt und das Anisgesöff – bis er Kopfweh hatte, vom Sekt und vom Starren in den PC. Es war drei Uhr morgens, als er heimfuhr.

7. Jo erreichte Laszlo telefonisch schließlich erst am Mittwochabend. »Laszlo, wir müssen da nochmals rein!«

»Tessék?«

»Ja, denn die Sache mit dem Ochsendoping war ja wirklich völlig schwachsinnig. Und Gerhard, mein Bekannter bei der Polizei, hat Recht: Da ist mal wieder meine Phantasie mit mir durchgegangen. Aber die Praxis hat Ochsen gedopt. Angeblich war das Svenja. Aber auch wenn alles gegen sie spricht, Svenja hätte niemals Tieren geschadet. Und schon gar nicht wegen dieses albernen Wettgewinns. Das waren ja letztlich Peanuts-Beträge!« Jo sprach schon wieder viel zu laut und schnell.

»Du sagst es«, antwortete Laszlo.

»Was sage ich?«

»Wettgewinne. Ich habe über das Ganze nachgedacht. Über Clenbuterol. Ich musste nachdenken, obwohl ich es gerne vermieden hätte.« Das Gesagte kam Jo kryptisch vor, aber sie spürte, dass sie nicht nachhaken sollte.

»Und was ist das Ergebnis?«

Laszlo atmete schwer. »Es geht um Geld, wie immer und überall. Mit Ochsendoping verdient man aber sicher keine Reichtümer.« Laszlo machte eine Kunstpause. »Was, wenn die Ochsen nur etwas ganz anderes verschleiern sollten?«

»Ja, aber was? Womit verdient man richtig viel Geld?«, überlegte Jo.

»Drogen, Waffen, Mädchenhandel, Menschenschlepper«, sagte Laszlo lakonisch, »und Doping. Nicht bei Ochsen, aber im großen Stil. Ich habe da einen gewissen Einblick aus meiner Zeit als Schwimmer. Im Leistungssport wird gedopt, überall. Jeder weiß es, und doch wird das Thema totgeschwiegen.«

»Wie beim Radfahren? Aber da gibt es inzwischen doch Journalisten, die immer wieder Dopingskandale aufdecken und jede Menge Insiderwissen haben. Und eine absolute Front dagegen.«

»Biztonságos, ja! Und es gibt die Bekenner unter den Aktiven. Aber letztlich will das doch keiner hören. Zuschauer oder gar Angehörige von Sportlern wollen ihre Recken nicht vom Sockel stoßen. Sie wollen einen sauberen Sportsmann, sie wollen den Heldenmythos. Also ist nicht, was nicht sein kann.« Er klang bitter.

»Aber jemand muss sich doch der gesundheitlichen Risiken bewusst sein?«

»Ha, glaubst du auch an den Weihnachtsmann? Wenn heute einer bei den Radamateuren Weltmeister wird, dann fährt er – ungedopt – bei den Profis hinterher. Lass dir das auf der Zunge zergehen: Ein ungedopter Weltmeister ist bei den Chemieprofis ein Nobody. Was würdest du tun? Jung und ambitioniert und inmitten einer Welt schlechter Ratgeber? Du nimmst alles, was dich schneller macht. Die Unfälle passieren immer den anderen.«

»Aber das sind viele! Es häuft sich doch, dass junge Sportler plötzlich tot umfallen! Das fällt doch auf.« Jo war nicht ganz klar, auf was Laszlo hinauswollte.

»Ja, aber trotzdem trifft es immer die anderen. Auch das ist längst bekannt: Schon seit Jahren geht man so weit, dass sich die Fahrer sauerstoffangereichertes Fremdblut spritzen lassen.« Er sagte das so, als gäbe er ein Kochrezept für seine berühmten Palatschinken durch.

»Wie? Da komm ich jetzt nicht ganz mit.«

»Also, meine liebe Jo, kleine Doping-Lehrstunde: Wenn du mehr Sauerstoff im Blut hast, dann ist die Muskulatur besser versorgt und bringt eine höhere Leistung. Epo funktioniert so. Nun bedarf es aber einer längeren Periode, den Spiegel aufzubauen, und mit jedem Tag steigt das Risiko, dass eine Kontrolle dich erwischt. Wenn du aber erst beim Wettkampf das Fremdblut spritzen lässt, ist das Risiko viel geringer.«

Jo ging das alles zu schnell. »Wie? Ja aber, ja aber, das ist doch Wahnsinn.«

»O ja, ist es. Das ist russisch Roulett. Die Blutspender sind oft irgendwelche Helfer der Fahrer. Jetzt nimmst du mal so einen belgischen Assistenten-Knaben, der irgendwo auf diesen langen Profitouren in irgendeinem drittklassigen Puff in Amsterdam die Ghanaerin mit Aids vögelt. Und dessen Blut lässt du dir einfach so spritzen. Wie gesagt, die Tragödien treffen immer die anderen.«

»Das glaub ich nicht!«, rief Jo.

»Oh, das kannst du, das beschränkte Sportlerhirn macht so was mit. Und die Spirale dreht sich immer schneller. Die Kontrollinstanzen versuchen, Substanzen nachzuweisen, und noch schneller entwickeln die anderen Verschleierungsmittel.« Laszlo hatte immer noch den Kochrezept-Tonfall drauf.

»Verschleierungsmittel?«

»Ja, Substanzen, die die Nachweisbarkeit des eigentlichen Dopingmittels verhindern. Jo, das ist ein unglaublicher Sumpf. Ich kenn einen Typen, der hat sich das Knie zerschmettert. Man wollte ihn operieren, aber der hatte so viel Verdünner, um Epo zu verschleiern, im Blut, dass seine Gerinnung null war. Wie bei einem Bluter. Die konnten nicht operieren. Als sie schließlich operieren mussten, ist der Mann gestorben. Offiziell natürlich an einem Kreislaufproblem, einer Medikamentenunverträglichkeit.«

»Ja, aber das muss doch jemand …«

Laszlo unterbrach sie. »Jo, es geht hier um eine gewaltige kriminelle Energie. Die Dopingszene hat mafiöse Strukturen, ganz oben sitzen einige, an die keiner rankommt. Die haben verdammt viel Einfluss und Geld. Was uns an den Ausgangspunkt zurückbringt: Geld!«

»Ja, Geld, aber was hat das mit Doktor Ostheimer und Svenja zu tun?«

»Bei der Mafia gibt es viele Rädchen, die ineinandergreifen, und absolut klare Hierarchien.«

»Ja, gut, aber Ostheimer als Rädchen in der Dopingszene? Der Mann ist ein einfacher Tierarzt auf dem Land«, sagte Jo ungläubig.

»Eben, auf dem Land, ganz unauffällig. Merkst du was?« Laszlos Stimme hatte sich verändert.

»Ich stehe wohl auf der Leitung. Er ist doch bloß ein kleiner Tierarzt.«

»Umso besser, denn Tierarzneimittel sind wunderbare Dopingmittel.«

»Für Menschen?« Jos Gedanken wirbelten durcheinander.

»Ja, für Menschen. Der Trick ist nämlich, dass das Medikament für Tiere zugelassen ist. Erinnere dich: Clenbuterol, wir haben das in Zusammenhang mit dem gedopten Jeronimo gebracht. Was aber, wenn es um was ganz anderes ging? Vielleicht war Tauting nur eine Art Test? Und nach so was suchen wir jetzt mal, denn, wie du sagst: Wir müssen da nochmals rein. Heute Nacht. Am Kellerfenster. Um eins.«

Diesmal waren sie schnell. Das Kellerfenster war im Nu ausgehängt, der Weg in die Praxis fast schon wie ein Weg zur Arbeit oder zur Schule, den man ewig kennt. Laszlo arbeitete rasch an beiden PCs, Svenjas und Ostheimers. Seine Finger flogen über die Tasten. Ab und zu grunzte er missmutig. Jo trat von einem Fuß auf den anderen, ihr Herzklopfen war sicher bis Nesselwang zu hören.

»Nichts!«, rief er schließlich.

»Wie: nichts! Das kann einfach nicht sein!« Jo war bitter enttäuscht. Das gab es doch nicht, durfte es nicht geben.

»Nun, nichts, was wir nicht schon wüssten, bis auf …« Laszlo machte eine dramaturgische Pause.

»Bis auf was?«

»Nun, bis auf die Tatsache, dass die Dateien manipuliert worden sind. Die Dateien zum Ochsendoping, das sich Svenja angeblich über Monate ausgedacht hat, die hat man erst an dem Tag draufgespielt, als du und der Kommissar da wart! Exakt in der Frühe um 5 Uhr 30. Scheiße, das hab ich bei unserem ersten Besuch gar nicht überprüft. Dann wurde hier auf Ostheimers PC eifrig gelöscht, unwiederbringlich!«

»Ja, aber das ist doch der Beweis.«

»Dämpfe deine Euphorie, was soll das beweisen?«

»Wenn wir bloß Svenjas Laptop hätten! Sie hatte einen, hundertpro. Ich hab ihn gesehen.«

»Gut, aber warum war dann auf der Sicherungs-CD, die sie bei dir hinterlegt hat, nichts drauf, außer den Dateien zum Ochsendoping?«, fragte Laszlo, der immer so penetrant logisch dachte.

»Das verstehe ich auch nicht«, kam es leise von der Tür.

Jo und Laszlo fuhren herum. Da stand Röschen Ostheimer, in der rechten Hand hielt sie ein Jagdgewehr, dessen Lauf bedenklich auf und ab schwankte. Die Waffe war viel zu schwer für das zierliche Röschen. Unter dem linken Arm war ein Laptop eingeklemmt. Die Situation war bizarr: Laszlo saß am Computer wie eingefroren, die Finger noch auf den Tasten. Jo hatte eine verdrehte Körperhaltung, und im Türrahmen stand Röschen. Die einzige Bewegung kam vom wippenden Gewehrlauf. Als Jo sich schließlich ganz zu Röschen umdrehte, hatte sie das Gefühl, es sei unendlich viel Zeit vergangen. Erst daraufhin nahm Laszlo die Hände vom Keyboard, der Gewehrlauf setzte mit einem Tack auf dem Boden auf. Jo schrak zusammen.

»Ist nicht geladen«, sagte Frau Ostheimer, legte die Waffe ganz auf den Boden und kam näher. Den Laptop hatte sie nun mit beiden Händchen umfasst und trug ihn vor sich her wie den Heiligen Gral.

»Svenjas Laptop. Er war oben in der Wohnung versteckt. Wir wohnen ja eigentlich in Halden oben. Die Wohnung hier wird manchmal als Ferienwohnung vermietet, oder wir stellen sie Gästen zur Verfügung. Ich benutze die Wohnung hier ab und zu. Mein Mann und ich … Na ja, das tut ja nichts zur Sache.« Mit keinem Wort kommentierte sie die Situation. Sie setzte den PC vorsichtig vor Laszlo ab.

»Ich weiß nicht, ob noch was drauf ist. Computer sind mir ein Buch mit sieben Siegeln.« Frau Ostheimer versuchte ein Lächeln.

Laszlo begann in die Tasten zu hacken, schnalzte mit der Zunge. »Ich denke, der PC ist komplett. Frau Ostheimer, da sind Listen für eine Alp Himmelsschwand verzeichnet. Kennen Sie die?«

»Ja, sicher. Wir haben selber noch Vieh. Sozusagen die Erbmasse der Schwester meines Mannes. Im Winter stehen die im Stall eines Bekannten, im Sommer auf der Himmelsschwand-Alp.«

»Gut. Die Besuche Ihres Mannes sind akribisch aufgelistet. Da gibt es Listen mit Medikamenten, geliefert für die Alp. Sie sind doch selbst Veterinärin oder? Ich bin da ein kompletter Laie. Was ist das für Zeug? Frau Ostheimer, Sie müssen uns da jetzt helfen!«

Röschen nickte.

»Also, ich beginne. BST?« Laszlo starrte in den Computer.

Röschen überlegte nur kurz: »Bovines Wachstumshormon, auch als bovines Somatotropin, eben BST, bekannt. Ich kenne das unter dem Handelsnamen Posilac. Ich glaube, es ist in den USA zugelassen, nicht in der EU.«

»Gut, weiter: Ventipulmin? War das nicht für Pferde?«

»Ja, Ventipulmin wird gegen Bronchopneumonie als Granulat täglich verabreicht.«

»Gab es auf der Alp denn auch Pferde?«, fragte Jo überrascht.

»Nein, sicher nicht, nur Jungvieh und trocken stehende Kühe.«

»Frau Ostheimer. Was mich irritiert: Die Überprüfung von Tierärzten ist doch auch sehr straff geworden. Wird da nicht scharf kontrolliert?«, wollte Laszlo wissen.

»Sicher, wir sind inzwischen gezwungen, extrem gut Buch zu führen über verwendete und abgegebene Medikamente. Seit dem Skandal vor gut drei Jahren ist das immer extremer geworden. Inzwischen darf ein Bauer offiziell nur mehr ausreichend Medikamente im Haus haben zur gezielten Behandlung von Tieren, nachdem sie von einem Tierarzt untersucht worden sind. Sprich, wir können nicht mehr einfach eine Hundert-Milliliter-Flasche von einem Antibiotikum abgeben, wenn nur ein Tier zu behandeln ist, was meist mit zwanzig Millilitern abgehandelt ist. Ich mache bei uns die Medikamentenbestellungen und die Abrechnungen. Was für die Himmelsschwand-Alp ausgegeben wurde, sieht man am besten an der Rechnung. Die wurde aber nie bezahlt, und mein Mann hat mich da immer beruhigt. Erstens wären das ja Medikamente für unsere Tiere, und zweitens – als ich mal die großen Abgabemengen bemängelt hatte – ginge das mit dem Besitzer der anderen Viecher schon in Ordnung. Mein Mann würde da seine Hand ins Feuer legen, dass der die Rechnungen schon bald bezahlen könne. Na ja, und da habe ich dann eben Dinge wie Ivomec zum Entwurmen verbucht und Antiphlogistika wie Flunixin, Banamin, Tolfedin, Voren oder Mederantil zur Appetitanregung. Aber es waren auch einige Hormone darunter.«

»Und irgendwann wurden Sie stutzig?«, fragte Jo.

»Ja, wegen des Ventipulmin, wegen der Hormone und wegen Medikamenten wie Clenbuterol.«

»Clenbuterol. Schon wieder! Darauf sind wir auch gestoßen!« Lazlo sah sie scharf an.

»Ja, das ist ein Kälbermastmittel«, sagte Röschen leise. »Und um Ihre Frage vorwegzunehmen: Es ist in der EU verboten. Ich hatte schon länger den Verdacht, dass mein Mann illegale Mastversuche macht.«

»Wussten Sie auch von den Menschenversuchen?«, fragte Laszlo ziemlich aggressiv.

»Bitte? Ich verstehe Sie nicht.«

»Clenbuterol, die Mutter allen Dopings. Die schöne Katrin Krabbe hat das verwendet. Es beeinflusst die Muskulatur positiv. Es ist kein Steroid, allerdings verdammt leicht nachzuweisen. Da muss man ja nur in die Nähe des Teststreifens pinkeln, dass der anspricht. Aber es gibt inzwischen genug Masking Agents, die die Nachweisbarkeit verschleiern. Probenicid heißt eines der Mittel. Liebe Frau Ostheimer, wären Sie Computern gegenüber etwas aufgeschlossener, würden Sie unter ›www.dopingnews.de‹ über so einiges stolpern. Es gibt wirklich die abartigsten Websites!«

Laszlos Ton war so bitter, dass Jo erschrak.

Röschen war auf einen Stuhl gesunken. »Aber mein Mann ist Tierarzt, ich sage doch, ich hatte eine ungute Ahnung. Ich wusste, dass die da in Tauting irgendwie an den Ochsen rumpfuschen. Der Schraub ist ein Jagdfreund meines Mannes. Ich hatte mir auch zusammengereimt, dass das nicht alles sein kann. Aber Doping? Damit hat er doch nichts zu tun! Es wäre schlimm genug, wenn er illegal Mastmittel einsetzen würde.«

Jo hatte bisher unentwegt auf ein Poster an der Wand gestarrt, das diverse Rinderrassen erklärte. Nun sah sie Frau Ostheimer erstmals in die Augen. »Hat Svenja davon gewusst? Und mehr noch: Kann das ihre Idee gewesen sein? Die Polizei glaubt das zumindest, weil die Dateien auf ihrem Computer gefunden worden sind.«

»Ich habe keine Anzeichen dafür bemerkt, dass sie es gewusst hat. Und ich kann das nicht beweisen, aber ich weiß, dass Svenja niemals Tieren geschadet hätte. Für kein Geld der Welt! So, wie sie gestrickt war, hätte sie alles getan, um so eine Sauerei zu verhindern. Aber, wie gesagt: Ich weiß nicht, was wirklich passiert ist zwischen Svenja und meinem Mann«, sagte Frau Ostheimer leise.

»Nun, sie wird ihm auf die Schliche gekommen sein, und da hat Ihr Mann sie umgebracht! Eigentlich eine ganz logische Geschichte«, rief Laszlo, immer noch voller Aggression.

Röschens veilchenblaue Augen waren fast schwarz. Die Falten unter der professionell aufgetragenen Schminke waren auf einmal tief eingegraben. »Das kann ich nicht glauben. Er hat sie diskreditiert mit dieser unseligen Ochsengeschichte, vielleicht wollte er sie auch rausekeln, aber er hätte sie nicht umgebracht. Wie denn auch, wenn es doch Selbstmord war? Die Polizei hat Fremdeinwirkung ausgeschlossen.«

»Weil sie nur oberflächlich hingeschaut hat. Frau Ostheimer, Sie müssen Ihren Verdacht der Polizei mitteilen!«, rief Jo.

»Und genau das werde ich nicht tun! Ich werde leugnen, Sie heute Abend gesehen zu haben. Ich werde leugnen, jemals den Laptop gesehen zu haben.« Sie schwieg und sah Jo in einer Weise an, die ihr schlagartig bewusst machte, welche tiefen inneren Verletzungen dieser Frau Herz und Seele zerschnitten hatten.

»Machen Sie was draus. Tun Sie, was Sie nicht lassen können, ich weiß von nichts!«

»Aber Frau Ostheimer! Sie haben Svenja gemocht, glaube ich. Und umgekehrt. Das hingegen weiß ich. Sie können doch nicht wollen, dass ein Mord ungesühnt bleibt? Frau Ostheimer, wo ist Ihr Mann?« Jo war verzweifelt. Wie sollten sie ohne eine Aussage von Frau Ostheimer weiterkommen?

»Nach Ungarn gefahren. Die Praxis ist ja geschlossen wegen eines Todesfalls.« Sie klang bitter. »Er ist zur Jagd. Mit Hundemeute und großem Jagdbrimborium. Fragen Sie mich nicht, wohin.« Ihr Tonfall ließ keinen Zweifel daran, was sie von den Jagdambitionen ihres Mannes hielt. »Und jetzt verschwinden Sie mit Ihrem Freund von hier. Mitsamt dem Laptop. Von mir haben Sie den nicht.«

Als sie wieder in Laszlos Auto saßen, war es Jo, als sei sie gerade aus einem äußerst wirren Traum erwacht. Auch Laszlo schien über die Szene nachzudenken. So waren sie fast schon in Immenstadt angelangt, als Jo ihre Gedanken sortiert hatte. Frau Ostheimer hatte ihnen Beweise gegen ihren Mann in die Hand gespielt. Der Mann war weg, ja, was bedeutete das denn wohl? Doch wohl nur, dass er der Mörder war. Svenja war seinen Machenschaften auf die Schliche gekommen, er hatte sie umgebracht. Und nun war er flüchtig.

»Laszlo, wenn Ostheimer in Ungarn zur Jagd ist, wo könnte er sein?«

»Oh, da gibt es viele Möglichkeiten. Die Jagd und der Jagdtourismus sind ein großes Ding in Ungarn. Aber sie sprach von einer Hundemeute. Meines Wissens gibt es in Ungarn nur eine Hundemeute. In Sümeg. Ich habe da mal einen Fernsehbeitrag gesehen. Der Inhaber des Burgstalls am Fuße der Burg hat wohl die einzige Hundemeute Ungarns und wohl auch die einzige dieser Größe außerhalb von England. Ich glaube, die Tiere heißen Tricolore, die sind irgendwie dreifarbig. Wenn ich mich an den Beitrag recht erinnere, dann macht der Stall Reit- und Jagdprogramme auch für Gäste.«

»Und wo liegt Sümeg?«

»Im Hinterland des Balaton. Hübsche Gegend, gar nicht so weit weg von meiner Heimat.«

Heimat! Mittlerweile waren sie vor Jos Haus angekommen, es war drei Uhr. Eine sternklare mondhelle Nacht und ungewöhnlich warm für Ende September. Sie sah Laszlo in die Augen, der sie fragend anblickte. Das hier war ihre Heimat, ihre Familie aus Katzen und Pferden, eine ungewöhnliche Familie vielleicht, aber sie gab ihr doch Halt, Wärme und Zuflucht. Es ist etwas anderes, die Tür zu einem Haus aufzusperren als die zu einer Wohnung, dachte Jo plötzlich. Und Laszlo? Der hockte in einem Minizimmer, arbeitete hier als Koch in einem fremden Land, obwohl er zu Hause Informatik studieren wollte. Und das wusste sie auch nur von Banjo. Sie wusste nichts von Laszlo. Er war zweimal für sie in ein Haus eingebrochen, hatte Computerdateien geknackt, ohne auch nur einmal die leisesten Bedenken zu äußern.

»Warum tust du das alles für mich?«, fragte Jo.

Er lächelte sein hinreißendes, immer ein wenig trauriges Lächeln. »Kennst du Ungarn? Kennst du die Ungarn? Nein? Wir waren in unserer Geschichte selten auf der Seite der Gewinner. Wir wurden so oft überrannt von Türken oder Österreichern. Wir funktionieren anders als ihr Deutschen. Wir lavieren uns seit Jahrhunderten zwischen den Möglichkeiten hindurch, solange sie nur nicht zu schlecht sind. Wir mögen keine Obrigkeiten und keine Bürokratie – das wird sicher noch so manche lustige Konfrontation mit den Eurokraten in Brüssel geben.« Er lachte hell auf. »Wir haben eine sehr elastische Lebenseinstellung, auch was die Einhaltung von Gesetzen betrifft. Wir mussten uns immer gegenseitig helfen. Attila József, einer unserer ganz großen Poeten, hat mal gesagt: Wenn ich dich einmal lieb gewonnen habe, dann kannst du getrost ohne Anklopfen zu mir kommen. Schön, nicht? Warum hätte ich dir nicht helfen sollen?«

Jo schluckte einen Kloß im Hals hinunter. »Trinken wir noch was?«

Laszlo nickte, folgte Jo mit dem Laptop, den er ganz vorsichtig auf dem Küchentisch abstellte. Mit einer Flasche Wein und Gläsern bewaffnet, gingen sie hinauf auf die Wiese. Falco lag ausgestreckt unterm Apfelbaum und schnarchte. Fjölla lag ebenfalls, hatte das Kinn aufgestützt und blinzelte Jo zu. Fenja hielt Wache, wie das bei Pferden so üblich ist. Sie gab ein tiefes Grummeln von sich: Du bist es, gut. So große Tiere, Fluchttiere eigentlich, und so viel Vertrauen. Laszlo und Jo setzten sich auf einen Baumstamm.

»Ich war nie in Ungarn. Komisch, ich war fast überall auf der Welt, aber nie in Ungarn«, sagte Jo.

»Komm mich mal besuchen. Es würde dir gefallen. Du wärst sowieso eine gute Ungarin geworden.«

»Ja?«

»Ja, du bist eine Dilettantin.« Er lachte wieder hell.

»Bitte? Das ist ja kein direktes Kompliment.«

»O doch. Die Ungarn sind alle Universaldilettanten. Probieren alles aus, du weißt schon: learning by doing. Reden überall mit, wie sagt ihr im Allgäu dazu: mitschnabeln? Sind respektlos angesichts neuer Herausforderungen. Sind dramatisch. Das ist gut so: Viele Deutsche verharren vor lauter Perfektionsanspruch lieber im verschreckten Nichtstun. Bevor die was angehen, müssen sie Kurse belegen, Fortbildungen machen, Prüfungen ablegen. Sie kaufen Fachbücher und Lernvideos. So sind die Ungarn nicht. So bist du nicht!«

Jo drückte seine Hand. »Na gut, dann werde ich respektlose Universaldilettantin mal nach Ungarn fahren. Du sagtest vorhin, Sümeg sei in der Nähe deiner Heimat?«

»Ja, ich stamme aus Pápa in Westungarn, übrigens ein gutes Pflaster für Dichter, Denker und andere musische Begabungen. Der dichtende Revoluzzer oder auch revolutionäre Dichter Sandor Petöfi ging in Pápa zur Schule. Jokai Mór wurde in dieser Schule mit jener fatalen Mischung aus radikal-liberalem jungem Europa und Byron'schem Weltschmerz konfrontiert, die ihn in all seinen großen Romanen nicht mehr losgelassen hat. Du musst das mal lesen, es ist sehr dicht geschrieben. Und Otto Nicolai ließ sich im Esterhazy-Schloss zu den ›Lustigen Weibern von Windsor‹ inspirieren, und immer wenn ihm nichts mehr aus der Komponistenseele floss, fand er im Schlosspark neue Ideen und Ruhe. Wir haben in dem Park nur heimlich geraucht und gekifft. Aber immerhin, der Geist der großen Denker umwehte uns zusätzlich zum Rauch, und außerdem war es schon was, auf eine so berühmte Schule zu gehen.«

»Na, dein Deutschlehrer war jedenfalls nicht der schlechteste«, meinte Jo.

»Nein, tatsächlich, doch ich habe auch immer mit meiner Oma Deutsch geredet. Aber mein Bruder konnte immer besser Deutsch als ich.« Plötzlich entriss er Jo seine Hand, hieb kurz mit der Hand auf den Baumstamm, so, als wolle er ihn mit einem Handkantenschlag zertrümmern.

Jo sah ihn erschreckt an. Laszlos Hand begann, leicht zu bluten. »Lazi …?«

Laszlo zögerte, und plötzlich brach es aus ihm hervor: »Mein Bruder und ich, wir waren Leistungssportler. Seit wir vier und fünf Jahre alt waren, sind wir geschwommen. Es ging stetig bergauf. Regionale Erfolge, nationale Titel und dann die Aufstellung für das Olympiateam. Mein Bruder war der Begabtere von uns beiden, Wasser war sein Element, im Wasser war er wie ein Delphin. Es war in der heißen Vorbereitungsphase für Olympia. Mein Bruder ist ganz dumm am Startblock ausgerutscht und hat sich das Knie zertrümmert. Er kam nach Budapest in die Klinik. Inoperabel, sie haben es trotzdem versucht. Er ist auf dem Operationstisch verblutet. Vollgestopft mit Drogen vom Zehennagel bis in die Haarspitzen. Dann bin ich geflohen – vor Ungarn, vor dem Sport, vor den brennenden Schmerzen in meinem Herzen. Die Schmerzen vergehen aber nicht. Nie!«

So viele Fluchten, so viele Narben, die nie ganz heilen und immer wieder aufbrechen, dachte Jo. Unsere Welt ist voller Flüchtlinge. Sie schwieg, denn was hätte sie sagen können?

Moebius war näher gekommen, hatte sich zwischen die beiden auf den Baumstamm gesetzt und sah Laszlo aus seinen schrägen Augen sehr aufmerksam an.

»Es ist, als könnte er in meine Seele sehen«, sagte Laszlo überrascht.

»Das kann er auch. Alle Katzen können das. Wir können nur nicht in ihre Seele sehen. Trotzdem bleiben sie bei uns, oder vielleicht deshalb. Katzen bewahren immer ein letztes Geheimnis. Wir dürfen uns glücklich schätzen, dass sie bei uns ausharren. Sie sind unmanipulierbar und unerziehbar und wählen doch freiwillig unsere Gesellschaft. Eine Katze würde sich nie der Schizophrenie bezichtigen lassen, weil sie eine grausame Jägerin ist, die mit der Beute spielt, und zärtlich zugleich ist. Eine Katze nimmt sich die Zeit für sich selbst, putzt sich stundenlang. Wir würden uns unserer Eitelkeit schämen, und so lauthals, wie eine Katze sich beschwert, würden wir das nie tun. Erziehung, Gesellschaft, unsere eigene verkorkste Geschichte verbietet uns das.«

»Na, dann bist du aber doch zumindest auf dem Weg zur katzenhaften Dilettantin«, lachte Laszlo. »Auch deshalb habe ich dir geholfen. Weil du so bist, wie du bist. Weil du solche Gedanken denkst. Und weil ich dir glaube. Und wenn es wirklich um Doping geht, dann hatte deine Svenja keine Chance. Das wäre eine Nummer zu groß für sie gewesen. Wo immer ich helfen kann, diesen Doping-Schweinen das Handwerk zu legen, tue ich das. Auf dieser Alp passiert irgendeine ganz große Schweinerei. Noch mal: Wenn es um Doping geht, sind da wahrscheinlich Menschen involviert, die über Leichen gehen. Ich kann mir schon vorstellen, dass jemand, vielleicht oder wahrscheinlich Ostheimer, deine Freundin Svenja umgebracht hat. Aber Jo, wirklich, ich wiederhole mich: Das ist eine Nummer zu groß – auch für Katzen, Amateure und Dilettanten. Denk an Svenja. Sie hat allem Anschein nach wohl mit dem Leben bezahlt. Trotz der Lanze, die ich sonst für die elastische Lebenseinstellung breche. Das ist gefährlich! Du hast durchblicken lassen, dass dein Kumpel bei der Polizei nicht gut auf dich zu sprechen ist, aber du musst ihn informieren.«

Sie gingen langsam ins Haus zurück. Jo sagte nichts. Sie konnte nicht, selbst wenn sie gewollt hätte. Als Laszlo wieder anhob zu sprechen, wusste Jo, was kommen würde. Sie wusste es, und es war gut so.

»Ich werde morgen nach Hause fahren. Es wird langsam Zeit für mich. Auch, weil Ildiko, meine Verlobte, wartet. Aber allzu lange wird sie das nicht mehr tun. Ich hab dir meine E-Mail-Adresse und die ungarische Handynummer aufgeschrieben. Ich bin immer für dich erreichbar, Tag und Nacht. Alle Tage des Lebens ohne Anklopfen. Aber bitte lass mich aus dem Spiel, was Aussagen bei der Polizei betrifft.«

»Das hätte ich sowieso getan. Ach, Lazi …«

Er strich ihr über die Wange, und es war wie eine Heilung aller Leiden und all der aufgewühlten Emotionen: Sie schliefen noch einmal miteinander, sehr sanft und sehr lieb. Diesmal fühlte sich Jo nur sehr, sehr melancholisch. Und es war klar, dass Sex zwischen ihnen nie mehr vorkommen würde.

8. Als Laszlo gefahren war, ging die Sonne auf. Es war noch dunstig, und die Natur zauberte Tausende Diamanten in den Morgentau und in die herbstlichen Bäume Edelsteine: Saphire, Smaragde, Opale und Onyx. Fenja und Fjölla standen Bauch an Bauch und schauten in die Berge. Das taten sie öfter, und Jo war sich sicher, dass sie das genossen. Einzig Falco, diese Pennnase, ruhte noch immer schnarchend im morgenfeuchten Gras. Immer noch flach auf der Seite – so scheintot, dass Hias sie sogar einmal informiert hatte, dass »der helle Gaul verreckt isch«. Dabei war das der typisch männliche todesähnliche Schlaf. Männer, dachte Jo, kein Sinn für die Poetik. Und Gerhard, nein, der hatte auch keinen Sinn für Poetik – dem stand momentan der Sinn sowieso nicht nach ihr. Alle ihre klugen Freunde hatten ja Recht: Andrea, dass sie ihn in Ruhe lassen sollte, und Lazi, dass das alles eine Nummer zu groß für sie war. Aber was sollte sie tun?

Schließlich setzte sie sich an den Küchentisch, ließ Svenjas Laptop hochlaufen, machte eine Kopie auf Diskette, las die Namen der Medikamente und erstellte für Gerhard eine handschriftliche Liste, mit dem, was Röschen Ostheimer zu den einzelnen Substanzen erklärt hatte. Dann fuhr sie nach Kempten. Es war kurz vor sieben, und sie war sicher, dass weder Gerhard noch Evi im Büro sein würden. Wer da war,

war Markus Holzapfel. Der war einigermaßen überrascht, Jo zu sehen, die mal wieder viel zu schnell zu reden begann und heraussprudelte:

»Morgen, Markus, pass auf! Ich habe da was sehr Wichtiges für Gerhard. Das ist Svenjas Computer, der, der verschwunden war. Darauf sind eindeutige Beweise, dass Doktor Ostheimer nicht nur Ochsen gedopt hat, sondern sehr wahrscheinlich in die Doping-Szene im Leistungssport verwickelt ist. Diese Liste von mir erklärt schon mal einige der Medikamente. Tja, das wär's, er kann was draus machen, oder er soll es bleiben lassen.«

Markus, der mit dem Suizid Svenja Gudmundsdottir nur ganz am Rande zu tun gehabt hatte, schaute Jo kuhäugig an. »Häh?«

»Also, Markus«, versuchte Jo es erneut, »es gibt den Fall der Tierärztin, die sich angeblich umgebracht hat. Hat sie aber nicht, und dieser Laptop beweist das. Klar?«

Markus schaute Jo an, als wäre er gerade erst aufgewacht und hätte Mühe, sich in der morgendlichen Realität zurechtzufinden.

»Markus, das ist echt wichtig! Ja? Sag ihm, das ist Svenjas verschollener Computer.«

Markus nickte. »Ja, ich stell ihm das Ding hin und sag ihm das.«

Als Jo wieder losfuhr, hatte sie kein gutes Gefühl. Markus war nicht mit allzu viel Intelligenz geschlagen. Aber gut, sie hatte es versucht. Und was würde sie jetzt tun? Diese Alp in Augenschein nehmen? Und plötzlich fiel ihr ein, dass sie da wahrscheinlich zu spät dran sein würde, denn heute war Viehscheid in Thalkirchdorf. Andererseits war es ja völlig unauffällig und nicht verwerflich, wenn sie sich mal den Senn der Himmelsschwand-Alp anschaute. Was für ein Name war das eigentlich? So himmlisch lieblich für ein solches Verbrechen. Wenn ihr Verdacht zutraf. Nun, sozusagen absichtslos und unverbindlich würde sie mal sehen, was der Senn für einer war.

Gerhard traf Markus nicht mehr an, als er nur fünfzehn Minuten nach Jo ins Büro kam. Markus war auf dem Weg zu einer Fortbildung in Augsburg. Aber weil es Jo so dramatisch gemacht hatte, wollte Markus den Laptop nicht einfach so stehen lassen. Er stellte ihn bei Gerhard in den Schrank und klebte einen kleinen gelben Zettel an Gerhards Computer. »Jo Kennerknecht hat einen Computer von Svenja Gudmundsdottir gebracht. Irgendwelche Beweise.«

Kurz nach Markus kam die Putzfrau, die angewidert die Nase hochzog. Es stank nach Alkohol. Sie riss das Fenster auf und hantierte mit den Flaschen. Sie stapfte ihren Job verfluchend hinaus. Da segelte ein kleiner gelber Zettel auf der Woge des Durchzugs unter einen Schrank. Als Gerhard sein Büro betrat, war es erfüllt von kühler Morgenluft. Er hatte Schädelweh und holte sich erst mal einen Kaffee. Wenig später kam Evi mit ihrer Teetasse. Sie saßen da und schwiegen, und fünf Minuten vor acht klingelte das Telefon. Zwei junge Leute wurden angekündigt. Gerhard ließ sie ins Besprechungszimmer führen.

»Na dann«, sagte er. »Karina und Dominik.«

Als sie den Raum betraten, war Gerhard verblüfft. Das war Fabian, der Typ von gestern. Er trug die gleichen Klamotten, Karina hatte einen Minirock und T-Shirt an, Turnschuhe dazu und das Haar zum Pferdeschwanz gebunden. Trotz der unanständig kurzen Rocklänge sah sie wie ein liebes kleines Mädchen aus. Evi runzelte die Stirn, als sie die Namen der beiden hörte. Und wo war Dominik?

Das konnten Karina und Fabian auch nicht beantworten. »Er ist weg. Sein Handy ist aus, zu Hause war er seit Tagen nicht mehr, sagt sein Vater.«

Na wunderbar, dachte Gerhard. Der Vater genießt die Rente, die Mutter ist in München, der Junge, der ja per Gesetz schon lange kein Junge mehr ist, interessiert zu Hause keinen. Ein modernes Familienidyll, wo der Begriff Familie immerhin über eine gemeinsame Postanschrift definiert wurde.

Gerhard nahm sich Fabian vor, der ihm im Prinzip dasselbe sagte wie Karina. Sie hatten Svenja aufgelauert und sie mit Schlagringen und einem Baseballschläger bedroht. Rambo war Fabian in Sekundenbruchteilen in die Parade gefahren, Fabian zeigte Gerhard sein Handgelenk, das übel zugerichtet war, und Gerhard spürte, dass der Junge zwar den großen Macker markierte und wahrscheinlich mit Blenden und Drohgebärden in der Jugendszene Eindruck schinden konnte, aber sich schwertat, einem Hund zu trotzen. Svenja hatte Rambo dann zurückgepfiffen, und die drei waren abgehauen.

»Ich hab dich sofort wegen unerlaubtem Waffenbesitz und Einschüchterung am Arsch. Das sollte dir klar sein. Die Frau ist tot, und ihr habt sie kurz vorher bedroht. Was würdest du da denken?«

»Aber wir bringen doch keinen um. Bloß ein bisschen erschrecken wollten wir sie. Das war doch nicht echt.«

»Nicht echt? Heh, wach auf. Die Beißerchen, die in deinem Handgelenk gesteckt sind, die sind echt! Das ist kein Videospiel, wo du den Score knacken kannst! Wo warst du eigentlich letzten Donnerstag zwischen ein und fünf Uhr?«

Es schien Fabian zu dämmern, dass er gerade nach seinem Alibi gefragt worden war. Er zögerte und dachte nach. »Bei Karina, ich bin da die letzte Zeit abgehangen.«

»Und außer Karina kann das niemand bestätigen?«

Er schüttelte den Kopf.

»Merkst du was?« Gerhard verlieh seiner Stimme etwas Spöttisches.

»Aber wenn's doch so ist. Was soll ich denn machen?«

Gerhard sah ihn lange an, so lange, dass hinter der Fassade mehr und mehr ein verunsicherter Junge zum Vorschein kam. Schweigen war oft besser als Poltern. Fabian popelte an seinen Fingern herum, sein Blick irrte durch den Raum. Schließlich sagte Gerhard: »Du kennst das ja. Anzeige. Jugendrichter. Jugendamt – die ganze Maschinerie. Wenn du die nicht in Gang setzen willst, gebe ich dir eine Chance.«

»Welche?«

»Du machst deine Lehre weiter, und ich höre die nächsten zwei Jahre nichts von dir. Außer dass du der beste Automechaniker im Allgäu wirst.«

Fabian starrte ihn an. »Aber, die sind gegen mich. Der Meister hasst mich. Die sind, die werden ...«

»Nix die! Du! Ende der Durchsage!« Gerhard haute auf den Tisch. »Du wartest hier, bis ich zurückkomme.«

Gerhard traf Evi in einem leeren Büro. Evi gab das Gespräch zwischen ihr und Karina wieder. Karina, Fabian und

Dominik waren sozusagen ein Trio infernale gewesen. Seit einem Jahr unzertrennlich. Karina kannte Dominik vom Hildegardis-Gymnasium her, das sie allerdings nach der Zehnten geschmissen hatte. Sie hatten Kontakt gehalten, und Fabian hatten sie auf einem Burghalde-Festival kennen gelernt. Karina war dann mit Fabian gegangen.

»Anfangs war das echt krass, weil Fabian einfach nicht so ein Spießer ist wie die anderen. Aber in echt ist er ein Arschloch. Er fickt andere Weiber«, hatte Karina erzählt.

Und weil das so war und weil Karina sich wohl hatte rächen wollen, hatte sie mit Dominik geschlafen, erfuhr Evi. Auf Evis Frage, ob Fabian das gewusst hatte, hatte Karina geantwortet:

»Nein, natürlich nicht, aber Dominik nervt jetzt ziemlich. Er schickt mir dauernd SMS und Mails, dass er mich liebt. So ein Scheiß. Er kapiert nicht, dass er mein ältester Kumpel ist, aber doch nicht mein Freund.« Evis Einwand, dass Karina vielleicht nicht mit ihm hätte schlafen sollen und er das womöglich falsch verstanden habe, wischte Karina unwirsch weg.

»Wegen einem Mal! Pah, das ist doch krass. Da liebt man einen doch nicht gleich, oder?«

Evi hatte es vorgezogen, darauf nicht zu antworten. Sie hatte Karina eingeschärft, sich nicht von der Stelle zu rühren. Evi und Gerhard waren sich sicher, dass weder Fabian noch Karina Svenja ernsthaft hatten verletzen wollen. Und Dominik?

»Ich denke, Dominik war wohl so was wie der ewig gute Kumpel, der nichts lieber getan hätte, als mit Karina zu gehen. Ein klassisches Dilemma. Er wollte wenigstens in ihrer

Nähe sein und hat sich mit der Rolle als guter Freund abgefunden«, mutmaßte Gerhard.

»Ja, und dann schläft die Angebetete nach Jahren mit ihm. Ein Mal ist kein Mal, so hat Karina das gesehen«, sagte Evi, und Gerhard hörte den Unterton sehr wohl.

War ein Mal kein Mal? Hatte Sex mit Liebe nichts zu tun, wenn's beim One-Night-Stand blieb? Gerhard wusste, wie brisant diese Frage in ihrer beider Leben war. Er wusste, dass diese Frage seit Monaten seins regierte. Er räusperte sich. »Was, glaubst du, würde Dominik tun?«

Evi dachte nach. »Versuchen, dass aus einem Mal öfter wird. Versuchen, sie zu beeindrucken?«

»Damit, dass er Svenja sich erneut vorknöpft?«, fragte Gerhard.

»Das würde aber heißen, sie wurde ermordet. Gerhard, nichts deutet darauf hin. Und wie sollte dieser Dominik ihr die Spritze Euthanyl verabreicht haben? Das ist doch alles völlig an den Haaren herbeigezogen.«

Gerhard wiegte den Kopf hin und her. »Wie gesagt, es ist ein Gefühl. Ich habe die Patho gebeten, die Leiche nochmals anzusehen.« Er sagte das entschuldigend.

»Aha.« Das war Evis einziger Kommentar. »Und nun?«

»Ich werde mal zu Dominiks Vater fahren. Und du entlässt die beiden. Fabian sagst du, er wisse, was er zu tun habe. Ich würde mich morgen erkundigen.«

Evi blickte ihn verständnislos an. Gerhard erklärte ihr den Deal. Seit Tagen lächelte sie ihn zum ersten Mal wieder offen an.

»Du bist ein sentimentaler Knochen.«

Als sie draußen war, griff Gerhard zum Hörer. Er kündigte

Herrn Pflug seinen Besuch an, und dann rief er beim Autohaus Abt an. Es war gut, eine Kleinstadtvergangenheit zu haben. Die Wir-um-die-vierzig-Fraktion kannte sich. Gerhard musste manchmal doch sehr grinsen, wenn er den Werdegang alter Kumpels so verfolgte – bis zum Fernsehrichter! Weniger illuster, aber durchaus erfolgreich, saßen viele jetzt fest im Sattel der einstmals elterlichen Betriebe. Nachdem Gerhard beim Abt eine Sekretärin überwunden hatte, landete er beim Chef, und nach einigem Geblödel, wie es früher so gewesen war, brachte Gerhard sein Anliegen vor und schloss: »Wenn er wirklich den Mumm hat, sich zu melden, hätte er den Job verdient. Oder was meinst du? Kannst du das von höchster Instanz veranlassen, dass ihr ihn wieder einstellt?«

»Kann ich, werde ich. Auch aus Eigennutz. Laut einem Meister ist der Junge ein Gott, wenn's ums Schrauben geht!«

Einigermaßen zufrieden, weil Evi gelächelt hatte, weil er sich manchmal selber ganz nett fand und weil irgendwie Bewegung in die Sache kam, fuhr Gerhard nach Durach hinaus.

Die Villa der Pflugs lag ganz oben in Bechen, in einer Traumlage inmitten eines wunderbar eingewachsenen Grundstücks mit einem Swimmingpool. Das Haus war stilvoll, nicht aber protzig. Runde Formen herrschten vor.

Herr Pflug bat Gerhard auf eine Terrasse, die ebenfalls von geschwungenen Wänden begrenzt wurde. Die Atmosphäre war die eines mexikanischen Patios. Haus und Garten strahlten Wärme aus, Herr Pflug durchaus auch. Eigentlich hatte Gerhard ihn sich ganz anders vorgestellt. Sein manchmal schwer unterdrückbarer Akademikerhass hatte sich bei einem Doppeldoktor einen arroganten Wichtigtuer vorgestellt. Dieser Mann hingegen redete in einem sehr sympathischen Tiroler Akzent und sah aus wie ein gealterter Daktari. Wo hatte er erst über Daktari gesprochen? Sein Herz tat einen kurzen Sprung.

»Herr Pflug, ich würde gerne Ihren Sohn sprechen. Wie ich aber von seinen Freunden Karina und Fabian gehört habe, ist er verschwunden.«

Herr Pflug, der gerade dabei war, Gerhard ein Weißbier einzuschenken, sah ihn überrascht an. »Nun, verschwunden würde ich nicht gerade dazu sagen. Ich habe ihn die letzten Tage nicht gesehen, was auch daran lag, dass ich erst vor zwei Tagen aus Namibia zurückgekommen bin. Ich hatte da unter anderem mit einem alten Studienkollegen für Dominik im Etoscha-Nationlapark ein Praktikum vereinbart. Dass das klappen wird, hätte ich ihm allerdings gerne gesagt.«

»Hat Ihr Sohn kein Handy?«

»Doch, aber es war aus. Und diese ganze SMS-Senderei, das fange ich in meinem Alter nicht mehr an.« Das »Nicht« hatte allen Charme des Tiroler »Ch«.

»Und Ihre Frau?«, fiel Gerhard ein.

»Sie ist wochentags in München, allerdings war sie das letzte Wochenende nicht da, weil sie einen Kongress in Wien hatte.«

»Niemand hat Dominik also die letzten Tage gesehen?«

»Herr Weinzirl, wieso interessiert Sie das? Der Junge ist volljährig. Er hat sehr viel auf sein Abi gebüffelt. Er hat eine 1,3 gebaut. Er hat doch das Recht, sich jetzt zu entspannen. Chillen sagen die Jungen dazu, oder?« Pflug schien wirklich überrascht.

»Herr Pflug, Dominik ist da in eine etwas ungute Sache verwickelt, bei der ...«

»Dominik?«, unterbrach Herr Pflug ihn.

»Nun, er hat zusammen mit Karina und Fabian eine Frau bedroht.«

»Was sagen Sie da?«

»Er hat eine Frau bedroht. Ich sage nicht, dass das auf seinem Mist gewachsen ist, aber ich will und muss ihn sprechen. Kennen Sie eigentlich Karina und Fabian?«

Herr Pflug seufzte, »Ja, ich denke, Karina ist kein unrechtes Mädchen, aber sie ist sehr, sehr zornig.« Das war auch Gerhards Eindruck gewesen, er sah Pflug abwartend an. »Ich habe einen gewissen Einblick in die Familienverhältnisse erhalten, und es muss für das Mädchen ein ungeheurer Schock gewesen sein, dass die Mutter es verlassen hat. Einfach so. Dominik hat mir erzählt, dass die Mutter mit einem chilenischen Weinbauern abgehauen ist. Sie hat laut Dominik eine ungeheure Summe Geldes bekommen und das wohl in das Weingut gesteckt. Sie schickt Karina Briefe und Wein. Die Briefe landen im Feuer, der Wein bei uns. Karina hasst Wein, hasst die Mutter, sie trinkt nur Jacky-Cola. Sie gibt Dominik die Kisten. Exzellente Cabernet-Sauvignons aus dem Valle Central überdies. Nein, ich kann über Karina eigentlich nichts Schlechtes sagen. Es brodelt in ihr, aber sehen Sie: Dominik wird bald nach Namibia gehen und dann zum Studieren nach Berlin. Solche Dinge verlaufen sich.«

»Und Fabian? Kennen Sie den?«, wollte Gerhard wissen.

»Den habe ich nur einmal bei einer Gartenparty gesehen. Ein wenig proletarisch vielleicht. Ein bisschen laut. Er plustert sich ein bisschen viel auf. Er trommelt etwas viel auf die Orang-Utan-Brust.« Herr Pflug lächelte. »Entschuldigen Sie die Vergleiche, ich bin Zoologe, und das männliche Imponierverhalten ist bei fast jeder Spezies das gleiche. Am dümmsten stellt sich dabei der Mensch an, oder besser, das menschliche Männchen. Aber nun sagen Sie doch: Was ist das für eine Geschichte mit der Bedrohung?«

Gerhard erzählte sie ihm und beendete seine Erzählung: »Sehen Sie, es geht eben auch hier ums Balzverhalten. Ich habe Bedenken, dass Dominik, um Karina zu beeindrucken, Dummheiten gemacht hat oder machen wird.« Gerhard hielt sich bewusst sehr bedeckt, denn Pflug schien jetzt schon sehr besorgt zu sein.

»Wissen Sie, der Junge war unauffällig, pflegeleicht, möchte ich fast sagen. Wir haben ihm eine sehr lange Leine gelassen, und er hat uns das eigentlich immer gedankt. Das Allgäu war unsere feste Familienbasis zwischen München und Innsbruck. Meine Frau hat früher hier gearbeitet. Dominik ist also kein armes Kind egoistischer Karrieristen. Wie gesagt: Unser Konzept war in Ordnung. Ich kann mir das gar nicht vorstellen, dass Dominik Menschen bedroht. Die Achtung des Lebens war mir ein erstes Erziehungsziel.«

Gerhard nickte. »Herr Pflug, trotzdem. Wenn Sie etwas hören, bitte informieren Sie mich umgehend.«

»Selbstverständlich.«

»Noch eine Frage. Gibt es keine Möglichkeit, herauszufinden, wann Dominik zum letzten Mal hier im Haus gesehen wurde oder übernachtet hat?«

»Doch, Frau Baldauf kommt täglich zwei Stunden hier vorbei. Sie müsste das wissen.« Er griff zu einem Telefon, das auf dem Tisch lag. Nach einem kurzen Gespräch wandte er sich Gerhard zu. »Frau Baldauf sagt, er sei am letzten Donnerstag nach dem großen Gewitter ziemlich klatschnass heimgekommen. Seitdem hat sie ihn nicht mehr gesehen.« Er sah noch besorgter aus.

Gerhard erhob sich. »Danke für Ihre Kooperation, und, wie gesagt: Melden Sie sich, sobald Sie was hören.« Als er die Treppen zum Parkplatz hinabstieg, war ihm extrem unwohl zumute, Dominik war genau seit dem Todestag von Svenja verschwunden. Und er war aus einem Gewitter gekommen!

9. Als Jo beim Viehscheid eintraf, war in Thalkirchdorf schon die Hölle los. Diese Mischung aus Menschen jeder Couleur und jeden Alters faszinierte Jo immer wieder. Die alten Viehbauern, die auf ihre Tiere warteten, standen zusammen und sinnierten in den Tag. Jo beobachtete drei Männer, die sich seit Minuten anschwiegen. Als ein vierter dazutrat, ruckten die Köpfe. Einer tippte sich an den Hut. »Jockl, von dir hommers grad ghett.« Jockl nickte, und nun schwieg man zu viert.

Die Jungbauern diskutierten über den Milchpreis und die Forstreform, und die jungen Frauen versuchten, die kleinen Kinder in Dirndln und kurzen Lederhosen zusammenzutreiben. Ganz im Landhausstil aufgebrezelte Touristen – von der Haferlsschuhspitze bis zum Trachtentücherl mit Edelweißanhänger etwa in zweitausend Euro gewandet – traten von einem Fuß auf den anderen. Wahrscheinlich drückte der neue Schuh. Dorfjungs mit Mopeds, an denen kein Originalteil mehr dran war, mit gefeilten Ritzeln und Knatterauspuff röhrten umher, und die Girlies in extrem engen Hüfthosen und ultrakurzen Jamaika-T-Shirts gaben sich betont uninteressiert.

»Sie kommen«, schrie plötzlich einer der kleinen Trachtenzwerge, und alle Blicke waren einzig auf die Spitze des Zugs gerichtet. Das Kranzrind war sich seiner tragenden

Rolle bewusst, es schritt durch das Spalier der Menschen, es schwebte nahezu. Komisch, dachte Jo, das war zwar jedes Jahr das Gleiche, und doch tat ihr Herz immer einen kleinen Hüpfer. Und dann sah sie Seppi. Nicht, dass sie ihn gekannt hätte, aber sie wusste instinktiv, dass er es sein musste. Er war nicht übermäßig groß, aber gut gebaut, seine Lederhose saß extrem gut, fast provokant gut. Er war das, was man einen blendend aussehenden Mann nannte. In seinen Zügen lag etwas, das Jo beunruhigte. So, wie er grinste, schien er niemanden für voll zu nehmen. Gerade grüßte er lässig zu einigen jungen Männern hinüber, die in knallbunte Sportlerwurstpellen gequetscht waren und an Rennräder gelehnt, und dann schritt er weiter durch die Menge. Plötzlich fiel Jo das Gespräch über Zocker und Abenteurer ein, und sie wusste, dass sie hier einen Zocker vor sich hatte. Sein Blick fiel auf Jo, und sein Grinsen vertiefte sich. Völlig ohne jede Scham schaute er ihr auf die Brüste.

Plötzlich hörte Jo eine Stimme neben sich: »Sieben Viecher hot der gscheitnäsige Koog verlora, des isch doch it normal! Kui gotziges dürfte so Hirt verlieren.«

Neben ihr stand der Wegner-Sepp aus Oberstaufen, ein legendärer Alphornbauer.

»Griaßdigott, spielt ihr später noch auf?«, fragte Jo mit einem Lächeln.

»I it, aber der Bua und mir hend a Abordnung aus der Eifel do. Die wend a Alphorngruppe gründa. Und die wend jeden Viehscheid aluaga. Der heit isch scho der dritte«, sagte Wegner und verzog das Gesicht zu einem gutmütigen Grinsen und rief zu seinen Besuchern hinüber: »Dund bätscha!« Und weil sie so arg verständnislos schauten, schickte er hinterher: »Klatschen sollt ihr!« Und wieder zu Jo gewandt: »Der liabe Herrgott hot halt en groſsa Tiergarta.«

Er war hinreißend, ein Mann, den Jo bei Presseterminen mit Journalisten liebend gern anrief. Denn er machte sofort klar, dass es zwar die Pepe-Lienhard-Band gewesen war, die die »Swiss Lady« besungen und so das Alphorn weltberühmt gemacht hatte, aber dass das Alphornspiel nicht nur Angelegenheit der Schweiz war.

Gerade erklärte er den Eifelern, dass Alphörner immer Sache von Landschaften gewesen waren, wo es Hirten und Herden gab – egal, ob im Allgäu, in Südamerika oder in Tibet. Hirten hatten immer schon auf die Signalwirkung solcher Hörner gesetzt, um sich über die Täler hinweg zu verständigen. Sie hatten Tiere damit angelockt. Und mit dem ihm eigenen Charme verbannte Wegner gerade jetzt so manche Alphornbauregel ins Reich der Sagen und sah die Eifelaner streng an. In bemühtem Hochdeutsch erklärte er:

»Ein Alphorn muss nicht unbedingt bloß vom Baum sein, der über zwölfhundert Meter gewachsen ist. Das ist ein a Mythos. Es geht auch mit Fichten, die wo weiter unten wachsen. Wenn man ein Alphorn aus einem Stamm schaffen möcht, sollte der Baum eine Krümmung haben. Die kriegt er, wenn der Setzling vom Schnee an den Boda hin gedrückt wird und später dem Licht zustrebt.«

»Und die Sache mit den zwölfhundert Metern? Warum hört man das so oft? «, fragte einer seiner Begleiter.

»Ja, mei, ein eng gewachsenes Holz ist für Musikinstrumente wichtig. In der Höhe wachsen die Bäume langsam, die Jahresringe liegen dichter beieinander als beim Talholz.“ Er atmete tief durch, das ganze Hochdeutsch strengte ihn an, und dann platzte er heraus: „Des isch guat fir den Klang. Aber mei, heit bauet au mir Alphörner aus zwoi oder drei Trümmer. Suscht hängt so a langs Trumm aus dem Fenster vom Auto naus!«

Und damit ging sein Blick und der der beeindruckten Zuhörer wieder zum Zug.

»Wie, der hat sieben Viecher verloren?«, hakte Jo nach.

»Ja, ja, ein ganz neuer Begriff von Viehscheid, da sind einige dahingeschieden«, mischte sich ein verschmitzt aussehender alter Mann mit schlohweißem Haar ein. Er lachte und zuckte mit den Schultern. Jo kannte ihn vom Sehen oder besser vom Reiten. Sie machte öfter mal größere Touren über den Hauchenberg ins Weitnauer Tal hinunter, und als er sie zum ersten Mal an seinem Haus hatte vorbeireiten sehen, hatte er den Pferden sofort Wasser angeboten, dann ihr einen Holundersaft. In dieser Reihenfolge, erst den Pferden, das hatte Jo imponiert. Er bewirtschaftete in Waltrams einen kleinen Hof. Man erzählte sich, dass er 1945 als Zehnjähriger von einer Allgäuer Familie als Pflegesohn aufgenommen worden war. Der Egon Will war ein besserer Landwirt als die Eingeborenen geworden. Nur Allgäuerisch sprach er bis heute keins. Bis heute war sein Hof picobello, seine Kühe waren immer frisch gestriegelt, und Hörner hatten sie auch!

»So ein Horn ist doch eine sehr persönliche Angelegenheit für ein Tier«, hatte er Jo mal erklärt.

Angesichts von Seppi und dessen hornlosen Kühen schüttelte er nochmals den Kopf. »Kein Gefühl mehr für die Tiere. Kein Wunder, dass dem so viele wegsterben. Das ist die Scham.«

»Verreckt, dät i saga«, kam aus einer anderen Ecke, und Jo erfuhr, dass die toten Tiere weder auf langen Stangen und Zweigen, auf einer Art Trage, zu Tale gezogen worden waren, noch dass man sie mit Jeep oder Bulldog transportiert hatte.

»Der Hubschrauber ist geflogen, um die Tiere abzuholen. Dabei ist das ja wohl wirklich kein hochalpines Gelände«, wunderte sich einer.

»Mei, wenn du denksch, was mir frinar für a Gfrett ghett hond.« Und es gingen die Geschichten, über die Zeiten, als der Weg auf die Alp viele Stunden gedauert hatte, als man schwere Gegenstände wie Milchkessel und Butterfass noch mit dem Krotten bergauf gezogen hatte. Als man Salz, Kleie, die Hausapotheke für das Vieh, Kochgeschirr, Bettzeug, Äxte, Sensen und Rechen hinaufgeschleppt hatte. Und als man noch Schweine auf den Alpen hatte, denn auf einer großen Sennalp war täglich so viel Molke angefallen, dass davon bis zu vierzig Schweine gemästet werden konnten. Damit sie auf dem anstrengenden Weg nicht zu viel Gewicht verloren, mussten sie getragen werden.

»Ja, wenn heute einer über einen Menschen sagt, der sei eine fette Sau, fallen mir immer die Alpsäue ein. Mensch, die wurden mit jedem Höhenmeter schwerer«, lachte Will.
»Was waret mir zaurackedürre Buben, grad amol zwölf, dreizehn Jahr, und mir hond die Saua gschloift. Und gschafft von in dr Fria bis in d Nacht nei.«

Ja, dachte Jo, das war noch gar nicht so lang her, dass auf den Galtalpen meist drei Hirten waren und unter dem Meisterhirt die Mittel- und die Kleinhirten arbeiteten. Letztere fast immer Kinder, denn bis in die 1950er Jahre erlaubte ein so genannter Alpdispens ihnen das Fernbleiben von der Schule. Solche Kinder waren der Will oder der »Katalog«, ein Mann in Wills Alter, der ständig irgendwelche Jagd-, Forst- und Militärkataloge dabeihatte und erklärte, was er sich alles bestellen würde. Es kam aber nie zu einer Bestellung, weil er arm war wie eine Kirchenmaus!

»Am schlimmsten war es für uns, wenn ein Tier abgestürzt ist. Was haben wir wilde Zäune gebaut an gefährlichen Stellen! Also, ich kann sagen, dass mir in zehn Jahren insgesamt nur fünf Viecher verstorben sind. Und da kommt einer wie dieser Sepp und grinst auch noch, wenn er in nur einem Sommer sieben verloren hat!«, ereiferte sich der Will soeben.

»I ka den it verputza, außer sau-igla in der Wirtschaft ka der nix!«, rief der Katalog so laut, dass es Seppi wohl gehört hatte. Langsam wandte er sich um und zeigte dem Katalog den Stinkefinger.

Über diesen Betrachtungen hatten sie den Scheidplatz erreicht.

Jo kam noch ein Wort von Will in den Sinn, der bemängelt hatte, dass die Tiere oft stundenlang in der Hitze des Scheidplatzes ausharren mussten. Sie, die sie doch gerade erst aus der ruhigen Alpidylle gekommen waren. »Auch für Tiere gibt's einen Kulturschock«, hatte der Will gesagt. Hier am Scheidplatz hatte Jo Gelegenheit …

Und Jo hatte nochmals Gelegenheit, Seppi zu betrachten. Er übergab die Tiere den Besitzern, wovon einer ein geldiger Hobbylandwirt aus Lindau war – wie der Katalog grummelte – und der andere ein Tierarzt aus Pfronten. Als ob es in Pfronten keine Alpen gäbe.

Jo war wie elektrisiert. Ostheimer, klar! Der war selbst aber gar nicht gekommen. Das passte alles nur zu gut, und nun hatte dieses Doping-Gesocks wahrscheinlich alle Spuren verwischt. Wenn doch nur Gerhard den Laptop von Svenja ansehen würde. Sie war nahe dran, ihn anzurufen, als Wagner, Will, der Katalog und der ganze Eifel-Trupp darauf bestanden, dass die Frau Doktor mit in die Wirtschaft ginge. Der Katalog hatte ein neues Werk dabei und schaute mit leuchtenden Kinderaugen Jagdmesser an.

»Des kannsch du dir it leischta, so a arme Bahndammgams wie du!«, kam es vom Nebentisch.

»Bahndammgams?«, fragte der Eifel-Anführer.

»Ja, Bahndammgämse. Gemeint sind Ziegen von armen Leuten, die keinen Grund hatten und die Tiere am kargen Bahndamm weideten«, erklärte Jo und avancierte für den Rest des Abends zur Simultanübersetzerin. Als sie dann nach einigen Weinschorlen und Obstlern und Beteuerungen, mal einen Besuch in der Eifel zu machen, ins Auto stieg, war es kurz vor Mitternacht. Will hatte drauf bestanden, sie zu fahren. Er trank nämlich nur Johannisbeer- und Holunderschorle. Er fuhr sie mit ihrem Auto. Er selbst war mit dem Rad da, ein uraltes Dreigangungetüm, mit dem er allen Ernstes über Sibratshofen, Missen und die Thaler Höhe hergeradelt war. Den Rückweg wollte er über Diepolz nehmen und an der Lohwegkapelle vorbeischauen, jener winzigen Holzkapelle, die über den Tobel geklebt war wie ein Vogelnest. Der Wanderweg hinunter nach Waltrams ging mitten durch sie hindurch. Jo wusste, dass Will diese Kapelle liebevoll pflegte. Sie selbst ging da öfter mal hin und zündete – verschämt fast – eine Kerze an. Jo hatte immer das Gefühl, dass sie der Anwesenheit einer wie auch immer genannten höheren Macht an solchen Plätzen leichter nachspüren konnte als im Bombast von Barockkirchen und inmitten von Menschen, die mitleierten, was der Pfarrer vorsagte. Ohne die weltlichen Vertreter mit all ihren Liturgien und der bigotten Anhängerschaft ließ sich Gott entdecken – unter alten Eichen, auf windgepeitschten Gipfeln, an Plätzen wie bei der Waldkapelle.

»Ich bin ein Luxusgeschöpf«, riss Will sie aus ihren Gedanken. »Ich habe Zeit, Entfernungen so zurückzulegen, dass man sie spürt. Es ist unnormal, über ganze Kontinente hinwegzufliegen. Und ich wohne am schönsten Platz der Welt. Auch das ist Luxus!«

Jo seufzte, als er gegangen war. Wie schaffte man es, so in sich zu ruhen. Das ist doch einfach, schien Mümmel zu denken, die sich aus einem Stapel frischer Wäsche – sie nahm nur frische! – eine Höhle gebaut hatte. Moebius hingegen hatte »Bianchis« Brotkorb okkupiert, einen Korb, in dem die kleine dünne Katzendame fast schon keinen Platz hatte. Aber Moebius faltete sich in die unmöglichsten Behältnisse. Ja, von Katzen konnte man Ruhe lernen, auch, wie man auf die eigenen Fähigkeiten vertraut. Eben sprang Bianchi aus dem Stand punktgenau zwischen zwei dicke Porzellanhühner, die auf Jos Schrank thronten. Wie eine Katze müsste man seiner Wege gehen können, dachte Jo und kroch ins Bett.

10.

Als Gerhard am Freitagmorgen erwachte, war es erst sieben. Sein Handy läutete. Ein Blick auf die Nummer, und Gerhard war schlagartig hellwach. Ihn erfasste eine seltsame Erregung, eine, die sich manchmal und ganz unerwartet vordrängte. Er hatte dem Gerichtsmediziner seine Mobilnummer gegeben und ihm eingeschärft, nur mit ihm persönlich zu sprechen. Nun war er dran.

»Morgen, Herr Weinzirl. Also, ich habe die Leiche nochmals angesehen. Die Todesursache ist dieses Euthanyl Forte gewesen. Die Dosierung dürfte bei zwanzig Millilitern gelegen haben, das tötet einen Menschen von neunzig Kilo intravenös gespritzt fast sofort.«

»Ja, das weiß ich schon!«, sagte Gerhard leicht ungehalten.

»Nun, das wissen Sie. Was Sie aber bisher noch nicht wissen: Sie wurde allerdings vorher betäubt. Mit einer Ketamin-Xylazin-Mischspritze.« Der Pathologe sagte das so, als wäre damit alles klar.

»Was soll das heißen?«

»Wir haben einen zweiten Einstich gefunden.«

»Wie? Jetzt auf einmal? Das ist doch Schlamperei!«, rief Gerhard.

»Herr Weinzirl. Mit Verlaub! Sie haben mir eine Selbstmörderin vorgelegt. Sie hatte die Spritze in der Hand. Die

Substanz war uns bekannt. Werfen Sie mir keine Schlamperei vor! Wir sitzen hier auf Leichenbergen, und, mit Verlaub gesagt, da sind andere Sachen dabei als Ihre Selbstmörderin. Ich habe sie mir ja zum zweiten Mal angesehen.«

Gerhard schluckte seinen Ärger hinunter. »Sie sprachen von einem zweiten Einstich. Hat sie sich den auch selbst beigebracht?«

»Wohl kaum, es sei denn, sie war ein Schlangenmensch oder ein Gummimännchen. So sah sie aber nicht aus. Die Einstichstelle liegt an der linken Schulter hinten. Sehr gut platziert, würde ich sagen.«

»Und wie kann es da zu einem Einstich kommen?« Gerhard war irritiert.

»Ja, nun halten Sie sich fest! Ich denke, das war ein Blasrohr!«

»Bitte?«

»Ja, Herr Weinzirl, Sie wissen schon. So eins, mit dem man im Zoo oder in Nationalparks Tiere betäubt!«

»Tiere!« Gerhard zuckte zusammen. Er begann, in seiner Wohnung umherzulaufen. Ging das nun alles wieder von vorn los? Ihm reichte diese ganze Viecherei. Jos Ochsendoping-Hirngespinste. Eine tote Tierärztin. Ein Doppeldoktor und Zoodirektor? Und mehr noch: Dominik, des Zoodirektors Sohn, der Tiermedizin studieren wollte. Der ein Praktikum im Etoscha-Nationalpark anstrebte. Er schüttelte diese Gedanken vorerst ab.

»Und wie habe ich mir das vorzustellen? Das merkt man doch! Kann man die Spritze nicht einfach rausziehen?«

»Doch, aber das Medikament wirkt beim Aufprall. Nun denken Sie sich mal in die Situation hinein. Sie spüren einen Stich in der Schulter. Sind erst mal irritiert. Versuchen, da hinzusehen, greifen erst mit der linken Hand hin. Nehmen dann die rechte und erwischen diese Spritze. Ziehen sie raus. Bis dahin ist mindestens eine Minute vergangen. Ich nehme an, Sie verfallen in Panik. Ich denke, sie wird versucht haben zu flüchten und ist dann zusammengebrochen. Tja, this is how the story goes«, kam es lakonisch durch das Telefon.

»Wie lange kann das gedauert haben?«, fragte Gerhard.

»Fünf Minuten etwa oder kürzer.«

»Sie nehmen also an, dass ihr dann jemand das Euthanyl injiziert hat«, vergewisserte sich Gerhard.

»Ja, das dürfen Sie annehmen! Niemand ließe sich ohne Gegenwehr so eine Spritze in die Vene jagen. Die Fundstelle der Leiche ist wohl nicht der Platz, wo sie die Betäubung erhalten hat. Ich habe sie daraufhin nochmals untersucht. Es gibt Druckstellen in der Achselhöhle.«

Gerhard atmete tief durch. »Sagen Sie, so ein Blasrohr zu bedienen, das ist doch schwer?«

»So gut platziert, wie der Einstich war, muss da ein Profi am Werk gewesen sein.« Er lachte. »Suchen Sie halt mal bei Buschmännern, Zoodirektoren oder Zirkusleuten.«

Als Gerhard aufgelegt hatte, wuchs seine Erregung. Trotz der frühen Stunde rief er bei Herrn Pflug an, der ihm versicherte, nichts von Dominik gehört zu haben.

»Herr Pflug, ich habe jetzt eine etwas abwegige Frage: Würde Dominik ein Blasrohr zur Betäubung von Tieren bedienen können?«

»Würde er.« Pflug klang richtig stolz. »Dominik ist, seit er ein kleiner Bub war, fasziniert von Großkatzen und Tieren in Schutzreservaten. Wir waren mehrfach bei Kollegen in solchen Parks, und wir haben auch in Innsbruck schon mit Blasrohren gearbeitet. Dominik ist sozusagen ein Meisterschütze. Aber was soll das denn, Herr Weinzirl?«

»Herr Pflug, ich ermittle inzwischen in einem Mordfall, mehr kann ich dazu momentan nicht sagen. Treiben Sie Ihren Sohn auf!«

Verdammt, dachte Gerhard. Dominik, der Musterknabe, der Einserabiturient, der in Papas Fußstapfen treten wollte, war seit Svenjas Tod – und inzwischen war es ein Mord! – verschwunden. Er konnte mit einem Blasrohr umgehen. Es blieb ihm gar nichts anderes übrig. Er gab die Fahndung nach Dominik Pflug heraus.

Als die Fahndung raus war und Gerhard nochmals über die Worte des Pathologen nachgedacht hatte, musste er wieder an Daktari denken. Der schien ihn zu verfolgen. Er konnte sich noch gut an eine Folge erinnern, wo der smarte Mann einen wild gewordenen Löwen mit dem Blasrohr betäubt hatte, dessen Tumor entfernt und das dankbare Tier in die Freiheit entlassen hatte. Tochter Paula hatte wie immer dekorativ daneben gestanden. Und am Ende hatte die ganze Familie, der das Drehbuch diese schauerlich hölzernen Dialoge auf den Leib geschrieben hatte, im Schlussbild miteinander geplaudert. Und wie immer war dann ein Wackelbild aus Clarence' Optik gefolgt. Wie durchschaubar, wie herrlich konstant war das gewesen!

Auf dem Weg ins Büro war er angespannt und verwirrt. Daktari und Fernsehen, das war das eine, er aber saß hier mit einem Blasrohr-Mörder im Allgäu! Himmel – keine Frage, nun war es ein Mord. Sosehr er auch den Ärger über die

Ochsendoping-Blamage noch spürte, eine nervige Stimme im Inneren befahl ihm, Jo doch zumindest zu informieren. Hatte ihr Näschen wohl doch die richtige Witterung aufgenommen. Über den Blasrohr-Mord – zumindest als Filmtitel hätte das getaugt.

Im Büro angekommen, schaute er auf die Uhr. Es war 8 Uhr 30, und schließlich, nach mehreren schwungvollen Umdrehungen auf seinem uralten olivfarbenen Schreibtischstuhl, der eine Sitzschale hatte fast wie ein alter Bulldog, griff er zum Telefon. Zu Hause bei Jo – der AB. Das Handy – aus! Und auf einmal wurde er dessen gewahr, dass er Jos Büronummer nicht mehr auswendig wusste. Der Mensch vergisst schnell – aus Selbstschutz? Verdammt, wo war sein Notizbuch? Er riss den Hochschrank auf, und da war es. Er wählte die Nummer – auch hier ein AB, der von einer Bürozeit ab neun Uhr sprach. Ungehalten warf er den Hörer zurück und das Büchlein wieder in den Schrank, als sein Blick auf einen Laptop fiel. Er runzelte die Stirn, nahm den Rechner heraus und stellte ihn auf seinen Schreibtisch. Er lehnte sich halb zur Tür hinaus und rief in Richtung von Evis offener Bürotür: »Was ist das für ein Laptop?«

Evi trat aus der Tür, heute in einer extrem weiten beigen Kargohose, die ihr auf den Hüftknochen saß, und einem ärmellosen Kapuzenwestchen in Khaki, das sehr eng war und gerade so weit geöffnet, dass die Gedanken frei waren. Gerhard verbannte solche Überlegungen erst einmal.

»Was für ein Laptop?«, fragte Evi.

»Na der, der hier in meinem Schrank steht. Kenn ich nicht.«

»Keine Ahnung. Frag doch mal Markus.«

Was Gerhard tat und was ihn einmal mehr in seine typische »Markus-Verfassung« trieb. Er war schon mehrmals nahe daran gewesen, Markus zu erwürgen oder wahlweise seine Versetzung zu erwirken, und doch: Er hätte andererseits ohne Markus bei der Aufklärung des Funkenmordes verdammt alt ausgesehen. Und Jo wäre wahrscheinlich nicht mehr am Leben. Markus war eine Katastrophe und ein Geschenk des Himmels zugleich. Markus, das Unikat – eins aus dem Walsertal, was eh schon viel sagte, dachte Gerhard wütend, resigniert und amüsiert zugleich. Eigentlich seine Gemütslage wie immer, wenn es um Markus ging.

Markus berichtete also in seiner umständlichen Art, dass Jo da gewesen sei und das Gerät abgegeben habe.

»Scheiße, ich meine, 'tschuldigung. Ich hab das vergessen. Aber Jo sagte, der sei wichtig, und da wollte ich den nicht so rumstehen lassen. 'tschuldigung, aber ihr habt mich doch der Drogenfahndung ausgeliehen. Ich war keine Nacht vor zwei im Bett. Scheiße, äh, Entschuldigung, ich hab's voll vergessen. Aber ich hab dir doch so einen kleinen gelben Zettel an den Compi geklebt.« Er sah sich suchend um. Das tat Evi auch, robbte durchs Zimmer, was den oberen String eines Tangas vorteilhaft zur Geltung brachte, und fischte den Zettel schließlich unter dem Schrank hervor.

»Okay!« Gerhards Augen verengten sich, und sein Hals schnürte sich zu. »Was genau hat Jo gesagt?«

»Es sei wichtig, und so Listen hat sie mir noch gegeben. Ich kann mir da keinen Reim drauf machen.«

Gerhards Gesicht hieß Evi und Markus, sich aus dem Staub zu machen. Evi verzichtete auf einen Jo-Kommentar. Gerhard kämpfte sich durch Jos miserable Handschrift, durch den PC, und dank Jos Vorarbeit erfasste er die Botschaft wohl. Allein ihm fehlte der Glaube. Vom Ochsendoping zu illegalen Mastversuchen und dann sogar zum Doping im Leistungssport. Es klang zwar logisch, aber alles klingt logisch, wenn einem jemand den Kausalzusammenhang schon mal vorgedacht hatte. Gerhard wusste aus seiner Ermittlungsarbeit, dass das Gehirn dann vorprogrammiert war und nicht mehr in der Lage, die einmal eingeschlagene Straße zu verlassen. Bis wohin ist etwas wahr? Ist man an der Wahrheit nicht längst vorbei, wenn man sie wahrnimmt? Und was geschieht eigentlich nacheinander, was nebeneinander? Das fragte sich Gerhard öfter, weil das Leben eine Gauklerin war. Für Jo und ihre Schwarz-Weiß-Dramatik war es ja wohl klar wie Kloßbrühe, dass Ostheimer Svenja ermordet hatte. Aber wie passte Dominik da hinein? Und konnte Ostheimer auch mit einem Blasrohr umgehen? Fragen über Fragen!

Gerhard musste sich objektiven Rat von außen holen, und da konnte es nur einen geben: Chemie-Ottochen. Otto Hirnbein war irgendwie ein Nachfahre des legendären Käsepapstes Carl Hirnbein, und er war in der Spusi der Mann für chemische Zusammenhänge. Und das Beste an ihm: Er war so knochentrocken wie die Atacama-Wüste. Nichts kam ihm merkwürdig vor, kein Auftrag wurde von ihm je kommentiert. Gerhard faxte und mailte ihm alles durch.

Nach zwei Stunden war Ottochen am Telefonapparat. In der ihm eigenen Art, im Telegrammstil zu sprechen – Verben galten ihm als Luxus –, das aber sehr langsam, fasste er zusammen: »Völlig ungewöhnliche Medikamente für eine Galtalp. Viel zu viele auch. Der Doping-Szene mal auf den

Zahn gefühlt. Clenbuterol, nimmt kaum einer mehr. Aber Oxyglobin, heiße Kiste, Herr Weinzirl, sehr heiße Kiste. Oyxglobin liefert Hunden zusätzliche Sauerstoffträger. Ein so genannter Plasmaexpander und, wie gesagt – eine heiße Kiste, wenn ein Herzleiden oder Kreislaufüberlastung vorliegt. Sehr gefährlich auch, wenn zu viel Wasser getrunken wird. Ich rede vom Hund, aber Oxyglobin auf einer Galtalp? Herr Weinzirl, da stimmt was nicht.«

Das war der entscheidende Satz für Gerhard. »Da stimmt was nicht.« Wenn Ottochen das sagte, dann konnte er aus den Startlöchern krabbeln oder besser rasch vom Startblock springen. Ottochen irrte sich nie. Aber was sollte Gerhard jetzt tun? Evi zu informieren war wohl das Nächstliegende.

Evi hörte ihm zu, ohne ihn zuerst auch nur anzusehen. Dann ruckte ihr Kopf hoch.

»Entschuldige, aber das ist doch einfach Nonsens. Auch wenn Ottochen, auf den auch ich große Stücke halte, sagt, da stimme was nicht. Das klingt mir nach einem ähnlichen Irrweg wie deine Ochsendoping-Hypothese.« Das »Deine« hatte süffisant geklungen, natürlich hatte sie sagen wollen: Jos Ochsendoping-Hypothese.

»Evi, hier scheint es aber um den Missbrauch von tierärztlichen Medikamenten am Menschen zu gehen.«

»Wer frisst denn schon dieses Oxyglobin für Hunde? So jemand muss doch wohl komplett schmerzfrei sein. Das ist gefährlich«, sagte Evi wütend.

Gerhard seufzte. Evi, die mit Sport so gar nichts am Hut hatte, die schon Skrupel hatte, ein Aspirin einzuwerfen, und selbst ihre Globuli behandelte, als seien sie Drogen, war da wirklich keine gute Ansprechpartnerin. Das überstieg ihr

Vorstellungsvermögen – wenn ihres bis zum Grüntengipfel reichte, war das der Himalaya. Aber auch Gerhards Phantasie hatte Grenzen – Blasrohr-Mörder und Oxyglobinfresser?

»Und wie passt der brave Abiturient Dominik Pflug dazu? Suchen wir den nicht eigentlich?«, riss eine immer noch wütende Evi ihn aus seinen Gedanken.

»Doch, tun wir. Die Fahndung läuft. Verstehe ich dich also richtig, dass ich mit deiner Unterstützung nicht rechnen darf?« Gerhards Stimme war nun auch aggressiv.

Evi zog die Nase kraus. »Was soll der blöde Spruch? Ich denke, wir sind ein Team. Oder waren mal eins. Darf ich keine eigene Meinung mehr haben? Außerdem«, sie sah ihn herausfordernd an, »du bist doch mein Herr und großer Meister. Ich muss deinen Befehlen letztlich sowieso gehorchen.«

Gerhard stieß sich mit dem Bürostuhl so unwirsch vom Tisch ab, dass Svenjas Laptop hochhüpfte. Er funkelte Evi an. »Genau, dein Meister befiehlt dir, nach einem Zusammenhang zwischen Ostheimer und Dominik zu suchen.«

Dann sprang er auf, der Stuhl trudelte gegen den Fenstersims und hieb eine weitere hässliche Kerbe in die fleckige Wand, die längst mal geweißelt gehört hätte. Gerhard rannte förmlich aus dem Büro. Er hasste sich, wenn er die Beherrschung verlor. Das hatte Evi nun wirklich nicht verdient. So oder so – er würde sich diese Himmelsschwand-Alp ansehen.

Als Jo ihr Büro betrat, hatte sie einen Kater – und zwar einen Megakater. Ihr armer Körper versuchte, über Herzrasen des Alkohols Herr zu werden, der Knoblauch, den sie gestern, obwohl sie ihn nicht vertrug, gegessen hatte, tat ein

Übriges, ihren Magen zur Revolte zu veranlassen und den Kreislauf hochzujagen. Bitte jetzt keine Gäste, flehte sie. Lieber Herrgott, wenn es dich gibt, bitte jetzt keine Touris, besonders keine Schwaben und Sachsen. Diese beiden Dialekte hätten ihren Magen unweigerlich zum Umkippen gebracht. Der Herrgott hatte ein Einsehen, keine Tür klappte, kein Telefon ließ sich vernehmen, und Jo kam langsam wieder zu sich. Erst um halb elf wollte ein Herr Brüderle aus Aalen eine Hotelempfehlung, und Jo war gegen Dialektattacken von »dr Alp ra« gewappnet. Cola, eine Breze und Jos bestes Katerrezept, Fleischsalat, hatten gewirkt. Nachdem sie Herrn Brüderle an den Bergstätter Hof weiterverwiesen hatte, fiel ihr Blick auf das Display ihres Telefons, und das zeigte eine Nummer in Kempten an. Gerhards Büro! Hatte er also doch den Laptop angesehen. Das ruhelose Katerherz begann wieder zu klopfen. Sie wählte die Nummer, es war Gerhards direkte Durchwahl. Es läutete und läutete, und dann war Evi Straßgütl an der Strippe, die ihr sagte, Gerhard habe das Haus verlassen. Herrgott, diese Ausdrucksweise, Jos Herz hämmerte.

»Was heißt, hat das Haus verlassen? Kommt er wieder? Wenn ja, wann?«

»Ich habe keine Ahnung. Er ist hinausgerauscht mit unbekanntem Ziel. Und ja, wenn er kommt, werde ich ausrichten, dass du angerufen hast«, sagte eine genervte Evi.

Jo bemühte sich, cool zu bleiben. »Ja, danke. Noch eine Frage. Hat er den Laptop von Svenja wenigstens angesehen?« Dieses »Wenigstens«, immer diese Zwischentöne, die Jo einfach nicht unterlassen konnte. Sie spürte das ja selbst, aber dann war es meist schon zu spät.

»Ja, hat er. Und auch auf die Gefahr hin, dass ich mich wiederholt habe in den letzten Jahren, die du mich hier mit deinen Anrufen erfreust: Das hier ist die Polizei, kein Auskunftsbüro. Was Gerhard an Interna mit Außenstehenden so im Plauderton bespricht, ist seine Sache. Ich hingegen würde dich doch sehr bitten, in Zukunft auf Gerhards Handy oder Privatnummer auszuweichen. Wenn das möglich wäre, Frau Doktor.«

Bevor Jo noch nach Luft schnappen konnte, hatte Evi aufgelegt. Jo warf den Hörer in die Gabel. Warum wirkte Sprache so oft wie ein Hammer, der auf Porzellan fällt, das schon längst in tausend Stücken lag? Sie hatte sich wirklich Mühe geben wollen. Theoretisch! Aber war die Theorie nicht immer wolkenlos und die Praxis voller Gewitter?

Sie ging vor die Tür, um einen klaren Kopf zu bekommen. Der Himmel hatte alle Blautöne verloren. Wie Löschpapier hatte er alles Bunte aufgesaugt. Grau war er, und ein ungesundes Grün war noch übrig. Jo setzte sich auf die Stufe vor dem Büro. Gerhard sei hinausgerauscht, hatte Evi gesagt. Wohin? Zu Ostheimer? Jo überlegte und gab sich alle Mühe, sich in Gerhard hineinzuversetzen. Wie würde Gerhard denken? Da er anscheinend nicht auf die Unterstützung seiner Kollegin bauen konnte und sie wohl auch nicht informiert hatte, erschien Ostheimer Jo als eher unwahrscheinliche Variante. Wahrscheinlich würde er sich die Himmelsschwand-Alp ansehen. Um sich selbst ein Bild zu machen. Es musste einfach so sein. Und auch wenn sie das unter Umständen den Job kosten konnte, hängte sie ein »Geschlossen«-Schild an die Tür. Es war zwar erst elf Uhr – aber Jo hatte jetzt keine Zeit, längere Zeit nach einer Vertretung zu fahnden. Sie musste zu dieser Alp. Jetzt, sofort und auf der Stelle. Das Herzrasen war wieder da – und Angst. Der Boden gab unter ihren Füßen nach. Aber tat er das nicht ohnehin dauernd?

Gerhard kannte die Lage der Alp vom Mountainbiken her. Sie lag oberhalb der Bäreberg-Alp. Beide Alpen waren nicht beschildert, es waren nicht die bekannten Alpen, nicht jene, die am Sennalpenweg lagen oder an den großen Wanderwegen. Sollte einer hier etwas Illegales vorhaben, war die Lage perfekt gewählt – unauffällig, unspektakulär, auf jener moderaten Höhe gelegen, wo die Ströme der Bergwanderer selten vorbeikamen. Auf der anderen Talseite, an die Nagelfluhkette geschmiegt, wäre das ganz anders gewesen – Alp Oberberg, Almagnach, das Naturfreundehaus, die Kallen, Bärenschwand und Co. – nicht, dass da gerade der Bär tobte, aber diese Gegenden standen doch viel mehr im Blickpunkt. Hier – und das wurde Gerhard auf einmal fast wehmütig bewusst – lag eine Enklave der Einheimischen, jener Leute, denen das Plakative und Laute eher Angst einflößte. Thaler Höhe, Salmaser Höhe – hierher verirrten sich nur jene, die für die Liebe auf den zweiten Blick anfällig waren. Verirrten sich hierher auch Verbrecher? Gerhard wusste, dass er bis zur Bäreberg-Alp der Finks hochfahren konnte, was er für gewöhnlich nie getan hätte. Das war schlechter Touri-Stil, möglichst überall bis in den Gastraum vorzufahren. Bloß keinen Schritt zu viel zu Fuß zurücklegen! Aber auch Gerhard hatte heute keine Zeit für einen Fußmarsch. Die Schranke war zu, aber Gerhard war im Bilde, dass der Schlüssel im nächstgelegenen Hof lag. Als Gerhard durchgefahren war, ließ er den Schlagbaum offen – nicht aus Unachtsamkeit, sondern aus einem unbestimmten Gefühl heraus. Er stellte seinen Bus bei Finks ab. Es war halb zehn. Wolken zogen von einem frischen Wind getrieben über den Himmel, erstmals seit Wochen schien der Herbst nicht mehr unter der Knute des Glutofensommers zu stehen. Er atmete durch.

Vor der Bäreberg-Alp stand ein silberner Honda-Jeep. Gerhard wollte später schnell Grüß Gott sagen, jetzt stieg er über die Wiese bergan und trat prompt in einen Kuhfladen. Er musste grinsen. Als Kinder waren sie immer mit nackten Füßen in die halbfesten Kuhpflatter gestiegen und hatten es ungeheuer witzig gefunden, wenn der feuchte Glibber zwischen den Zehen hochgequetscht worden war. Er nahm es mal als gutes Omen, dass seine uralten Turnschuhe jetzt eine ländliche Kuvertüre bekommen hatten.

Die Himmelsschwand-Alp war ein schlichtes, lang gestrecktes Gebäude. Die Fenster waren mit Läden und Querbalken verschlossen, die Eingangstür auch, die durch eine Stahlstange zusätzlich verrammelt war. Fast ein wenig zu martialisch, dachte Gerhard, um eine Alp in den sanften Winterschlaf zu schicken. So ein himmlischer Name, und dann war das Ding verriegelt wie ein Hochsicherheitstrakt. Vorsichtig umrundete Gerhard das Gebäude. Die Stalltür war auch verschlossen, aber bergseitig gab es noch eine kleine Tür. Er öffnete sie und musste sich bücken, um einzutreten. Er blinzelte, seine Augen gewöhnten sich nur mühsam an die Dunkelheit. Er zog eine kleine Maglight heraus und leuchtete in das fahle Grau des Raumes. Er befand sich in einer kleinen Kammer, die zwischen Stall und Stube lag und in der eigentlich Kuhglocken und Werkzeuge aufbewahrt wurden. Hier aber wähnte er sich in einem Chemielabor. Über seine schulische Karriere breitete er lieber den Mantel des Vergessens – speziell Chemie war ihm besonders verhasst gewesen –, aber selbst Gerhard erkannte Reagenzgläser und einen Liebigkühler auf einem Metalltisch. In einem Regal darüber lagerten Medikamentenschachteln. Er öffnete einen mannshohen Kühlschrank, wo weitere Schachteln gestapelt waren. Eine Batterie von Röhrchen und Phiolen stand darin, teils etikettiert, teils ohne Aufschrift. Das hier war ja ein Lager wie bei Roche oder Bayer, dachte er.

Gerade als er nach einem Lichtschalter suchen wollte, hörte er ein Knarzen hinter sich. Ein jäher Schmerz im Nacken durchfuhr ihn. Seine Augen durchzuckten Blitze, dann wurde es dunkel.

Draußen auf der Westseite der Hütte stieg bereits eine Feuersäule in den makellosen Himmel und zog dunkle Schlieren ins Blau. Der starke Wind trieb das Feuer noch vom Wohntrakt weg, aber der Stall stand in hellen Flammen.

Gerhard kam zu sich, sein Schädel schmerzte – Katerstimmung, Föhn, Migräne und Grippe zusammen. Er tastete an die Schläfe, dann an seinen Hinterkopf. Blut! Und dann roch er es: Feuer, Rauch, und er sah die ersten Flammen, die unter der Holztür zum Kammerl hindurchzüngelten. Mühsam kam er hoch, schleppte sich zu der kleinen Tür. Er rüttelte, rüttelte stärker, warf sich mit seiner schmerzenden Schulterpartie dagegen. Nichts zu machen! Sein ganzer Rücken fühlte sich an, als sei er wund gescheuert und steif wie ein Brett. Er wusste, dass ihm jemand nicht nur auf den Kopf, sondern gezielt zwischen die Schulterblätter geschlagen haben musste. Er rang nach Luft. Das tat weh. Er atmete flacher, bekam nur keuchend Luft und war Realist genug, zu wissen, dass er eine oder mehrere gebrochene Rippen in seinem geschundenen Körper hatte. Plötzlich – mit einem Bersten, als ob ein Feuerdrache aus dem Orkus aufsteigen würde – zerbarst die Tür zum Stall, und die Flammen schlugen herein. Gerhard schaffte es gerade noch, die Tür zur Stube aufzudrücken und hinter sich zuzuwerfen. Ein dünner Lichtstrahl fiel durch eine Wandritze, er konnte einen alten Holzherd ausmachen, einen schweren Tisch und Holzstühle. Er probierte stöhnend, die Fenster zu öffnen – ohne Erfolg. Auf den Versuch, sich gegen die Tür zu stemmen, verzichtete er. Er hatte die dicke Stahlstange noch vor Augen. Wenn hier wenigstens eine Holzaxt liegen würde, aber der Raum war penibel aufgeräumt.

Der Rauchgeruch nahm zu, biss in seinen Augen. Er konnte kaum noch etwas sehen. Gerhard tastete sich zum Tisch vor und stieß an einen Stuhl. Ein Abtrockentuch hing dort, und daneben stand ein Eimer. Mit Wasser. Gerhard tauchte das Tuch ein und schaffte es nur unter schmerzvollem Stöhnen, den Eimer so zu heben, dass er sich selbst mit dem restlichen Wasser übergießen konnte. Ich rieche wie die Inkarnation von Meister Propper, dachte er, und das tröstete ihn irgendwie. Ein bekannter Geruch und ein alberner Gedanke – das war doch ein Lebenszeichen. Noch lebte er!

Das Tuch vor dem Gesicht, kauerte er am Boden, und plötzlich, einem Impuls folgend, kroch er unter den Tisch, tastete über den Boden. Ein Holzspreißel schob sich unter seinen Daumennagel, ein neuer, scharfer Schmerz, der sekundenlang von seinem geschundenen Rücken ablenkte.

Gerhard schüttelte die Hand, und als er sie wieder auf den Boden aufstützte, spürte er etwas Metallisches. Da war es, was er gehofft hatte. Mit dem wehen Rücken drückte er den Tisch zur Seite, eine neue Woge von Schmerz überflutete ihn. Als sie abgeflaut war, ruckelte er an dem Metallring. Die Falltür ging leicht auf. Im Geiste dankte er dem lieben Herrgott, dessen er sonst selten gedachte, dafür, dass Alpen und alte Bauernhäuser eigentlich ziemlich einfallslos gestaltet waren und fast alle einen Kartoffelkeller hatten. Auf dem Hosenboden rutschte er die Stufen hinunter und zog die Klappe zu.

Gerhards Verlies war höchstens zwei auf zwei Meter groß. Es roch modrig und feucht, aber noch war hier kein Rauch. Noch …

Gerhard atmete durch und legte sich das nasse Tuch aufs Gesicht. Wenn jemand das Feuer entdeckt hatte, wenn die Feuerwehr kam, wenn jemand ahnte, dass er hier war, wenn alles nicht zu lange dauerte, dann hatte er hier unten eine Chance zu überleben. Viele Wenns, an denen sein Leben hing.

Als Jo auf der Alp Himmelsschwand ankam, sah sie zuerst Gerhards Bus. Dann erblickte sie eine ziemlich aufgelöste Anni Fink, die auf dem Parkplatz umhertigerte und ins Tal starrte. Jäh spürte sie das Feuer hoch über ihren Köpfen. Sie hörte es zuerst, dann roch sie es und sah die Rauchsäule und rote Flammen, die in den grauen Himmel züngelten.

»Gerhard ist da drin!«, schrie Jo, noch bevor sie richtig aus dem Auto gesprungen war.

Anni starrte auf den Bus.

»Ja, Gerhard Weinzirl, der Kommissar. Das ist sein Bus!«, rief Jo und rannte los, in Richtung des Feuers, blindlings, stolpernd.

Anni erwischte sie an ihrer Jacke und riss Jo zurück.

»Bleib hier, du kannst da nicht mehr rein. Ich habe die Feuerwehr sofort alarmiert. Die müssten längst hier sein.«

Jo wehrte sich wie eine Furie, sie versuchte, sich aus der Jacke zu schälen, und sie hätte Anni wahrscheinlich niedergeschlagen, wäre nicht in dem Moment das Feuerwehr-Fahrzeug gekommen. Jemand sprang heraus.

»Huarasakrament!«, schrie er. »Huarahundsweg! Ich musste mehrfach zurücksetzen, um die Kurven zu kriegen. Und dann all die Schlaglöcher. Wie kommen wir da jetzt weiter?«

»Über die Wiese?« Anni hatte Jo noch immer wie beim Frauencatchen gepackt, als die plötzlich wieder begann, wild um sich zu schlagen.

»Da ist jemand drin! Gerhard ist da drin. Er verbrennt. Das dauert alles viel zu lang. Ihr Idioten. Ihr lasst ihn sterben.« Jo tobte und raste, und plötzlich machte es »klatsch«. Der Feuerwehrkommandant hatte ihr eine Ohrfeige gegeben.

»Reiß di zamm, Huaretsweib! Wer ist da drin? Seit wann?«, fragte er mit Donnerstimme.

»Gerhard Weinzirl, Kommissar. Er hat mir doch geglaubt. Ich bin schuld!« Jo war hysterisch.

»Huaretsweib, jetzt reiß di zamm. Seit wann ist der Mann da drin?«

»Das weiß ich doch nicht!« Jo war völlig aufgelöst.

Anni Fink mischte sich ein. »Als ich um neun hochkam,

war der Bus noch nicht da. Er muss hergefahren sein, als ich im Haus war. Ich hatte das Radio ziemlich laut an. Als ich das Feuer bemerkt habe, hab ich sofort bei euch angerufen.«

Sie alle schauten nach oben. Der Stall stand lichterloh in Flammen, noch hatte das Feuer am Wohntrakt nur genagt.

»Probier mers!«, rief der Feuerwehrler. Er sprang wieder ins Führerhaus. »Und ihr haltet euch da raus!«, brüllte er die beiden Frauen an, die den Teufel taten und hinter dem Wagen herhasteten. Das Löschfahrzeug fraß tiefe Spuren in die Wiese. Es schwankte wie ein hoch beladenes Kamel im Passgang. Es schaffte es bis kurz vor die Hütte. Die Feuerwehrler hatten Gasmasken auf, sie schlossen Schläuche an. Schnell und routiniert.

»Wir brauchen mehr Wasser. Der Tank reicht nie aus!«, schrie einer gegen den Lärm an. »Gibt's hier einen Bach?«

»Ja.« Annis Stimme war krächzend. »Dahinten, er fließt durch die Weide.«

Fließen war übertrieben. Rinnen war wohl eher der passende Begriff, er rann wie ein Miniatur-Flussdelta in kleinen Verästelungen über die Wiese.

»Das ist ein schlechter Witz! Wird er nirgends tiefer?«

»Oben sind einige Gumpen. Wenn's viel gewittert, hält sich das Wasser recht lang.« Anni deutete zum Zaun hinauf. Sie rannten bergan. Jo spürte Blutgeschmack im Hals. Sie bekam kaum mehr Luft.

»Das könnte gehen«, rief der Feuerwehrler, scheinbar komplett unbeeindruckt von der Situation und der körperlichen Anstrengung. Er hastete wieder bergab, retour zum Löschfahrzeug, wo der Wasserstrahl versiegt war.

»Jungs, den Schlauch da rauf. Es könnte ums Arschlecken klappen! Huaraschlauch!«

Sechs Männer zerrten den Schlauch bergan, rasend schnell, und doch dauerte es eine Ewigkeit. Eben flammte das Feuer wieder auf, krachend brach ein Balken im Mittelteil des Hauses zusammen. Jos Augen waren vor Entsetzen geweitet. Tränen liefen ihr übers Gesicht. Anni hatte den Ringergriff gelöst und drückte nur noch beruhigend Jos Schulter.

Gerhard hatte das Krachen auch gehört. Es dröhnte über ihm, Teile prasselten auf seine Falltür. Fieberhaft versuchte er, mit Erdreich die Ritzen abzudichten, und wusste doch, dass die hölzerne Falltür bald Feuer fangen würde. Rauch fand auch die kleinsten Öffnungen, das Atmen durch das immer noch feuchte Tuch wurde ihm schwerer. Er hatte sich getäuscht. Er hatte immer angenommen, Jo würde ihn letztlich doch so gut kennen, um zu wissen, dass er eben doch ihren Eingebungen und Ideen folgen würde. Aber ihre stumme Übereinkunft, gewachsen über die Jahre, war wohl Geschichte. War vieles einfach abhandengekommen? Warum verfehlen wir etwas stets so knapp, das doch so sehr in Reichweite war?

Gerhard war ganz ruhig und blickte auf sein Leben. Was war das denn schon gewesen? Vierzig Jahre mit wechselndem Zubehör, eine Zeitspanne, die gerade einen Wimpernschlag in der Ewigkeit ausmachte.

Wie oft war er in prekäre Situationen geraten und hatte gedacht: Du gehst durch einen Bach, von Stein zu Stein. Es ist ein Balanceakt, und dann bist du in der Mitte, und da kommt auf einmal Wasser, so viel Wasser, unendliches Wasser, das dich umtost und umgurgelt. Und nun, du stehst da inmitten des Wasserinfernos? Es kommt keine Hilfe aus dem Himmel, keine rettende Hand, auch kein Hubschrauber! Vergiss es, es kommt nie Hilfe von außen! Und irgendwann wirst du dich hineinstürzen müssen – kopfüber! Wenn du Kraft hast, dann erreichst du das Ufer, so erschöpft, dass du denkst, nie mehr aufstehen zu können. Oder es wirbelt dich wie einen kleinen Ast durch die Fluten, Blessuren, Abschürfungen, du treidelst dahin und wirst an ganz anderer Stelle ausgespuckt. Und viel später erweist es sich vielleicht als Weisheit des Lebens, dass du an einem unbekannten Gestade gelandet bist. Manchmal ist das, was du dir wünschst, nicht das Gute, weil du etwas Besseres bekommst. Du kannst aber auch sterben in den scharfkantigen Felsen unter Wasser. Und dann wird dein blasser Leichnam irgendwo liegen, und viel später sind es bleiche Knochen.

Waren es Tears for Fears gewesen in seinen so geliebten Achtzigern? Mad World: The dreams in which I'm dying are the best I've ever had. Das war aber kein Traum mehr. Seine Arme sanken zu Boden. Er dachte an Frau Weigand. So alt und weise würde er wohl nicht mehr werden. Lehm in den Fingern. Er rieb ihn zwischen den Fingern. Weiches Haar, Samt und Seide. Jos grüne Augen, die manchmal blau waren oder grau. Eigentlich war es Jos Lachen gewesen, das die Erde überhaupt bewohnbar gemacht hatte. Er sank zur Seite.

Jo weinte hemmungslos. Anni Fink hatte sie noch immer umfasst. Sie starrten beide auf die Schläuche. Und dann kam das Wasser. Minuten vergingen, es regnete Asche. Die Sonne war verdunkelt wie bei einer Sonnenfinsternis, und Jo war sich sicher, dass es nie mehr hell werden würde. Zwei Sanitäter und ein Notarzt waren von irgendwoher gekommen, natürlich von der Feuerwehr alarmiert. Aus den dichten Rauchwolken tauchte der Kommandant wieder auf.

»Kennsch du die Hütte?«, fragte er Anni.

»Ja.«

»Keller?«

»Ja.«

»Küche?«

»Ja, talseitig im linken Eck, wenn i mi räacht erinner.«

»Bätet!«

Er nickte einem seiner Männer zu, und beide hasteten wieder bergwärts, bis der Rauch sie erneut verschluckte. Die verbliebenen acht Männer, Jo, Anni, die Sanicrew und einige Menschen, die wohl aus dem Tal gekommen waren, standen im Halbkreis da. Jo hatte den Kopf gesenkt. Wir dürfen niemals aufhören, das Unmögliche für möglich zu halten. Gerhard musste leben. Er musste einfach. Anni Fink betete in leise flüsternden Worten.

Ihr Mann war gekommen und mit ihm zwei ältere Leute. Gerhards Eltern! Gerhards Vater, der wie eine ältere Kopie seines Sohnes aussah, war aschfahl im Gesicht. Gerhards Mutter zitterte. Jo kannte die beiden, nicht gut, aber doch lange Jahre.

»Johanna«, flüsterte Gerhards Mutter und nahm Jos Hand. Es war, als hätte jemand die Zeit angehalten. Nur die Wolken jagten über den Himmel, der Rest der Welt war in Starre verfallen. Minuten, Stunden, Jahre, Lichtjahre später traten die beiden Männer wieder aus dem Rauch. Wie bei einem Effekt heischenden Theaterstück. Zwischen sich trugen sie einen Mann. Gleichzeitig spurteten der Notarzt und die beiden Sanis los.

Wieder hatte eine höhere Macht auf Zeitlupe umgeschaltet. In Zeitlupe stürzte ein Teil der Alp in sich zusammen, in Zeitlupe erreichten Jo und Gerhards Eltern die Trage. Gerhard lag in einem aufblasbaren Stützbett, eine Sauerstoffmaske auf dem Gesicht. Der Notarzt lächelte aufmunternd. »Rauchvergiftung. Das wird wieder.«

»Und sonst?«, fragte Gerhards Vater.

»Er scheint einige gebrochene Rippen zu haben, er hat eine Kopfverletzung überm Auge. Mehr kann ich momentan nicht sagen. Ich ...«

Lärm zerschnitt das Gespräch. Da war auch wieder der resolute Kommandant. Er fuchtelte mit den Armen. Weg hier, dass der Hubschrauber landen kann, hieß diese Bewegung. Sie rannten zur Seite, in Richtung von Annis Hütte. Eine gewaltige Druckwelle war zu spüren, Blätter wirbelten auf, Rußpartikel, der Himmel verdunkelte sich erneut. Als der Hubschrauber wieder abhob, regnete es Asche, und als der Hubschrauber verschwunden war, bemerkte Jo, dass sie noch immer die Hand von Gerhards Mutter hielt. Eine Frau war neben die beiden getreten. Evi Straßgütl. Ihr hübsches, schmales Gesicht war leichenblass, sie hatte Augenringe, und ihre Augen waren rot entzündet.

»Ich hab's über Funk gehört. Ist er? Wird er?« Evi stammelte.

»Evi!« Gerhards Mutter lächelte ihr aufmunternd zu. »Er lebt! Das ist erst mal das Wichtigste. Aber was wollte er denn hier? Allein, ohne Streife? Ohne dich?«

Evi zögerte, bevor sie zu sprechen begann. »Das ist eine lange Geschichte. Äh, anfangs ging es um einen Selbstmord, dann um einen Mord. Gerhard hatte Hinweise, die ich als Nonsens abgetan habe. Gerhard war sich auch nicht sicher, bis …« Sie stockte.

»Bis ich ihn so genervt habe. Es ist alles meine Schuld!«, mischte Jo sich ein.

»Es ist niemands Schuld. Er isch fiechtig stur. Aber er hot allat an Duusl«, sagte Gerhards Mama beruhigend. Sie verstand zwar nicht ganz, was vorging, aber spürte, dass diese beiden jungen Frauen Hilfe brauchten. Sie streckte beide Hände aus, und alle drei standen da, schweigend, die Augen zum Boden gerichtet.

»Fahren wir ins Krankenhaus«, meinte Gerhards Mutter und schaute Jo und Evi fragend an.

»Fahrt ihr! Sie und Jo.« Evi schluckte schwer. »Ich möchte hier der Spurensicherung auf die Finger sehen. Sehen, was wir finden. Das bin ich Gerhard schuldig. Denn wenn seine«, sie blickte Jo an, »wenn eure Ahnung stimmt, dann ist das eine ungeheure Schweinerei, und wir müssen den ganzen Svenja-Fall neu aufrollen.«

»Evi! Eure Ahnung, das solltest du nicht so sagen. Also, ich meine: Es gibt kein Wir zwischen Gerhard und mir. Es tut mir leid, wenn ich dir und Gerhard …«

Evi trat einen Schritt auf Jo zu. Sie zwinkerte ein wenig mit den Augen, um der Tränen Herr zu werden. »Der Rauch. Keine Sorge, Gerhard und ich …« Sie schluckte und lächelte Jo plötzlich an. »Die Allgäuer sind mir ein bisschen zu starrsinnig. Und unverständlich. Und ich hasse Weizen und Speckplatten. Und Mountainbikes.«

Jo lächelte retour. »Viel Glück hier. Gib mir deine Handynummer. Ich ruf dich sofort an, wenn wir im Krankenhaus was erfahren. Ach ja, Evi. Weißbier mag ich auch nicht, ich kann gut ohne Speckplatten leben. Na ja, Mountainbikes sind ganz okay. Danke!«

Evi hob die Hand wie zu einem Winken. Sie wischte sich die Tränen unter den Augen weg. Sie war keine Zicke, Jo hätte sie am liebsten umarmt. Aber sie stolperte hinter Gerhards Mutter her und vermied es, sich nochmals zu Evi umzudrehen. Hatte nicht Leonardo da Vinci gesagt, dass die Wirkung an der Ursache teilhatte?

Gerhard hatte Glück gehabt. Außer drei gebrochenen Rippen und einem gewaltigen Bluterguss im Schulterbereich war er unversehrt. Die Rauchvergiftung war minder schwer, ein Auge war durch einen Splitter etwas in Mitleidenschaft gezogen, aber auch hier hatte der Augenarzt Entwarnung gegeben. Nach drei Tagen war Gerhard eigentlich wild entschlossen, das Krankenhaus zu verlassen. Als Jo ihn am vierten Tag, am Dienstag nach seinem Alpabenteuer, das erste Mal besuchte, war ihr merkwürdig zumute. Sie brachte gerade mal ein leises »Hallo« heraus.

»Hallo.« Gerhard lächelte, und da er eine Augenklappe trug, sah das aus wie bei einem verwegenen Piraten.

»Du siehst aus wie in ›Fluch der Karibik‹«, sagte Jo.

»Nur, dass Johnny Depp ein Gott ist und ich der Depp. Was für ein Anfängerfehler. Lass ich mich einfach niederschlagen. Ich sollte den Beruf wechseln.«

»Dich nimmt doch keiner mehr. Du bist zu alt und schwer

vermittelbar.« Jo stieg in das Geplänkel ein und spürte, dass ihnen das beiden guttat.

»Ja, vermutlich.« Er zupfte an seiner Augenklappe. »Jo, ich muss dir danken. Jetzt hast du mir das Leben gerettet.«

»Ach, komm. Die Feuerwehr ist auch ohne mich gekommen. Anni Fink hat sie gerufen. Und wenn: Dann sind wir jetzt quitt in der Lebensretterfrage. Du hast mich aus dem Schnee gezogen, ich dich aus dem Feuer. Das hat doch was. Ist ja fast philosophisch.«

»Und du große Philosophin hast gewusst, dass ich auf der Alp bin?«, fragte Gerhard.

»Ja, geahnt, gehofft. Nein, eigentlich gewusst. Ich stand vor meinem Büro. Da war dieser Löschblatthimmel über mir, und der hat mir von deinen Plänen erzählt. Ich habe seit langem mal wieder meinem ersten Gefühl nachgegeben. Und das hieß: Renn! Ich hatte solche Angst, dich zu verlieren.« Jo hatte jetzt noch Gänsehaut oder besser Hennapfrupfa.

Wieder ein kleiner Ruck an der Augenklappe. Gerhard wandte sein Gesicht Jo ganz zu. »Wieso nehmen wir Verluste so einfach hin? Wieso muss immer erst etwas passieren?«

Jo zuckte mit den Schultern. »Das Leben!«

»Eine kluge Frau hat mir kürzlich gesagt, man dürfe die gemeinsame Zeit nicht so einfach im Stich lassen.«

»Sehr klug, die Frau. War sie hübsch?« Jo lächelte.

»Hübsch? Ich weiß nicht. Der Ausdruck passt in ihrem Alter nicht mehr ganz. Sie hat Stil, sie hat Grandezza. Sie würde dir gefallen. Du ihr auch. Sie hat einen sehr eigenen Sinn.« Gerhard hatte die Hand ausgestreckt, und Jo nahm sie vorsichtig.

»Das geht eher an meine Adresse. Ich habe die gemeinsame Zeit im Stich gelassen«, sagte Jo schließlich.

Ein langes Schweigen machte sich breit, aber es war keine unangenehme Stille. Schließlich lachte Jo Gerhard an. »So, du Johnny Depp, du Pirat der geheimnisvollen Weltmeere, dann lass uns mal den neuerlichen Wellen trotzen. Ich habe von Evi auszurichten, dass sie morgen vorbeikäme. Sie arbeitet wie eine Besessene. Sie hat einige Neuigkeiten für dich, sagt sie. Sie, also sie und ich, ähm. Sie ist eine tolle Frau, das will ich sagen.«

Gerhard drückte ihre Hand, das war alles. Und das war gut so.

11.

Als Evi am nächsten Morgen kam, saß Gerhard gerade beim Frühstück. Sie kam hereingestürmt wie ein Wirbelwind. Ungestüm – und das passte gar nicht zu ihrem Outfit. Evi hatte die Haare wie eine brave BWL-Studentin im Nacken zusammengebunden, und seit es kälter geworden war, waren auch ihre heißen Tops passé. Nun trug sie einen seriösen marineblauen Pulli mit weißem Kragen. Noch mehr BWL-Studentin – so jung, so hübsch, dachte Gerhard, und auf einmal erfüllte ihn ein merkwürdiger und neuer Gedanke. Sie wäre eine kleine Schwester, auf die man stolz sein sollte. Aber das konnte man einer Frau, mit der man geschlafen hatte, ja wohl kaum sagen. Er kam aber auch gar nicht dazu, viel zu sagen, weil Evi sich neben ihn aufs Bett setzte, das Nachttischchen wegrollte, dabei Kaffee verschwappte und viel zu schnell zu reden begann.

»Gerhard, ich muss dir das jetzt sagen. Ich liebe dich nicht. Wirklich! Ich war verliebt in die Idee, jemanden zu treffen, der meinen Beruf versteht. Aber du bist es nicht. Aber als ich dachte, dass du womöglich sterben könntest, da wurde mir klar, dass ich einen sagenhaften Kollegen verliere, einen Freund, ja, alles, was mir wichtig ist. Unsere Arbeit. Ich liebe es, mit dir zu arbeiten. Ich liebe meinen Job. Deshalb klappt es bei mir mit Beziehungen nie, weil ich diesen Job so verdammt liebe. Ich würde sterben, wenn das zu Ende ginge.« Sie atmete aus. »Entschuldigung, ich musste das so rausspruden, sonst hätte ich mich nicht getraut. Ich habe die ganze Nacht vor dem Spiegel geübt.«

Gerhard sah sie an, schüttelte den Kopf, dann zog er sie zu sich her und drückte sie. »Autsch, Scheißrippe! Evi, so eine Ansprache von meiner kleinen beherrschten Fränkin. Mädel, ich liebe diesen Scheißjob genauso, und ohne dich hätte ich keinen Fall gelöst. Ich brauche jemanden, der Struktur in mein Chaos bringt, der meine Unterlagen wiederfindet und einen Computer bedienen kann. Ich hatte nie eine bessere Kollegin. Und ich nehme an, du wirst mir das jetzt gleich beweisen.«

Er wusste, dass Evi dankbar war, dass er das Beziehungsthema nicht mehr anrührte – und er selbst war umso dankbarer. Und wie!

Evi hatte sich inzwischen auf einen Stuhl gesetzt, ihm eines seiner Frühstücksbrote geklaut und begann: »Das Inventar der Hütte ist fast vollständig verbrannt, der Kühlschrank war in sich geschmolzen, ist aber doch als Kühlschrank erkennbar geblieben. Ein Teil der Substanzen ist sichergestellt. Zudem war da in einer Kassette eine Liste der Abnehmer von diesem Seppi. Sie ist nicht mehr im besten Zustand, aber die Spezialisten versuchen, sie zu rekonstruieren. Ein Fall für Chemie-Ottochen. Für eine Anklage gegen Ostheimer wird es reichen. Ostheimer ist immer noch in Ungarn, laut seiner Frau kommt er heute Abend wieder. Wir versuchen, das zu checken, und wollen ihn womöglich abfangen.«

»Meinst du nicht, dieser Seppi hat ihn gewarnt? Von

Oberstaufen bis Immenstadt ist der Brand doch das Thema. Und Marcel füllt ja wohl in der AZ das Herbstloch mit meinem Schicksal.« Gerhard grinste gutmütig. Marcel Maurer, der Lokaljournalist, war schon in Ordnung, dachte er.

Evi zögerte, sprang plötzlich auf und trat von einem Fuß auf den anderen. »Ja, Marcel hat mir versprochen, dichtzuhalten. Die Feuerwehr auch.«

»Wie, dichtzuhalten?« Gerhard hatte sich in seinem Bett aufgesetzt – kerzengerade.

»Nun, dieser Seppi, also der wird Ostheimer nicht mehr gewarnt haben. Seine Leiche wurde im Stall gefunden – oder besser, das, was übrig war. Er wurde erschlagen. Gerhard«, sie zitterte auf einmal, »er ist in dem gleichen Feuer verbrannt, dem du gerade noch so entronnen bist. Als sie dich ins Krankenhaus geflogen hatten, war auf der Alp natürlich die Hölle los. Die Feuerwehr hat weiter gelöscht, die Spurensicherung hat auf Hochtouren gearbeitet – und da haben sie die Leiche gefunden. Marcel war da, und er hat es mitgekriegt, dass wir eine Leiche geborgen haben. Wie gesagt: Er will sich still verhalten.«

Gerhard hatte etwas Mühe, das Gehörte zu verdauen. »Ist es wirklich dieser Seppi?«

»Ja, ohne Zweifel.«

Gerhard hatte in den letzen Tagen, als er aus dem Fenster geblickt hatte, ständig damit gekämpft, dass Szenen zusammenhangslos über die Ebene verstreut waren. Er hatte Probleme gehabt, sie zu einem Bild zusammenzuführen. Ein Fragment dieses Bildes war, dass dieser Seppi ihn zusammengeschlagen und die Bude angezündet hatte. Ihn also hatte ermorden wollen. Und nun war der selbst tot? Und

Ostheimer noch in Ungarn? Aber das Fatale daran war, dass Seppi keine Aussage mehr machen würde. Nie mehr.

»Ich kann mir ungefähr vorstellen, was du denkst«, sagte Evi leise. »Ein wertvoller Zeuge ist tot. Das ist das eine. Aber wer hat ihn auf dem Gewissen. Ostheimer?«

»Der soll doch in Ungarn sein. Oder ist er schon wieder da?«, fragte Gerhard, um auf den neusten Stand der Ermittlungen zu kommen.

»Nein, seine Frau wähnt ihn in Ungarn. Das kann Tarnung sein. Aber eins ist klar: Ohne Ostheimer zu befragen, kommen wir keinen Schritt weiter.« Evi zögerte erneut. »Und es kommt, was deine Verblüffung betrifft, noch besser. Dominik Pflug, der immer noch unauffindbar ist, wurde zur Tatzeit des Mordes an Svenja in Eisenberg gesehen. Oder besser, sein Auto. Er fährt einen kleinen, alten Seat Marbella in Türkis, eigentlich gar nicht besonders standesgemäß für so einen Upper-Class-Sohn. Nun, das Auto stand unweit von Svenjas Pick-up. Zweifel ausgeschlossen. Zwei Zeugen erinnern sich, dass auf den Türen eine Giraffe und ein Nashorn wie bei einem Safarifahrzeug aufgepinselt waren.«

Gerhard brauchte eine Weile, das alles zu verdauen. »Ich sollte öfter einen kleinen Krankenhaus-Urlaub einlegen. Da laufen Ermittlungsergebnisse ja auf wie Perlen an einem Schnürchen. Ihr seid zu schnell für einen alten Mann, der eine aufs Dach gekriegt hat. Ich krieg das alles nicht zusammen. Ostheimer, den Mord an Seppi, den Mordversuch an mir, Dominiks Anwesenheit am Tatort. Wo ist der rote Faden?«

Evi schüttelte fast verzweifelt den Kopf. »Untersteh dich,

öfter im Krankenhaus rumzugammeln. Ich brauch dich hier. Ich habe nämlich selber keine Ahnung. Nicht die leiseste. Ich bin völlig damisch im Hirn. Mir ist – und da muss selbst ich zum Allgäuerischen greifen – drimslig im Kopf!«

»Nun, dann werd ich den Club der Ahnungslosen mal unterstützen. Okay!« Gerhard nahm einen Schluck Kaffee. »Ich werde mich jetzt mal entlassen, und dann pack mers!«

»Meinst du, es wäre nicht besser, wenn du …«

»Schmarrn! Wegen so ein paar Rippen. Du willst mit mir arbeiten? Das wirst du jetzt – Tag und Nacht! Jemand wollte mich umbringen, das nehme ich irgendwie persönlich. Und wenn es Ostheimer war, dann nehme ich das noch persönlicher. Der hat mich nämlich ziemlich über den Tisch gezogen. Dieser Fall ist voller Anfängerfehler, ab jetzt darf ich mir keinen mehr leisten.«

Nach einer hitzigen Diskussion mit dem Stationsarzt, von der dem Doktor wahrscheinlich noch lange in Erinnerung bleiben würde, dass der Kommissar ihn »einen arrogantakademischen Bedenkenträger in Weiß« genannt hatte, war Gerhard draußen. Dann führte er ein weniger hitziges, aber höchst sarkastisches Gespräch mit Staatsanwalt Merk, der nicht begeistert war, einen Haftbefehl für Ostheimer auszustellen. Aber schließlich rettete Merk sich hinter eine seiner Lebensweisheiten, mit denen er stets brillierte – heute: »Hat man nicht viel gewonnen, wenn man gelernt hat, den Kürzeren zu ziehen?« Und so hatte Gerhard einen Haftbefehl im Gepäck, und am frühen Nachmittag kamen Gerhard und Evi in der Praxis in Pfronten an.

Die Tür war angelehnt, die Sprechzeiten waren vorüber. Sie gingen am Empfangstisch vorbei und hörten Röschen in einem der Räume leise sprechen. Sie kniete vor einer Kiste, die unter einer Wärmelampe stand.

»Feiner Bursche, das wird schon wieder. So ein großer Kerl und ein Kreislauf wie ein Mäuschen, hmm?«

Gerhard räusperte sich, und Röschen fuhr herum.

»Frau Ostheimer?« Er sah sie an, diese zierliche Frau, an deren Augen beim letzten Gespräch er sich noch so gut erinnern konnte. Es waren Augen voller melancholischer Tiefe gewesen, die von langen Jahren der Resignation hergerührt hatte. Heute waren ihre Augen anders: Wieder diese Tiefe, aber voller Wärme und Optimismus.

»Ein schwieriger Patient?«, fragte Gerhard und beugte sich über die Kiste, in der ein stattlicher roter Kater lag, der noch unter dem Narkoseüberhang zu leiden schien.

»Er hatte einen Tumor. Inoperabel, sagte mein Mann. Svenja hatte operieren wollen. Nun, mein Mann ist nicht da, und Svenja ...« Ihr Blick verdunkelte sich. »Jedenfalls wäre Garfield an dem Tumor auf jeden Fall gestorben, und die Besitzerin hat mir zugeraten, es zu versuchen. Ich habe lange nicht mehr operiert, das ist die Domäne meines Mannes, aber ich habe es getan. Und – er wird wieder, der gute Garfield. So ein prächtiger Bursche, der hat noch einige Jahre vor sich mit Mäusejagen, anderen Katern die Ohren zerbeißen, jungen Katzendamen nachstellen.« Sie kraulte ihn hinterm Ohr. »Es ist wunderbar.«

Sie sagte das nicht triumphierend, eher ungläubig und so, als hätte sie soeben einen Bann gebrochen. Von feinen Fäden hatte Frau Weigand gesprochen. Sie hatte so ein Gespür bei ihren Wahlverwandtschaften, dachte Gerhard.

»Das freut mich für Sie und Garfield«, sagte Gerhard,

und er war sich sicher, dass sie verstand, was er damit sagen wollte. »Frau Ostheimer, Ihr Mann ist nicht da. Meine Kollegin sagte mir, Sie würden ihn heute zurückerwarten?«

»Ja, heute Abend ist Gemeinderat. Auf der Tagesordnung steht die definitive Ausweisung des Grundes für ein Einheimischenmodell. Fünftausend Quadratmeter gehören meinem Mann. Das wird er nicht verpassen.«

»Würde es Ihnen etwas ausmachen, wenn wir auf ihn warten?«, fragte Gerhard.

»Keineswegs. Aber ich denke, er wird nach Hause fahren, nicht in die Praxis. Ich habe hier noch zu tun. Fahren Sie ruhig zu uns hinauf. Die Terrassentür ist offen. Im Kühlschrank stehen Getränke.«

»Frau Ostheimer, das ist sehr freundlich von Ihnen, aber meine Kollegin wird bei Ihnen bleiben. Es wäre nämlich gar nicht in unserem Sinne, wenn Sie Ihren Mann telefonisch warnen würden.«

»Warum warnen?« Röschen Ostheimer hatte den Kopf gehoben und sah Gerhard überrascht an.

»Frau Ostheimer, wussten Sie davon, dass Ihr Mann auf der Himmelsschwand-Alp illegale Tierversuche gemacht hat? Und sind Sie sicher, dass er immer in Ungarn gewesen ist?«, ging Gerhard in die Offensive.

Röschen sah Gerhard immer noch unverwandt an. »Nein, das wusste ich nicht. Und nochmals nein. Ich weiß nicht, ob mein Mann überhaupt in Ungarn war. Wenn ja, habe ich keine Ahnung, wie lange er da war. Mein Mann pflegt eher eine Kommunikation mit seinem Hund aufzubauen denn mit mir. Ich weiß aber eins, Herr Weinzirl: Heute Abend ist er da.«

Garfield gab ein merkwürdiges Geräusch von sich, und Röschen wandte sich wieder dem Tier zu.

»Glaubst du ihr, dass sie von nichts wusste?«, flüsterte Evi.

»Nicht wirklich, aber solange du ein Auge auf sie hast, spielt das keine Rolle«, raunte Gerhard zurück, und dann sagte er lauter in Frau Ostheimers Richtung: »Evi bleibt jetzt mal hier, und ich werde Ihr Angebot mit dem Kühlschrank annehmen.«

Sie schenkte ihm ein Lächeln und sagte zu Evi gewandt: »Wunderbar, dann können Sie mir für die Nachmittagssprechstunde assistieren. Mögen Sie Tiere?«

»Ähm, ähm – eigentlich schon. Ähm, ich habe nie wirklich darüber nachgedacht.«

»Sehen Sie, das wird eine neue Erfahrung, glauben Sie mir..«

Gerhard musste grinsen, als er ging. Evi hatte bereits ein Hundebaby im Arm, das ihr liebevoll über die Nase schleckte, während Röschen sich der Vernichtung der Ohrmilben dieses dicken kleinen Retrievers annahm.

Gerhard verließ die Praxis und machte sich auf nach Halden. Unterwegs forderte er zwei Streifenwagen als Verstärkung an, die er so platzieren ließ, dass Ostheimer sie nicht sehen konnte. Auch Gerhard parkte seinen Bus in einer Nebenstraße. Das Haus war wirklich offen, und obwohl er sich wie ein Eindringling vorkam, setzte er sich mit einem Engelbräu-Bier, das er aus dem Kühlschrank nahm, auf die Terrasse. Er kommt, verhieß ihm der Funk gegen 17 Uhr. Gerhard hörte ein Auto heranfahren, den Kies knirschen, und dann hob ein wildes Gebelle an. Rambo schoss durch den Garten und baute sich mit gefährlich gefletschten Zähnen vor Gerhard auf.

»Rambo, Rambo, was ist denn los?« Schwer atmend kam Ostheimer hinterher.

Er stoppte abrupt. Gerhard erhob sich, was Rambo dazu veranlasste, einen Satz nach vorn zu machen.

»Pfeifen Sie das Vieh zurück«, sagte Gerhard eher leise, um Rambo nicht zu provozieren.

Ostheimer herrschte Rambo an: »Sitz!«, und sah Gerhard entgeistert an. »Darf ich fragen, was Sie hier auf meiner Terrasse machen?«

Gerhard war schon versucht zu sagen: Bier trinken, gar nicht übel, die Grüntenperle, aber er machte mit prüfendem Blick auf Rambo einige Schritte in Ostheimers Richtung. »Ich verhafte Sie wegen illegaler Tierversuche, Medikamentenmissbrauchs, wegen des Verdachts des Mordes an Svenja Gudmundsdottir, an Josef Gantner und des versuchten Mordes an meiner Wenigkeit.«

Ostheimer plumpste in einen Gartenstuhl, und Rambo sprang besorgt an Herrchens Seite, ohne Gerhard aus den Augen zu lassen.

»Häh? Was?«, stieß Ostheimer schließlich hervor.

Inzwischen waren zwei uniformierte Beamte in den Garten getreten und warteten auf Gerhards Zeichen. Evi war mit Frau Ostheimer gekommen, die sich an ein Gartenmäuerchen gelehnt hatte, so, als ginge sie das alles nichts an.

»Wo kommen Sie jetzt her, Herr Ostheimer?« Gerhards Ton war scharf.

»Aus Ungarn, ich war zur Jagd. Was erzählen Sie mir da eigentlich für einen hagebuchenen Unsinn?«

»Sehen Sie, Herr Ostheimer, ob das Unsinn ist, davon dürfen Sie mich und meine Kollegin jetzt in Kempten überzeugen. Abführen!« Und zu Frau Ostheimer gewandt sagte er: »Sie sollten sich zu unserer Verfügung halten.«

Sie nickte und hatte Rambo, der zu ihr übergelaufen war, die Hand auf den Kopf gelegt. Als Gerhard schon den halben Garten durchmessen hatte, hörte er sie sagen: »So, Rambo, nun wird das große Schachern um den Grundstücksverlauf ohne ihn stattfinden. Und der Ostheimer'sche Millionengrund bleibt womöglich eine saure Bauernwiese. Komm, Dicker, jetzt kriegst du erst mal einen ordentlichen Schokoriegel. Bei Herrchen gab's sicher nur scheußlichen Pansen.« Sie lachte glockenhell.

Gerhard war erst in sein Büro gegangen, hatte einige Telefonate erledigt, einen Kaffee getrunken. Dann erst stellte er sich dem Gespräch mit Ostheimer. Als Gerhard und Evi ihm gegenübersaßen, hatte sich der Tierarzt relativ gut unter Kontrolle. Er antwortete niemals ungehalten, eher hatte er Schwierigkeiten, die richtigen Worte zu finden. Gerhard hatte das Gefühl, dass er nicht anders konnte. Er war ein ungeschlachter Typ, a wullaner Siach, und Gerhard konnte sich gut vorstellen, dass er bei den Bauern als Tierarzt gut ankam. Er war einer von ihnen. Er gab auch überraschend schnell zu, dass die Ochsendoping-Geschichte seine Idee gewesen war und die Mastversuche auf der Alp ebenfalls.

»Und nach wie vor leugnen Sie, mit Svenjas Tod etwas zu tun zu haben? Der kam Ihnen doch gelegen!«

»Ich kann nicht mal leugnen, dass ich froh war, dass sie tot war. Sie hatte mich ertappt, dass ich mit Schraub dieses

Ochsenrennen manipuliert hatte. Natürlich war ich froh, dass ich ihr die ganze Sache anhängen konnte.«

»Herr Doktor Ostheimer, wie naiv sind Sie? Sind Sie nie auf die Idee gekommen, Svenja könnte sich auch bei der Himmelsschwand-Alp einmischen? Sie war doch sensibilisiert für solche Dinge!« Gerhard wurde lauter.

»Doch, aber ich habe keine Anzeichen dafür gefunden, und erst, als sie tot und anzunehmen war, dass die Polizei in ihren Sachen rumschnüffeln würde, da habe ich den Computer aus ihrer Wohnung geholt«, sagte Ostheimer.

»Einfach so geholt? Ohne von Frau Bodenmüller überrascht worden zu sein? Die Frau ist ein Zerberus an der Wohnungspforte!«

»Sie pflegt zweimal die Woche das Grab ihrer Schwester. Ich wusste, wann das sein würde. Ich hatte einmal das Vergnügen, ihr Bubele zu behandeln, und da hat sie mir von ihrem Unterleib bis zu den Königshäusern, ihrer Friseuse, ihrem Tagesablauf und was sonst noch alles erzählt.«

Ostheimers Stimme war polternd und stolperte ab und zu über die Worte.

»Und wie sind Sie reingekommen?«, fragte Gerhard.

»Svenja hatte immer einen Schlüssel bei uns in der Praxis deponiert. Sie war ja so was von schusslig, wenn es um Schlüssel, Geldbeutel, Handys und Brillen gegangen ist.«

»Gut, von mir aus. Sie behaupten also, erst von Svenjas Interesse für die Alp erfahren zu haben, als sie schon tot war?«, wollte Gerhard wissen.

»Genau!«

»Und sicher wissen Sie auch nichts davon, dass neben ihren reizenden kleinen Versuchen, mehr Fleisch auf die

Rippen von Rindern zu bringen, mit diesen Medikamenten Leistungssportler mehr Luft in ihre Lungen bringen wollen?«, donnerte Gerhard und starrte Ostheimer mindestens so gefährlich an wie Rambo.

»Was? Ich verstehe kein Wort!« Auch Ostheimer verfügte über ein gewaltiges Stimmvolumen. Da war ja auch genug Resonanzkörper.

»Herr Ostheimer, der von Ihnen eingesetzte Senn Josef, Seppi Gantner, hat tierärztliche Medikamente an Sportler vertickt. Zur Leistungssteigerung. Das haben Sie doch gewusst. Damit haben Sie doch das große Geld gemacht. Halten Sie mich doch nicht für blöder, als ich aussehe.«

Ostheimer starrte Gerhard an, dann Evi. Er saß steif da, »bockgschterr«, wie der Staatsanwalt das später beschrieb. Es dauerte eine kleine Ewigkeit, bis das Gehörte seine Großhirnrinde durchdrungen zu haben schien. »Sie wollen sagen, dass Seppi, dieser dreiste Sack, einmal bei mir abkassiert hat, dass er meine Versuche durchführt, und dann nochmals, indem er Dopingmittel verkauft hat?«

»Ostheimer, die Rolle des naiven Unwissenden steht Ihnen nicht. Clenbuterol, Oxyglobin, klingelt es da bei Ihnen?« Evis Ton war nicht unfreundlich, aber sehr bestimmt.

Ostheimer schüttelte den Kopf, immer wieder. Sein schwerer Kopf sank zwischen seine Schultern. »Hat der mich so gelinkt, dieser fiese kleine Sack. So gelinkt. Ich hätte es wissen müssen! Ich hätte dem Ortlieb nie nachgeben dürfen.« Er schrak zusammen.

»Wer ist Herr Ortlieb?«, fragte Gerhard.

»Ein Bekannter, ein Fabrikant aus Lindau, der ebenfalls Tiere auf der Alp stehen hatte.«

»Und was hat dieser Ortlieb mit Seppi zu tun?«

»Nun, er hat mich überredet, diesen Seppi als Senn zu nehmen. Ich hatte da ein schlechtes Gefühl. Aber er hat darauf bestanden. Er wurde richtig unangenehm. Da hab ich nachgegeben.«

»Aha, und warum, glauben Sie, war das so? Ich meine, dass Ortlieb so versessen auf Seppi war?« Gerhard brachte seine Nase dicht vor Ostheimers rötliches Riechorgan.

Ostheimers Gesicht war ein offenes Buch. Eins in Großschrift sogar. Ihm schien eine unerfreuliche Wahrheit erst langsam aufzugehen. »Er hat Seppi dazu angestiftet, die Medikamente zweifach zu nutzen. Und ich deck diesen Verbrecher noch!«

»Herr Ortlieb? Was hat das mit Ortlieb auf sich?«

»Na, das war doch seine Idee, dass wir Ochsen dopen und Mastmittelzusätze erproben. Haben Sie Ihre Aufgaben schlecht gemacht, Herr Kommissar? Ortlieb hat ein Futtermittelunternehmen mit Sitz in Lustenau. Und ich Trottel mach da mit!« Ostheimer war aufgesprungen, der Stuhl kippte um.

Evi, die kurz draußen gewesen war und anscheinend dringend etwas loswerden wollte, hatte die letzten Sätze mitbekommen. Gerhard sah sie an und erkannte an ihrem Blick, dass sie geneigt war, Ostheimer zu glauben. Aber da schien noch etwas zu sein. Gerhard wandte sich wieder Ostheimer zu, der dabei war, den Stuhl wieder aufzustellen.

»Setzen Sie sich wieder hin, Ostheimer!«, schrie Gerhard. Er wartete, fixierte Ostheimer und sagte dann deutlich leiser: »Ich darf nochmals zusammenfassen: Sie geben Ihre Versuche zum Doping und zur Mast zu. Sie leugnen, Svenja ermordet zu haben. Sie leugnen auch, von Seppis Machenschaften gewusst zu haben, und deshalb wollen Sie mir weismachen, Sie hätten auch keinen Grund gehabt, ihn und auch mich zu ermorden.«

»Herr Weinzirl, ja, genau so sieht es aus. Außerdem habe ich für den Mord an Svenja ein Alibi, und als diese vermaledeite Alp abgebrannt ist, war ich in Ungarn. Herrgottsakradi!«

»Was nicht ganz stimmt, Herr Ostheimer«, kam es jetzt von Evi. »Sie haben ein Alibi für den Mord an Svenja, der Reiterhof hat das bestätigt, aber Sie sind in Ungarn bereits vor einer Woche abgereist. Mittwoch vor einer Woche genau. Die Alp wurde zwei Tage später, letzten Freitag, angezündet. Wo waren Sie da?«

»Ich sag jetzt gar nichts mehr!« Ostheimer hieb mit seiner Pranke auf den Tisch.

»Herr Ostheimer, ich bin mir nicht ganz sicher, ob Sie Ihre Lage richtig einschätzen. Wir ermitteln hier wegen Mordes und versuchten Mordes. Wo waren Sie? Wenn Sie uns ein Alibi liefern können, dann sind Sie erst mal aus dem Schneider!«, polterte Gerhard

Ostheimer schüttelte den Kopf wie ein bockiges Kind.

»Wollen Sie nicht doch Ihren Anwalt anrufen?«, fragte Gerhard eindringlich, der ihm das schon bei der Verhaftung nahegelegt hatte.

»Ich brauch keinen Anwalt!«, brüllte Ostheimer und stand auf. Gerhard ließ ihn abführen.

Als er draußen war, sprang auch Gerhard unwirsch auf. »Herrgott noch mal! Himmel, was für ein Gewaltsack, dieser Ostheimer! Und was für ein Sturschädel!«

»Der Mann ist Ihnen doch quasi seelenverwandt«, kam es süffisant von Staatsanwalt Merk. »Also, ich bin ja geneigt, ihm zu glauben. Ich möchte den Mann nicht lange in U-Haft sehen.« Und weg war er.

Gerhard sah ihm nach. Evi legte Gerhard eine Hand auf den Arm. »So, wie ich dich kenne, brauchst du dringend Luftveränderung und ein Weißbier. Wie heißt dieser Knoblauchsuppenladen, wo du mit Jo immer hingehst?«

»Rössle? In Eckarts?«

»Ja, genau, da gehen wir jetzt hin. Ruf Jo an, dass sie mitkommt. Da du sie sowieso einweihen wirst, bin ich lieber dabei. Ich nehme mal alle Unterlagen mit. Kneipen sollen ja inspirativ sein.« Evi hatte den Kopf schief gelegt und genoss es sichtlich, Gerhard sprachlos zu sehen.

Als sie im Rössle saßen, Gerhard vor Fleischbergen und Evi und Jo vor einem Berg Salat, fühlte sich Gerhard immer noch ein bisschen unwohl. Die beiden Mädels brachten ihn aus dem Konzept. Immerhin hatte er mit beiden was gehabt. Ihm war etwas blümerant zumute. Er wippte nervös mit dem Fuß. Evi lobte gerade das Salatdressing, und Jo schlug dem Wirt vor, es doch endlich in Flaschen abzufüllen. Na, diese beiden schienen ja keine sonstigen Probleme zu haben!

»Wir machen einen Denkfehler. Unsere Gehirne haben sich festgefressen wie Motoren ohne Öl«, stöhnte Evi plötzlich.

»Wegen dem Salatdressing?« Gerhard wurde aus seinen Gedanken gerissen.

»Männer! Dermaßen geradlinige Gehirnströme. Ums Eck denken oder gar zwei Sachen gleichzeitig, das schafft ihr nicht. Evi redet wohl kaum vom Salat«, kam es von Jo.

Gerhard fasste sich. Na, mit den beiden hatte er sich ja was angetan.

»Okay, Mädels, der Deppelchen-Gerhard ist jetzt wieder ganz konzentriert und bei euch.« Er zog seinen Uli-Stein-Notizblock und einen Kugelschreiber raus. »Evi hat Recht. Dieser Fall hat sich festgefressen. Wir wollten Ostheimer unbedingt zwei Morde nachweisen. Einen kann er nicht begangen haben. Den an Svenja. Gut. Vielleicht hat er aber Seppi umgebracht und mich niedergeschlagen? Er hat uns bisher kein Alibi geliefert.«

»Schön und recht. Das würde bedeuten – reine Arbeitshypothese –, dass Ostheimer sehr wohl gewusst hat, dass Seppi ihn linkt. Er wurde wütend – das kann ich mir bei ihm gut vorstellen –, und du warst einfach am falschen Ort. Aber wer hat dann Svenja umgebracht?«, fragte Evi.

»Seppi? Der anscheinend cleverer und beweglicher war als Ostheimer? Der kann doch gewusst haben, dass Svenja in den Machenschaften der Alp rumstochert, oder?«, kam es von Gerhard.

»Möglich, den können wir nur leider nicht mehr fragen. Und was ist eigentlich mit diesem Dominik, der wie vom Erdboden verschluckt ist? Was, wenn das zwei getrennte Geschichten sind?«, fragte Evi mit einem erneuten verzweifelten Stöhnen.

»Ich weiß nicht. Lass mal Dominik für den Moment draußen. Was, wenn Ostheimer wirklich die Wahrheit sagt? Er hat illegale Mastmittel erprobt, mehr nicht. Und Seppi – nehmen wir mal Ostheimers Annahme als Wahrheit – hat Ostheimer gelinkt und die Medikamente an seine sauberen Sportskameraden weiterverkauft. Beide haben Svenja nicht umgebracht.« Gerhard sah von Evi zu Jo.

»Aber das kommt mir so unwahrscheinlich vor. Ostheimer gibt doch zu, dass er Svenja seine Ochsentour beichten musste. Er hatte jeden Grund, sie umzubringen. Vielleicht hat er jemanden beauftragt?«, warf Jo ein.

Evi nickte. »Ja, aber folgen wir mal strikt Ostheimers Gedanken. Er sagt, ihr Tod sei ihm natürlich gerade recht gekommen, denn so konnte er ihr die Ochsenaktion anhängen. Er behauptet aber, sie hätte von seinen sonstigen Aktivitäten auf der Himmelsschwand-Alp nichts gewusst. Lassen wir das mal so stehen.« Evi fuhr fort. »Von Anni Fink wissen wir, dass eine Frau, auf die die Beschreibung von Svenja hundertprozentig passt, auf der Alp herumgestiefelt ist. Das war laut Frau Fink an einem Tag gewesen, als Seppi ins Tal gefahren war. Diese Frau, die Anni Fink gesehen hat, hatte bei diversen Schumpen Blutproben genommen. Anni hat sie – ganz zu Recht – für eine Tierärztin gehalten, zumal es in letzter Zeit einige Fälle von Gamsblindheit gegeben hatte. Da sie Seppi auf den Tod nicht ausstehen konnte und umgekehrt – war da keinerlei Kommunikation zwischen den beiden Alpen. Sie hat also nicht gefragt, wer denn die Tierärztin sei. Was, wenn Seppi wirklich keine Ahnung gehabt hat, dass jemand bei seinem Vieh war? Dann hat er von Svenjas Recherchen nichts gewusst.«

»Also gut! Lassen wir uns darauf mal ein. Keiner wusste was vom anderen. Und Svenja war so geschickt, dass sie nicht aufgefallen ist. Das ist sogar wahrscheinlich, denn Svenja war clever und sehr zurückhaltend. Ich würde ihr zutrauen, dass sie im Verborgenen ganz dezent recherchiert hat, bis sie absolut todsichere Beweise auf den Tisch hätte legen können, um die beiden zu überführen«, sagte Jo und erschrak. Todsicher, hatte sie gesagt, ja, die Beweise waren für Svenja todsicher gewesen.

Schweigen lag über den dreien, bis Gerhard schließlich wieder anhob.

»Also, nochmals für unsere angestrengten Gehirne und zum Mitschreiben: Wir glauben das jetzt mal, obwohl wir Ostheimer am liebsten verwurschten würden. Und Seppi hätte uns als Mörder am besten gepasst, aber der ist tot.« Gerhards Augen sprühten Feuer. »Gehen wir davon aus: Weder Ostheimer noch Seppi wussten von Svenjas Aktivitäten. Ostheimer behauptet das, Seppi können wir nicht mehr fragen. Beide hätten ergo keinen Grund gehabt, Svenja zu ermorden. Wer aber hätte dann einen gehabt?«

»Hier haben wir zwei Möglichkeiten und zwei verschlungene Pfade, die wir mal von allem Gestrüpp befreien müssten. Variante eins: Jemand ganz anderer hat gewusst, dass Svenja da in den Machenschaften dieser himmlischen Alp herumstochert. Oder aber Svenja wurde deshalb wirklich nicht ermordet, sondern es geht doch um Liebe und Leidenschaft zu dieser Karina. Das wäre eine ganz andere Spur, und wir müssten dann diesen Dominik für den Täter halten.« Evi lehnte sich zurück, und man spürte, dass sie ihren Job genoss. Sie ist eine analytische Denkerin, dachte Jo, das bin ich weniger. Und irgendwo in einer Hirnwindung hallte dieses »Liebe und Leidenschaft« in ihr nach. Aber der Transmitter schien gerade den synaptischen Spalt nicht überwinden zu können. Jo war abgelenkt und verfolgte das weitere Gespräch nur noch mit einem Ohr.

»Ja, Dominik dürfen wir nicht vergessen. Aber etwas in mir wehrt sich dagegen, dass diese ganze Dopingsauerei als Mordgrund einfach so verpufft. Wenn ich also deiner Variante eins folge, Evi, dann müsste jemand einen massiven Nachteil davon gehabt haben, dass Svenja die Sache aufdeckt. Wer?« Gerhard hatte immer noch das Gefühl, dass seine Gedanken umherflatterten wie Fähnchen im Wind – getrieben, gebeutelt, unkontrolliert.

»Nun«, Evi zögerte. »Da haben wir wieder zwei Varianten. Dieser Ortlieb aus Lindau, wenn der so was wie der Kopf des Ganzen war, hätte allen Grund. Oder aber mein zweites Angebot: Jemand, der diese Substanzen eingeworfen hat und der sie auch weiter gebraucht hätte, wollte Svenja aufhalten.«

»Ja, genau. Das wäre auch meine Annahme. Ich habe bereits die Kollegen in Lindau und Bregenz um Hilfe gebeten, diesen Ortlieb privat und beruflich zu durchleuchten. Und wir sollten die Kunden von Seppi überprüfen. Wie weit ist Chemie-Ottochen denn gekommen?«, fragte Gerhard.

»Nun, er hat zehn Namen rekonstruiert, vier oder so sind unwiederbringlich weg«, sagte Evi.

»Gut, immerhin. Noch eins: Was mir an dieser Theorie noch aufstößt, ist die Tatsache, wieso ausgerechnet einer der Kunden gewusst haben soll, dass Svenja dabei war, einen Dopingskandal aufzudecken. Da wusste doch sowieso keiner was vom anderen. Wieso einer der Kunden? Wenn Svenja, wie Jo sagt, clever war, beherzt und sehr vorsichtig, dann hat sie sich wohl kaum großartig offenbart. Oder, Jo? – Jo?«

Jo war immer noch in Gedanken. Liebe und Leidenschaft? »Ja, entschuldigt, ich war abgelenkt.«

Evi wiederholte Gerhards letzten Satz.

»Svenja war immer umgänglich, aber verschwiegen und zurückhaltend, wenn es um substanzielle Sachen ging. Und sie wusste, dass sie sich nur auf sich selbst verlassen konnte. Sie hätte niemanden eingeweiht, nie!« Davon war Jo überzeugt.

»Frau Ostheimer vielleicht?« Evi wiegte den Kopf.

»Glaube ich nicht. Svenja war misstrauisch – oder sagen wir mal, vorsichtig. Sie hätte nicht sicher sein können, ob das liebe Röschen da nicht doch mit drinhängt.«

»Das sehe ich auch so«, schaltete sich Gerhard wieder ein. »Aber gab es denn gar niemanden, dem sie vertraut hätte?«

Jos Kopf wandte sich langsam Gerhard zu. Sie musste einen sehr merkwürdigen Gesichtsausdruck haben, weil Gerhard sie so prüfend ansah. Liebe und Leidenschaft?

»Es gibt nur ein Feld, auf dem kluge, beherrschte Frauen kapitulieren, besiegt werden und jede Taktik vergessen: die Liebe.«

Evi schwieg, Gerhard ließ seinen Kugelschreiber mehrfach auf- und zuschnippen. »Soweit wir wissen, hatte sie aber keinen Freund, oder?«

Evi stöberte in den Protokollen. Sie überflog den Papierstapel, bis sie schließlich sagte: »Ich habe die Aussagen von Frau Bodenmüller. Sie sprach doch von einem jungen Mann, der Svenja ab und zu aufgesucht habe. Das war im Frühsommer.«

Jo schaute von Evi zu Gerhard. »Frau Bodenmüller?«

»Frau Bodenmüller, die resolute Hausfrau, die Vermieterin von Svenja, hat ausgesagt, dass Svenja im Frühsommer öfter mal Besuch von einem jungen Typen hatte. Weißt du da was davon?« Gerhard blicke Jo forschend in die Augen.

»Nichts Konkretes. Svenja war keine, die beim Kaffeekränzchen die Vorzüge und die anatomische Ausstattung ihrer Lover diskutiert hätte. Dass er jünger war, kann gut sein. Sie hat immer gesagt: Alt werden sie von selber.« Jo versuchte ein Lachen, das ihr misslang.

»Hätte sie so einem vertraut?« Evi war skeptisch.

»Evi, du kennst doch das Dilemma starker Frauen. Sensationell verlässlich und perfekt im Beruf, immer beherrscht. Immer behaftet mit der Etikette: Du schaffst das mit links. Aber auch starke Mädels brauchen mal Halt. Selten vielleicht, aber dann brauchen sie richtigen Halt. Und noch eins: Svenja entsprach nun nicht ganz dem gängigen weiblichen Schönheitsideal. Sie hat darunter gelitten, auch wenn sie es ironisiert hat. Wenn einer die richtigen Saiten gespielt hat, ihr die richtigen Komplimente gemacht hat?«

»Du meinst, Komplimente über ihr Aussehen. Keine darüber, dass sie schlau sei, patent, ganz wunderbar in ihrem Beruf. Du meinst, das wusste sie. Da ruhte sie in sich. Aber wie für alle Frauen galt auch für Svenja: Tell me lies, sweet little lies?«

Jo nickte. »Ja, ich befürchte es. Sie hätte so einem vertraut. Wider besseres Wissen. Wider alle Erfahrung. Aber wenn man sich wirklich öffnet, gerät man dann nicht unweigerlich dorthin, wo keine Gesetze mehr gelten?« Dabei sah sie Evi bedeutungsschwer an, die ihrerseits staatstragend nickte.

Gerhard kam sich ausgeschlossen vor und musste zugeben, dass er diesen weiblichen Diskurs nicht so ganz verstand. Er versuchte es mit Pragmatik.

»Gut! Auch wenn ich keine Ahnung habe, was uns das letztlich bringen soll, versuchen wir doch, dem Lover mal Gesicht und Gestalt zu geben.« Er lächelte Evi an. »Auf in den Kampf zur titanischen Frau Bodenmüller und zu Monstercat.« An Jo gewandt, sagte er. »Angesichts dieser Kreatur würdest auch du als Mutter-Samtpfoten-Teresa aufhören, eine Katzenfreundin zu sein.«

Evi und Gerhard beschlossen, obwohl es bereits 22 Uhr war, nach Immenstadt zu fahren, und schworen beim Leben ihrer sämtlichen Großmütter, Jo zu informieren, die ihrerseits heimfuhr. Jo war aufgewühlt und unruhig, als sie die Haustür aufschloss. Natürlich war keine der Katzen da, jetzt, wo sie jemanden zum Kuscheln gebraucht hätte.

Als Evi und Gerhard bei der Hausfrau vor der Tür standen, kamen sie nicht mal dazu zu klingeln. Die Tür flog auf, und Edeltraut Bodenmüller, in einen Kittelschurz gepresst, der wohl aus einer Jugendzeit stammen musste, als sie gewichtsmäßig noch in der Klasse Fliegengewicht gespielt hatte, schmetterte: »Der Herr Kommissar und die reizende Kollegin. Herein, herein, wenn's kein Schneider ist.«

Sie lachte dröhnend. Was für ein Spruch, dachte Gerhard, und diesmal konnten sie trotz der Tageszeit dem braunen Wasser, das wohl mal sekundenschnell an einer Bohne vorbeigehuscht sein musste, nicht entgehen. Die Kekse dazu waren so hart wie Asbestplatten und brillierten mit ebensolchem Geschmack. Bubele lag wieder auf seinem Kissen, und Gerhard, der mit dem Rücken zum Fenster saß, hatte das Gefühl, den sprichwörtlichen Teufel im Nacken zu haben.

»Frau Bodenmüller«, er drohte ihr scherzhaft mit dem Finger, »jetzt halten Sie ehrliche Beamte vom Arbeiten ab. Aber haben Sie Dank.« Er biss in einen Keks und hoffte inständig, dass sein Inlay das aushalten würde. »Frau Bodenmüller, jetzt müssen wir nochmals auf Ihr exzellentes Auge und Ihre Beobachtungsgabe vertrauen. Erinnern Sie sich, dass Sie uns erzählt haben, Svenja sei öfter von einem jungen Mann besucht worden?«

»Natürlich, Herr Kommissar. Ich bin doch ein Elefant!« Sie spielte wohl auf ihr Gedächtnis an. »Ein junger Mann, d-e-u-t-l-i-c-h jünger als Svenja. Und dann war er auch noch so dünn, so ein Sportlertyp wie diese Leichtathleten im Fernsehen. Und das, wo Svenja ja nicht eben schmal war. Zu Ihnen hätte der gepasst«, rief sie in Evis Richtung, »vom Alter her und auch sonst. Sie sind ja auch so a Habergeiß. Essen Sie denn richtig, Kindchen? Also, meine Nichte, die hat ja …«

»Wie der junge Mann hieß, wissen Sie nicht zufällig, Frau Bodenmüller?«, unterbrach Gerhard sie und legte die zuckersüße Schmuseplatte auf.

Sie strahlte. »Ach, der Herr Weinzirl! Nein, seinen Namen kenne ich nicht, aber ich weiß sein Autokennzeichen.«

Gerhard schaute überrascht.

»Ja, wissen Sie«, verteidigte sie sich, »da steht so ein Auto rum, das ich nicht zuordnen kann. Da war ich mal lieber vorsichtig. Anfangs wusste ich ja nicht sofort, dass der zu Svenja gehört.«

Sie erhob sich tatsächlich elefantengleich und walzte in den Gang. Gerhard und Evi sprangen auf und folgten ihr. Das war die Gelegenheit für eine Flucht. Das Kfz-Zeichen war auf einem Zettel notiert. Frau Bodenmüller reichte ihn Gerhard. Es war ein LI-Kennzeichen aus dem Westallgäu. Gerhard bedankte sich überschwänglich und machte Ausfallschritte in Richtung Tür.

»Frau Bodenmüller, wie gerne hätten wir jetzt noch ein Tässchen Kaffee genommen. Aber die Arbeit erdrückt uns. Dank Ihrer Hilfe, Frau Bodenmüller, dank Ihrer Hilfe.«

Er hatte die Türklinke erreicht, warf Frau Bodenmüller noch einen betörenden Blick zu, und die Flucht war geglückt. Evi lachte noch bis Kempten.

Zurück im Büro warteten sie gespannt, was der Computer ausspucken würde. Der Halter war ein Thomas Lichtenegger, neunundzwanzig Jahre alt. Sie glichen den Namen mit der Liste ab, er war nicht dabei, aber bei einem der vier zerstörten Namen hatte Ottochen »as…tene…« rekonstruiert. Das war nicht viel, aber immerhin.

»Haben wir über den was? Lichtenegger? Der Name kommt mir irgendwie bekannt vor«, dachte Gerhard laut vor sich hin.

Da mischte sich Markus ein, der gerade mal nicht in Sachen Drogen unterwegs war und jetzt um 24 Uhr noch immer hinter seinem Schreibtisch klemmte.

»Lichtenegger? Thomas? Das ist ein Rennradfahrer. Er ist in Südafrika aufgewachsen. Dort war er eine große Nummer im Jugendbereich. Mit siebzehn kam er mit seiner Mutter ins Allgäu. Er war wahnsinnig talentiert. Er hat zuerst Mountainbikerennen gefahren und ist dann aber wieder aufs Rennrad umgestiegen. Sein Aufstieg war kometenhaft, für viele fast zu kometenhaft. Er ist zwei Saisonen für Crédit Agricole gefahren, das ist zwar nicht die allererste Liga, aber er war im Aufwind. Dann hatte er Pech. Ein böser Sturz – blöderweise auch noch im Training zu Hause. Stellt euch vor, der ist auf ein stehendes Auto aufgefahren. Ja, schaut nicht so, das ist schon Kalibern wie Pantani passiert. Jedenfalls hat er sich die Schulter ganz kompliziert gebrochen, das Hüftgelenk zertrümmert und alle Bänder im Knie abgerissen. Er war lange bei diesem Guru Doktor Schenk im Montafon, der flickt ja auch dauernd Skifahrer zusammen. Nun will Lichtenegger unbedingt wieder in ein Team. Er will nächstes Jahr die Tour wieder fahren.«

Wenn es um Sport ging, war Markus ein wandelndes Lexikon. Außer vielleicht beim Synchronschwimmen und bei der rhythmischen Sportgymnastik kannte er alle Akteure von 1945 bis heute. Ein Rennradfahrer! Eine dopingträchtige Sportart wie keine zweite. Wie aus einem Munde brach es aus Gerhard und Evi gleichzeitig hervor:

»Wenn der nun wirklich Kunde bei Seppi war, dann ist das mehr als ein Zufall!«

»Da müssen wir aber nun äußerst subtil vorgehen. Denn dann ist der Mann ein Mörder und ein äußerst perfider dazu. Wer könnte ihn auf der Alp gesehen haben?«, überlegte Gerhard.

»Wenn überhaupt jemand, dann Anni Fink.«

»Ja, klar. Sie muss morgen in der Frühe unbedingt herkommen. Markus, organisier ein Bild von ihm. Und du, Evi, informierst du Frau Fink?«

12.

Gerhard schlief ein, bevor er noch richtig zugedeckt war. Der lange Tag so kurz nach dem Krankenhausaufenthalt hatte ihn mehr geschafft, als er zugeben wollte. Als dann irgendwann sein Handy klingelte, hatte er den Eindruck, nur Minuten geschlafen zu haben. Das Tageslicht in seinem Zimmer erzählte etwas anderes, die Uhr am Handy, nach dem er tapsig griff, sprach von 7 Uhr 10. Es war Dr. Pflug. Gerhard brauchte eine Weile, um den Namen einzuordnen, dann fuhr er hoch, was seine Rippen mit sofortigem Schmerzen quittierten.

»Hat Ihr Sohn sich bei Ihnen gemeldet?« Gerhard hoffte das so inbrünstig und hatte sich auf ein Ja so sehr eingestellt, dass er einige Sekunden brauchte, bis er verstand, was Dr. Pflug da sagte.

»Herr Weinzirl, sie haben Dominik entführt. Gott, wieso Dominik? Wir sind doch nicht Aga Khan. Herr Weinzirl, Sie müssen etwas tun!« Im Hintergrund war das Schluchzen einer Frau zu hören. Dann trommelnde Geräusche, ein Knacken, und es dauerte eine Weile, bis Pflug wieder dran war. Gerhard konnte sich ungefähr ausmalen, was da vor sich ging. Frau Pflug schlug wahrscheinlich in völliger Verzweiflung auf ihren Mann ein.

»Herr Weinzirl, entschuldigen Sie. Aber meine Frau

wollte nicht, dass ich die Polizei einschalte.« Das klang fast wie eine Frage, er war offenbar den Tränen nahe.

»Sie haben absolut richtig gehandelt. Wann hat sich der – war es denn ein Er? – Entführer gemeldet?« Gerhard gab seiner Stimme einen beruhigenden souveränen Klang, obwohl er sich wirklich nicht so fühlte.

»Gestern Abend. Ja, es war ein Mann, die Stimme klang nur so verzerrt. Er wollte sich wieder melden. Gott, wir halten das nicht aus!«

»Ich bin in fünfzehn Minuten bei Ihnen«, sagte Gerhard.

Dann quälte er sich mit schmerzverzerrtem Gesicht – Himmel, wieso taten so blöde gebrochene Spareribs so weh? – in eine Jeans, nahm ein Hemd und schlüpfte in Lederslipper. Die hatte ihm irgendeine Freundin mal aufgezwungen, die seinen Stil ändern wollte. Er hatte dann lieber die Frau geändert anstatt seines Stils. Heute aber war er ihr dankbar. Turnschuhe zu binden wäre unmöglich gewesen. Auf der Fahrt nach Bechen sprach er Evi auf die Mailbox.

»Bella Collega, bitte mach du das mit Frau Fink, und bitte entzieh der Drogenfahndung Markus. Der soll zusammen mit Ottochen so schnell wie möglich nach Bechen kommen. Wir müssen eine Fangschaltung installieren.« Er nannte die Adresse. Die Sonne war wieder da, sie hatte das zarte Anklopfen des Herbstes noch nicht erhört. So schnell wollte sie die Regentschaft nicht aufgeben.

Als Gerhard die Stufen zu der südländisch anmutenden Villa hochstieg, stand Pflug schon an der Eingangstür.

»Danke, dass Sie so schnell kommen konnten.«

Mehr sagte er nicht. Er war grau im Gesicht, er hatte so gar nichts mehr von dem vitalen Daktari. Er führte Gerhard ins Haus, das Gerhard bei seinem letzten Besuch von innen gar nicht gesehen hatte. Auch hier gab es organische Formen, einen schlichten Kamin, der nicht irgendwo an einer Wand pappte, sondern mitten im Raum stand und rundum eine Steinbank besaß, auf der viele bunte Kissen lagen.

Eine Frau, die dort kauerte, erhob sich und kam auf ihn zu. Sie war eher üppig als schlank, hatte naturkrause schulterlange Haare, die sie in einem Bronzeton gefärbt hatte. Sie trug eine weich fließende Kombination aus Jacke und Hose aus irgendeiner neuen Mikrofaser in einem warmen Grünton. Ihre Augen waren ebenso grün, und was Gerhard faszinierte, war deren markante Schrägstellung. Sie war eine Frau, die man zweimal ansah oder öfter, auch wenn sie heute mit den verquollenen Augen sicher nicht ihren besten Tag hatte. Gerhard kannte diesen Gesichtsausdruck nur zu gut – und er tat ihm immer wieder weh. Die völlige Reduktion auf die Verzweiflung und die Hoffnung, die mit seinem Kommen aufflackerte.

»Frau Pflug, Weinzirl. Behalten Sie doch Platz!«

Sie nickte und sackte wieder zwischen die Kissen. Herr Pflug hatte in der Zwischenzeit eine Kanne Kaffee und Tassen gebracht. Gerhard bedankte sich und hieß Pflug zu erzählen. Tatsächlich hatte ein Mann angerufen, der behauptete, Dominik entführt zu haben und demnächst seine Lösegeldforderungen stellen zu wollen. Er hatte nur das Nötigste gesagt und natürlich verlangt, dass die Polizei nicht eingeschaltet würde. Pflugs hatten lange diskutiert, bis Herr Pflug heute in der Frühe Gerhard angerufen hatte.

»Herr Pflug, bitte verstehen Sie mich jetzt nicht falsch. Sie wissen, dass wir Ihren Sohn suchen wie die Stecknadel im

Heuhaufen. Meinen Sie, das könnte eine Finte sein? Könnte er sich das ausgedacht haben, um vom Verdacht abzulenken? Ich weiß, dass ich auf Sie jetzt sehr unsensibel wirke, aber wir müssen diese Möglichkeit einkalkulieren.« Gerhard gab seinen Worten einen festen und dennoch mitfühlenden Klang.

Frau Pflug hatte wieder zu weinen begonnen, ihr Mann war relativ gefasst.

»Was erwarten Sie? Allein das Verschwinden meines Sohnes bringt mich fast um. Dann wird er polizeilich gesucht. Sie fragen mich, ob er ein Blasrohr bedienen kann. Das Bild unseres ganzen Lebens war wie ein hübsches Puzzle, das jemand aufgeklebt und an die Wand gehängt hat. Nun ist es heruntergefallen, es war ein Puzzle mit tausend Teilen. Die Stücke sind überall, unter Möbel gesprungen, die Treppen hinuntergekollert. Ich werde sie nie mehr alle finden. Herr Weinzirl, natürlich glaube ich weder, dass mein Sohn in irgendetwas Kriminelles verstrickt ist, noch glaube ich, dass er so perfide wäre, seine eigenen Eltern zu erpressen. Und ich weiß, was Sie denken: Das ist schon in ganz anderen Familien vorgekommen, deren Welt noch heiler schien als unsere.«

Eine Schweigepause entstand, bis Frau Pflug ganz leise sagte: »Keine Mutter wird etwas auf ihr Kind kommen lassen. Aber Dominik ist in Lebensgefahr. Wenn die ihn umbringen, fragen Sie dann immer noch?«

Aus einer Ecke des Zimmers kam plötzlich ein Kreischen und dann ein schrilles »Nik, Nik, Nik.« Ein Papagei, ein großer Ara, hatte begeistert den Namen Dominik aufgenommen. Sie alle starrten das Tier an, und Frau Pflug stürzte aus dem Zimmer. An der Tür läutete es. Pflug schrak bei dem Geräusch dermaßen zusammen, dass sich Gerhard zum ersten Mal wirkliche Sorgen machte. Der Mann war am Ende.

Gerhard war sehr froh, Markus und Ottochen zu sehen. Vor allem Ottochen. Gerhard setzte die beiden ins Bild und bat sie, die Fangschaltung zu installieren. Er nahm Ottochen zur Seite.

»Bitte pass auf die beiden auf. Beruhige sie, und melde dich sofort, wenn irgendwas passiert. Ich fahre jetzt ins Büro. Haltet mich auf dem Laufenden!« In der Zwischenzeit war Frau Pflug zurückgekommen. Es war offensichtlich, dass sie sich übergeben hatte. Gerhard ging auf sie zu und nahm ihre Hand. »Wir schaffen das.«

Als Gerhard in Kempten eintraf, war Anni Fink gerade gegangen.

Evi tippte etwas in den Computer, wie entfesselt hackte sie in die Tasten. Sie erblickte Gerhard, und ihre Augen sahen aus, als hätte sie Fieber. »Er war es! Er war es! Er war auf der Alp. Anni Fink konnte bestätigen, dass er öfter, mal alleine, aber auch mit anderen jungen Männern oben gewesen ist. Sie kamen meist mit dem Mountainbike. Sie nahm an, das seien Kumpel von Seppi gewesen. Besonders interessant aber ist, dass sie an dem Tag, an dem sie Svenja bei den Schumpen gesehen hat, also an dem Tag, als Seppi im Tal war, ein Mountainbike weiter oben am Zaun hat lehnen sehen. Einen Menschen hat sie nicht entdeckt, das Rad war aber später wieder weg. Sie hatte sonst wenig Kontakt zu Seppi. Sie hat ihn verabscheut. Warte, ich zitiere sie. ›Dem sind die Viecher verreckt wie die Fliegen. Und dann ist jedes

Mal der Heli gekommen. Der Seppi ist dabeigestanden, als würde ihn des nichts angehen.‹ Dann ist sie richtig leidenschaftlich geworden: ›Wisset, er war kui Senn wia ma uiner sei muas. Ma wachst mit deane Viecher doch zämet, ma verbringt dia Sommer zämet.‹«

Gerhard konnte ein wenig lächeln, angesichts von Evis Versuchen, Allgäuerisch richtig zu betonen. Er nickte ihr zu. »Fahndung?«

»Ist schon raus. Und jetzt du: Was ist da in Bechen los?«, fragte Evi gespannt.

Gerhard erzählte es ihr. Evi hörte aufmerksam zu, Gerhard konnte sie förmlich denken sehen, als sie schließlich fast verzweifelt sagte: »Jetzt hatte ich gerade so ein gutes Gefühl, dass wir eine Spur haben. Ich hab vor lauter Überschwang sogar Jo angerufen. Sie war auch ganz begeistert. Aber nun? Mit wie vielen Fällen haben wir es zu tun? Und wie viele Leute suchen wir eigentlich inzwischen? Ist da ein schwarzes Loch im Allgäu? Vielleicht irgendwo im Kemptner Wald? Oder am Schwarzen Grat, der hat so was Verhextes. Himmel, das gibt's doch alles nicht!«

Gerhard versuchte es mit Ironie. »Wir suchen doch nur Dominik und seine Entführer, falls es denn welche gibt.« Er unterbreitete Evi seine Theorie, ob Dominik das wohl inszeniert haben könnte, um seinen Mord an Svenja zu vertuschen. Dann fuhr er fort: »Und wir suchen Lichtenegger und diesen Ortlieb. Aber Ortlieb, den suchen ja die Gsieberger aus Bregenz. Also, was willst du? Das schaffen wir doch an einem Vormittag locker.«

Gerhards Vormittag hatte in Wirklichkeit so gar nichts von einem locker-leicht aufgeschlagenen Dessert. Er war zäh wie ein Kuchenteig, der in der Schüssel pappte. Ostheimer hüllte sich nach wie vor in Schweigen. Gerhard saß ihm gegenüber und betrachtete ihn. Zwischen den beiden Männern kitzelte ein einfallender Lichtstrahl die Tischoberfläche, Staubpartikel zeigten darauf zuckende Tänze. Irgendwo surrte eine Fliege. Sie war laut und hektisch, Ostheimer völlig in sich gekehrt. Aber Gerhard hätte schwören können, dass er nach einem Ausweg suchte. Hatte der Mann eine Geliebte? Und war bei ihr gewesen? Das konnte sich Gerhard irgendwie nicht vorstellen. Aber Gerhard konnte sich sowieso nicht vorstellen, warum man so beharrlich schwieg.

»Ostheimer, Sie sind des Mordes angeklagt. Jetzt machen Sie das Maul auf! Entweder Sie gestehen den Mord, oder Sie sagen mir, wo Sie die letzte Woche nach Ihrer Abreise aus Ungarn waren. Ich brauche ein Alibi von Ihnen!«

Nichts, nur die Fliege surrte. Sie landete im Lichtstrahl, und mit einer so schnellen Bewegung, dass Gerhard wirklich erschrak, schoss Ostheimers Hand vor. Er zerquetschte die Fliege in seiner Pranke.

Gerhard verließ den Raum. Auch in seinem Büro wanderte ein Sonnenstrahl durch den Raum. Gerhard folgte ihm mit Blicken, wie hypnotisiert. Endlich griff er zum Telefon, rief Frau Ostheimer an und setzte sie ins Bild, dass ihr Mann sich in beharrlichstes Schweigen hüllte.

»Sehen Sie, es muss einen Grund dafür geben. Hat er eine Geliebte, die er nicht reinreiten will?«

Frau Ostheimer war weder entrüstet noch brüskiert. Sie schien nachzudenken. »Nein, das glaube ich nicht, und nicht mal, weil ich die Augen verschließe. Aber das ist einfach nicht sein Ding.«

»Ist er ein Mörder?«, fragte Gerhard.

Wieder eine kleine Pause. »Er ist ein furchtbarer Choleriker. Er würde sich prügeln, aber wissen Sie, was er nie tun würde? Er würde niemanden hinterrücks niederschlagen, sondern immer nur Aug' in Aug'. Er liebt Männerrituale. Und er würde niemals eine Alp anzünden – seine Alp anzünden!«

Gerhard horchte ihren Worten hinterher. Das war auch sein Eindruck, eigentlich. »Frau Ostheimer, bitte bringen Sie ihn zur Vernunft. Denn wo immer er war, kann niemals so schlimm sein wie eine Mordanklage. Bitte, auch wenn Sie und Ihr Mann …« Gerhard rang nach Worten, wie immer hatte er Wortfindungsstörungen, wenn's um Gefühle ging.

»Ich versuche es. Kann ich ihn besuchen?« Sie klang nach wie vor ganz neutral.

»Ja, ich kündige Sie an.«

Evi war hereingekommen, und ihre Nachrichten bezüglich der Bregenzer Kollegen waren auch alles andere als positiv. Ortlieb war auf Geschäftsreise in Südamerika, und ohne konkreten Verdacht konnte man wenig machen. Aber Lichtenegger: Von dem war bekannt, dass dessen dreimal wöchentlich stattfindende Trainingsrunde von seiner Wohnung in der Ignaz-Dornach-Straße in Weiler ihn übers Paradies nach Oberstaufen führte, weiter nach Immenstadt, über Blaichach und Rieder nach Sonthofen, die Jochbergstraße zum Oberjoch hinauf, über Unterjoch nach Wertach, über Kranzegg und Rettenberg wieder nach Immenstadt, hinauf nach Zaumberg, nach Missen und über Sibratshofen und Stiefenhofen wieder nach Simmerberg. Das waren rund hundertzwanzig Kilometer, überschlug Gerhard im Kopf.

Die Höhenmeter wagte er gar nicht auszurechnen. Gerhard, der mit dem Mountainbike durchaus seine viertausend Kilometer im Jahr machte, schauderte es. Das war also eine lockere Trainingrunde für den Mann!

»Ich denke, wir werden ihn irgendwo vom Rad pflücken, wenn er denn fährt«, sagte Evi.

»Ja, wann fährt er wieder?«

»Morgen«, sagte Evi. »Ich nehme an, dass er fährt. Er hat keinen Grund, anzunehmen, dass wir auf seiner Spur sind. Und er ist mit Sicherheit ein Adrenalin- und Doping-Junkie. Ich denke, er muss fahren! Er kann nicht anders.«

»Gut, ich schau jetzt nochmals nach Bechen. Vielleicht gibt es da was Neues«, sagte Gerhard, und einem Impuls folgend nahm er plötzlich Evis Hand und drückte sie ganz fest. »Ich bin froh, dass du da bist. Ich hatte im Februar bei dieser Funkenleiche schon manchmal das Gefühl, dass mich der Job überfordert. Aber jetzt? Vielleicht sollte ich wieder Streifenpolizist werden? Werd ich zu alt, um mich freudig auf die Enthüllung der Taten von Wahnsinnigen, Psychopathen und Verzweifelten zu stürzen?«

Evi lächelte ihm aufmunternd zu. »Nein, Chef, du bist nicht zu alt. Dann bin ich auch zu alt.« Sie zögerte. »Ich glaube, wir tun uns mit Wahnsinnigen oder Verzweifelten leichter, weil wir Beweggründe herausmeißeln können. Was aber, wenn es hier einfach nur um das Böse an sich geht?«

Das Böse an sich – der Gedanke beschäftigte Gerhard bis Bechen. Die Stimmung in der Villa der Pflugs war weniger angespannt als bei seinem ersten Besuch heute Morgen. Das war immer wieder ein Faszinosum. Wo Ottochen auftauchte, glätteten sich die Wogen, flirrende Spannung in der Luft wich einer trägen Ruhe, obgleich der Mann selbst hellwach war. Es war, als diene er als Katalysator. Frau Pflug hatte ein Multi-Kulti-Gericht im Wok zubereitet, das extrem lecker war. Außer Kreuzkümmel konnte Gerhard geschmacklich nichts identifizieren. Sie saßen da wie bei einem Familientreffen.

Und dann läutete das Telefon. Gerhard und Ottochen waren aufgesprungen, Herrn Pflug waren die Stäbchen hinuntergefallen, an seiner Schläfe hämmerte eine Ader. Ottochen drückte an seiner Anlage einige Knöpfe und gab dann Herrn Pflug ein Zeichen. »Bleiben Sie ruhig, versuchen Sie, ihn in der Leitung zu halten.«

»Pflug.«

Auf der Gegenseite wurde gesprochen.

»Wie geht es meinem Sohn? Ich will mit ihm sprechen!«, rief Pflug, und wenig später starrte er verzweifelt den Hörer an.

Sie hatten alle mitgehört. Der Entführer wollte, dass Herr Pflug bis morgen Nachmittag zweihundertfünfzigtausend Euro bereithalten möge. Er würde sich um drei Uhr mit dem Übergabeort melden. Dann könne Pflug das Söhnchen ja in die Arme schließen, bis dahin müsse sich die väterliche Sehnsucht gedulden.

»Zu kurz!«, sagte Ottochen auf Gerhards prüfenden Blick.

Frau Pflug hatte zu schluchzen begonnen. Herr Pflug war vor seinen Kamin gesunken, das Gesicht bläulich verfärbt. Gerhard machte sich ernstliche Sorgen um den Mann.

Er trat auf die Terrasse hinaus und rief einen weiteren Kumpel aus der alten Jugendclique an. Der war inzwischen

Internist und Allgemeinmediziner geworden, und Werner war jemand, auf dessen Verschwiegenheit Gerhard tausendprozentig vertraute.

»Ich brauch dich hier. Den eigenen Hausarzt wollen die Pflugs nicht anrufen. Aber er steht das nicht mehr lange durch. Der Mann hat es am Herzen, glaub ich.« Gerhard erhielt die Zusicherung, dass Werner in zwanzig Minuten da sein würde. Das waren die Momente, in denen Gerhard Mut fasste, wo er blitzschnell Optimismus auftankte. Solange es solche Freunde gab. Er bat selten um etwas, und genau das wussten seine wenigen Vertrauten. Wenn er es tat, dann gab es kein Zögern.

Gerhard nahm Markus mit, Ottochen und Werner waren genug an Unterstützung. Über der Fahrt nach Kempten lag ein bleiernes Schweigen. Gerhard ließ seine Gedanken im Kopf rotieren: Die Ausdrucksweise des Entführers war so sarkastisch gewesen, und wieso hatte er »nur« zweihundertfünfzigtausend gefordert? War es doch Dominik, der wusste, dass seine Eltern nicht mehr lockermachen konnten? Sie fuhren ins Büro und bereiteten den Einsatz für morgen vor. Was, wenn Lichtenegger morgen auf sein Training verzichtete?

Am nächsten Morgen platzierten sich Gerhard, Evi und einige Kollegen mit mehreren Wagen am Parkplatz bei der wilden Sommerrodelbahn in Ratholz. Die Sonne brannte wieder unvermindert herab. Es war seit Wochen so trocken, dass der Wind jetzt Staubwolken über den Parkplatz trieb, dann einige Heubüschel, es war wie in einem Italo-Western. Autos statt Pferden, aber die Spannung flimmerte wie in

»Spiel mir das Lied vom Tod«. Nur bin ich nicht Bronson, dachte Gerhard. Er kniff die Augen zusammen und starrte in die Sonne. Bunte Teilchen tanzten Ringelreihen vor seinen Augen. Er fror auf einmal, obwohl es schon wieder siebenundzwanzig Grad waren.

Gerhard hatte Markus und einen Wagen in aller Frühe nach Weiler geschickt, um sie zu informieren, ob und wann Lichtenegger starten würde. Sie hätten ihn natürlich auch zu Hause festnehmen können, aber Gerhard hatte die vage Hoffnung, dass er eventuell nicht die Trainingsrunde fahren würde, sondern sie womöglich zu einem Medikamentenlager oder weiteren Beweisen führen könnte.

Um neun rief Markus an. Alle zuckten zusammen.

»Der Römerkopf ist weg«, hörte Gerhard Markus über Funk.

»Was für ein Kopf?«

»Na, der an der Gastwirtschaft, am Ortseingang. Der war doch so schön!« Das klang wie bei einem Kleinkind, dessen Sandkuchen von einem bösen Spielkameraden zerstört worden war.

Gerhard war so konsterniert, dass sein Protest in einem glucksenden Geräusch erstarb. Evi übernahm. »Markus, Herzblatt. Der Römerkopf steht jetzt beim Antiquitätenhändler kurz vor der Grenze Neuhaus, aber wolltest du uns nichts anderes sagen?«

»Ach so, ja, der Typ ist losgefahren. Wie der Teufel ist der losgestrampelt. Es sieht so aus, als führe er die normale Runde.«

»Danke, Markus, Herzblatt! Bleibt an ihm dran.« Evi lachte so sehr, dass ihr Tränen in die Augen schossen. Ihr Lachen entkrampfte die Atmosphäre. Gerhard schüttelte nur den Kopf und stapfte davon.

Lichtenegger kam kurz nach halb zehn ins Bild. Er fuhr eine sehr hohe Trittfrequenz, sein Blick war konzentriert. Er machte zwei schnelle Ausweichschlenker, so, wie nur Profis ein Rad beherrschen können, als ein Auto, für ihn völlig unerwartet, vom Parkplatz auf die Fahrbahn schoss. Er hieb unter einer Schimpftirade auf das Dach, wollte wieder antreten, und eine Sekunde zu spät erkannte er die Zusammenhänge. Drei andere Autos hatten ihn in die Zange genommen. In seinen Augen stand das jähe Erkennen, dass er in der Falle saß. Und als Gerhard auf ihn zuging, sah er in diesen Augen auch, dass Lichtenegger genau wusste, weswegen sie ihn gestoppt hatten. Und dann wurde dieser Blick spöttisch, Hohn trat in seine Züge.

Ein Beamter nahm ihm das Fahrrad ab, Lichtenegger stand zwischen zwei Autos. Gerhard wollte gerade auf ihn zugehen, als Lichtenegger losrannte. Wie ein Hase schlug er zwei, drei Haken, schubste einen überraschten Beamten zur Seite und rannte bergwärts. Senkrecht unter die Trasse des Skilifts. Einige Sekunden später spurteten Gerhard und Markus los. Der geistig eher träge Markus war körperlich topfit. Er trainierte den ganzen Sommer Berglauf, um im Winter für seine extremen Snowboard-Touren gerüstet zu sein. Gerhard spürte das Blut in seinen Schläfen rasen, seine Rippen schmerzten, ihm wurde übel, er gab auf. In Markus hatte Lichtenegger einen würdigen Kontrahenten gefunden, beide verschwanden hinter einer Baumgruppe. Als Evi und die anderen Polizisten Gerhard erreicht hatten, war Markus auf dem Rückweg. Markus hatte Lichtenegger den Arm auf den Rücken gedreht. Markus' Miene war versteinert, und Lichtenegger – der grinste.

Gerhard ließ Handschellen zuschnappen, etwas, was er selten tat. Lichtenegger grinste, während sie ihn talwärts geleiteten. »Viele Jäger sind des Hasen Tod, heißt es eigentlich. Sie aber hatten Glück, dass Ihr Kollege im Alleingang schneller ist als Ihre ganze Meute.« Er drohte Gerhard mit dem Finger. »Sie müssen dringend was für Ihre Kondition tun.«

Gerhard schob ihn unwirsch in ein Polizeifahrzeug. Er und Evi fuhren hinterher. Wieder fror Gerhard.

Als sie im Präsidium angekommen waren, ließen sie Lichtenegger zuerst rund eine Stunde ihm Vernehmungsraum zappeln und betrachteten ihn durch das Fenster. Er saß auf dem Stuhl, die Beine breit, die Arme auf den Tisch gestützt. Nichts an seiner Körperhaltung deutete auf Angst hin.

»Und, was ist nun an diesem Typ dran, dass er Svenja so umgarnen konnte? Verstehst du das?« Gerhard betrachtete Lichtenegger eingehend. Er war nur knapp eins achtzig groß, braun gebrannt, sehnig und extrem durchtrainiert, unter seiner Radlerhose war das Spiel von Sehnen und Muskeln zu erkennen, wenn er nur mit dem Fuß wippte – was Gerhard in seiner Situation nachgerade provokant fand. Thomas Lichtenegger hatte hellbraune, modisch kurz geschnittene Haare und ein – wie Gerhard fand – nicht überragend aufregendes Gesicht. Außerdem ganz schön viele Falten für sein Alter. Ihm wäre der Kerl nie aufgefallen.

Evi hatte den Kopf in den Nacken gelegt und sah nach oben, als käme von da die Antwort. Dann wandte sie sich

Gerhard zu. »Ja, ich kann es mir vorstellen. Er hat einen guten Körper, aber das ist es nicht allein. Er hat so ein herrlich kaputtes Gesicht. Diese Falten machen ihn interessant. Er wirkt überlegen, souverän. Und dann ist da dieser brutale Zug um seine Augen, nur dieser Tick von etwas Diabolischem. Man sieht ihm an, dass er ein Arschloch ist, zumindest manchmal, und das ist eben so viel erotischer als der nette Junge von nebenan.«

Gerhard war schon versucht aufzubegehren. Er war doch auch so ein unerotischer netter Junge von nebenan. Wieso hatte Evi denn dann mit ihm geschlafen? Aber sie hatten jetzt wirklich Wichtigeres zu tun. Was Evi aber meinte, wurde Gerhard schon in den ersten Gesprächssequenzen mit Lichtenegger klar. Er war zynisch, menschenverachtend, arrogant, Spott umspielte seine Mundwinkel, er konnte einen mit einem solchen Eisblick fixieren, dass selbst Gerhard Probleme hatte, ihm standzuhalten. O ja, das war ein Arschloch, aber was daran erotisch oder anziehend sein sollte, das verstand Gerhard nun wirklich nicht.

Lichtenegger ging ziemlich schnell in eine aggressive Angriffshaltung über und bezichtigte den Futtermittel-Ortlieb der Urheberschaft in der ganzen Angelegenheit. Er sei der Drahtzieher gewesen, und Lichtenegger bestätigte das Gedankenspiel von Gerhard, Jo und Evi, dass tatsächlich keiner etwas vom anderen gewusst hatte.

»Verstehe ich Sie richtig: Herr Ortlieb hatte den Plan mit den Mastversuchen ausgeheckt. Er hat auch Substanzen geliefert, die in den offiziellen Praxisunterlagen nie aufgetaucht sind. Herr Ostheimer war der trottelige Landarzt, der sich ein paar Euro dazuverdienen wollte. Sepp Gantner hat ihn im Glauben gelassen, er würde diese Versuche durchführen und dokumentieren. Ja?«, fragte Gerhard kühl.

»Ja, korrekt!«

»In Wirklichkeit aber hat Sepp Gantner Medikamente abgezweigt, um ehrgeizigen Sportlern Beine zu machen?«, folgerte Gerhard.

»Ja, korrekt!«

»Und Ortlieb hatte die Fäden in der Hand. Er war die graue Eminenz im Hintergrund?«, vergewisserte sich Gerhard erneut.

»Ja, korrekt!«

»Herrgott, Lichtenegger. Haben Sie noch was anderes auf der Pfanne als ›ja, korrekt‹? Ich will endlich wissen, was Sie da für eine Rolle gespielt haben!«

»Nun ja«, er wippte lässig mit dem Stuhl, »ich hatte ein Auge auf Seppi. Herr Ortlieb hat mich dafür eingesetzt.«

»Eingesetzt?«

»Sehen Sie«, da war so was wie ein kurzes Zögern in seiner schnellen, selbstsicheren Redeweise, so etwas wie eine Verunsicherung, »ich hab das Zeug gebraucht. Ich hatte es bisher von Ortlieb direkt bezogen, aber das wurde Ortlieb zu heiß. Und so gab es für mich Sonderkonditionen auf der Himmelsschwand-Alp – verbunden damit, auf Seppi ein Auge zu haben.«

»Das heißt, Seppi wusste seinerseits wieder nicht, dass Sie Ortlieb kannten?« Gerhard konnte das Ausmaß dieser ganzen Verstrickung nur erahnen.

»Korrekt!«

Gerhard war angewidert. Jeder hatte hier jeden verarscht, kleine Portiönchen Wahrheit waren in leicht verdaulichen

Häppchen verteilt worden, dazu hatte es wahrscheinlich kumpelhaftes Schulterklopfen gegeben, kernige Männergespräche, und jeder der Beteiligten hatte hinter vorgehaltener Hand doch über den anderen gelacht. Was für eine Bande!

»Und wieso sollten Sie Seppi im Auge haben?«

»Sepp Gantner wurde Ortlieb zu unvorsichtig. Seppi dachte, er sei unverwundbar. Er war ein bisschen großspurig, dieser Bauerntrottel. Als da immer mal wieder die Viecher verreckt sind, hat er sich die tollsten Geschichten ausgedacht, wo die abgestürzt seien. Oder einmal hat er gegenüber dieser Frau Fink von der Nachbaralm fabuliert, eine Kuh habe sich mit der Glocke stranguliert. Er ging richtig auf in seinen kleinen Märchenstunden. Er war eine Gefahr für uns. Er ist öfter, als es gut war, ins Tal runtergefahren und nach Immenstadt, weil er da so eine Kleine aus dem Hotel Rothenfels gevögelt hat. Dann hat er vor lauter Samenstau die Hütte nicht mal abgesperrt. Ich musste da ein bisschen den Aufpasser spielen.« Sein Lachen war ätzend.

Schon in deinem eigenen Interesse, dachte Gerhard. »Und eines schönen Tages sahen Sie Svenja?« Noch immer bemühte sich Gerhard um einen unterkühlten Tonfall.

»Ja, eine dicke Frau, die an den Rindern rumgefummelt hat.« Er lachte weiter unangenehm. »Ich hatte mir erst gar nichts gedacht, bis ich Seppi gefragt habe. Der wusste von nichts, meinte aber, entweder ich würde spinnen oder aber ich solle mich nicht so anstellen. Er faselte was von einer Touristin, oder so. Drüben auf der Nachbaralp würden ja immer mal Leute übernachten.«

»Das hat Sie aber nicht überzeugt?« Gerhard musterte ihn weiter aufmerksam.

»Nein, hat es nicht. Ich habe zwar nicht genau gesehen, was die Tante da veranstaltet hatte, aber dass das keine Touristin war, war sonnenklar. Aber Seppi ging es ja nur um seine Kohle, die er durch das Verticken der Medikamente verdiente. Und das, so seine Logik, wäre nie nachzuweisen, auch wenn jemand an seinen Rindern rumfummelt. Dieser Bauerntrottel, dieser dreiste!«, fluchte Lichtenegger.

»Womit er letztlich Recht hatte, oder?«

»Ja, aber er war ein selbstherrlicher kleiner Popanz. Da hab ich mich dann mal schlau gemacht, wer die Lady war.« Wieder dieses anzügliche Grinsen.

»Und?«

»Nun, ich habe meine Quellen und habe bald erfahren, dass das Ostheimers Mitarbeiterin war.«

»Und dann? Lichtenegger, ein bisschen zügiger, wenn's geht.« Gerhard trommelte auf die Tischplatte.

»Nun, dann hab ich mir die Lady mal vorgenommen.« Er grinste Gerhard ins Gesicht und fläzte sich tiefer in den Stuhl. Er war die pure Provokation.

»Und wie habe ich mir das vorzustellen?« Gerhard rang um Fassung, aber sein professioneller Ton drohte ihm mehr und mehr abhandenzukommen.

»Herr Kommissar, das muss ich Ihnen doch nicht erzählen. Sie war hungrig. Diese alten Weiber sind ja so dankbar. Sag ihr, sie sähe jünger aus. Sag ihr, ihr Körper wirke noch so jung. Sag ihr, sie hätte geile Titten. Dabei hatte sie Übergewicht wie eine alte Kuh. Aber sie hatte durchaus Qualitäten. Sie wissen schon: großer Mund, flinke Zunge.«

Hätte er ihn auf der Allgäuer Festwoche getroffen oder bei

irgendeinem Stadelfest, Gerhard hätte ihn vors Zelt gezerrt und geprügelt. Bis nackte Angst in seinem Gesicht gestanden hätte. Und auf einmal spürte Gerhard Hass. Blanken Hass, ein Gefühl, das er sich im Beruf niemals zugestand, denn Hass verdunkelte das klare Denken. Hass rührte von einer extrem starken emotionalen Beteiligung her, und das war nie gut. Aber diesen Typen hasste er.

Gerhard verließ den Raum, zwang sich, gemessenen Schrittes hinauszugehen. Draußen rannte er zur Toilette, schöpfte sich kaltes Wasser ins Gesicht. Er starrte in den Spiegel. Er sah aus wie immer, übermüdet zwar, schlecht frisiert. Wie immer eben. Aber in seinem Inneren brannte es.

Normalerweise hätte er jetzt Evi gebeten weiterzumachen, weil seine Objektivität so getrübt war wie ein aufgewühlter Moorweiher. Ja, es war, als blickte er auf einen schwarzen Wasserspiegel, und ein Strudel drohte ihn zu ergreifen und in die Tiefe zu ziehen. Gerhard hielt den Kopf nochmals unter das Wasser – dieses klare und helle Wasser. Nein, Evi konnte er diesem Typen nicht ausliefern! Er nahm sich eine Tasse Kaffee, trank einen Schluck, spürte das Bittere. Schließlich ging er wieder hinein, wo ihn Lichtenegger kalt lächelnd empfing.

Gerhard lehnte am Tisch. »Weiter im Text! Sie haben Svenja dann entlockt, was sie über die Alp wusste?«

»Nun, ich wollte von unserem Moppelchen ja nun allzu gerne wissen, wie weit sie mitdachte.«

»Und?« Gerhards Stimme drohte zu kippen.

»Sie wollte den Ochsendoping-Skandal aufdecken und die illegalen Mastversuche. So weit, so gut. Das hätte sie ja meinetwegen aufdecken können, solange es nur um die lieben Tierchen gegangen wäre. Aber sie war cleverer, als ich dachte. Sie kam darauf, dass da mehr im Busch war. Sie war zwar ein blondes Rubensmodell, die gute Svenja, aber leider zu klug. Kluge Frauen schaden sich nur selbst. Sie hätte ihr Näschen und Zünglein mal lieber woanders reingesteckt.« Er beölte sich geradezu mit Lachen über seine eigenen, frauenverachtenden Witze.

Gerhard zählte innerlich bis zehn. Ein probates Mittel. Er war bei vierzig, als er die Stimme wiederfand. »Weiter!«

»Ich hatte ein waches Auge auf alles, was sie tat. Ich hab mir ihre Computerdateien zu Hause und in der Praxis angesehen. Dazu musste ich sie mal auf dem Schreibtisch von Ostheimer hernehmen. Es war heiß, ihr Schweiß lief über die Unterlagen, und es gab diese saugenden Geräusche, wenn ein dicker Körper sich wieder von der Platte löst.«

Gerhard war aufgesprungen und hatte seine Hand schon erhoben. Er zuckte zurück.

»Herr Kommissar! Sie werden doch nicht handgreiflich werden?«

Gerhard war in eine Ecke gegangen. »Weiter! Und noch eine Frage: Es existierte eine Sicherungs-CD-ROM. Da waren nur Dateien zum Ochsendoping drauf. Ich denke aber doch, dass Svenja da ihre anderen Erkenntnisse auch festgehalten hätte?«

»Ich habe nur einen Teil gelöscht! Den wichtigen!« Lichtenegger war ja so was von selbstsicher.

»Aber warum denn nicht alle?«

»Ich war mir nicht ganz sicher, ob sie die nicht nochmals überprüfen würde. Sie war eine IT-Wildsau, ich bin davon ausgegangen, dass sie bei einer ganz leeren CD stutzig geworden wäre.«

Gerhard machte ein paar Schritte durch den Raum und sagte dann, ohne Lichtenegger anzusehen: »Gut, weiter!«

»Nun, die Lady wusste zu viel. Ich hab mich aus dramaturgischen Gründen immer mal wieder zurückgezogen und dann jedes Mal die Trennung bedauert. Ein hübsches Spiel. Schließlich habe ich sie in die Ruine gebeten. Zu einem klärenden Gespräch. Habe gesagt, dass diesmal alles ganz anders sei. Dass ich mir nun sicher sei. Sie kam, diese alten Weiber sind ja zu allem Überfluss auch noch so berechenbar.«

»Wieso die Ruine?«, fragte Gerhard aus seiner Ecke.

»Oh, da habe ich sie mal zu so einem Schafs-Hausbesuch begleitet. Da sind wir da noch rauf. Ich hab sie da oben flachgelegt, sie fand das ziemlich aufregend. Sie hat natürlich gedacht, auch ich würde in dieser schönen Erinnerung schwelgen. Von wegen: Ameisen, Blätter, spitze Steine, gut, dass sie unten lag. Sie wissen schon, sie war eine von der Kategorie ›im Sommer gibt sie Schatten, im Winter wärmt sie‹.« Wieder lachte er voller Zynismus.

Gerhards Blick war starr auf die Wand gerichtet. Er erspähte eine kleine Spinne, die wandaufwärts lief. Nur auf sie konzentrierte er seinen Blick. »Sie war also da, und dann haben Sie mit dem Blasrohr geschossen? Wie kommen Sie zu einem Blasrohr?«, fragte er ganz plötzlich.

»Mein Vater und mein Onkel betreiben in Südafrika eine Safari-Lodge. Das Nationalpark-Zentrum ist gleich nebenan. Ich bin immer noch recht gut mit dem Blasrohr.« Er schien wirklich stolz auf diese Fertigkeit zu sein.

»Sie haben geschossen, und dann? Svenja muss doch in Panik geraten sein!«

»Sicher, das arme Moppelchen! Ich bin als Deus ex Machina aufgetaucht. Sie war völlig aufgelöst. Taumelte auf mich zu, rief, ich müsse sofort den Notarzt anrufen. Ich hab sie angegrinst, nun, auch das hat sie wertvolle Zeit gekostet, bis sie endlich realisierte, dass ich das Blasrohr abgeschossen hatte. Ihre Flucht war kurz. Ihre verbliebene Lebenszeit auch. Ein wunderbarer Selbstmord. Dramatisch, wie Frauen sind.«

Wieder vernahm Gerhard dieses zynische Lachen, das von irgendwoher stammen musste, wo ewige Dunkelheit herrschte. Das Böse an sich!

»Und die Injektion? Die ist auch Ihrer perfekten Ausbildung in Südafrika zu verdanken?« So sarkastisch redete er eigentlich nicht.

»Schlecht gearbeitet, Herr Kommissar, hmm? Ich habe Pharmakologie studiert, abgebrochen wegen des Radsports. Deshalb war ich auch für Ortlieb interessant. Den habe ich übrigens mal bei einem Praktikum kennen gelernt. So einfach ist es, wenn man Steinchen auf Steinchen setzt.«

»Und zu diesem Bauplan gehört auch, dass Sie den Abschiedsbrief gefälscht haben?«

»Aber selbstredend, lieber Herr Weinzirl. Ich habe ihn geschrieben, und um dem Ganzen eine persönliche Komponente zu verleihen, habe ich die Passage mit den armen Kätzchen, die zu sterilisieren seien, eingefügt. Das hat mir Moppelchen mal erzählt. Es war ja so redselig, unser Moppelchen. Ein gutes Gedächtnis ist viel wert, Herr Weinzirl.« Er blickte in ein imaginäres Publikum, als wolle er Beifall empfangen.

Gerhards Augen waren weiter auf die Spinne geheftet. »Und wie kamen Sie in die Praxis?«

»Na, mit dem Schlüssel. Ich hatte mal sicherheitshalber Kopien von all ihren Schlüsseln gemacht.«

»Wieso haben Sie dann ihren Laptop nicht aus der Wohnung geholt, wenn Sie doch Schlüssel hatten?« Das wunderte Gerhard nun wirklich.

»Weil diese Frau Bodenmüller ein unüberwindbares Hindernis war. Diese alte, fette Aufpasserin!«

Auch ein Lichtenegger fand also seine Grenzen. Das beflügelte Gerhard auf einmal. Er sah ihn wieder an.

»Ja, Herr Lichtenegger, dann verhafte ich Sie wegen des Mordes an Svenja Gudmundsdottir. Und den Mord an Seppi werde ich Ihnen auch noch nachweisen – und den Anschlag auf mich!«

Lichtenegger sah Gerhard spöttisch an, dann dehnte und streckte er sich wie ein Katze, die gelangweilt auf einer Fensterbank gedöst hatte.

»Ach, Herr Weinzirl, das werden Sie nicht tun. Sonst verreckt der kleine Dominik ganz elend!«

Gerhard zuckte zusammen. Er war wie vernagelt gewesen. Der Zynismus im Anruf des Entführers. Lichtenegger hatte Dominik in seine Gewalt gebracht. Deshalb war er so cool in diesem Verhör. Er hatte das Ass noch im Ärmel!

»Wieso? Wieso auch noch Dominik Pflug?« Gerhards Stimme erstarb.

»Och, sehen Sie, der Kleine hat mich in der Ruine gesehen. Ich ihn auch, das hat er aber nicht bemerkt. Nun, ich bin ihm gefolgt, er fuhr so ein albernes Kinderauto in einer Schwimmbadfarbe. Hab ihn in Bechen gesehen. Nette Hütte. Na ja, als er wieder rauskam und wegfuhr in Richtung Kempten, habe ich ihn mir vorsichtshalber gekrallt.«

»Was heißt gekrallt?« Gerhard überfiel etwas wie Schüttelfrost, so, als würde eine schwere Grippe ihn schlagartig heimsuchen.

»Na ja, sichergestellt, kaltgestellt, ausgebremst, wie auch immer Sie das formulieren wollen, Herr Kommissar. Ich dachte mir, dass ich mit dieser Verwahrung – nennen wir es doch so – zwei Fliegen mit einer Klappe schlage. Erstens war ich nicht sicher, wie gut der Kleine mich hätte beschreiben können, und zweitens dachte ich mir, dass dieses quietschfarbene Auto doch sicher aufgefallen ist. Samt dem Nashorn und der langhalsigen Giraffe. Und als ich ein bisschen mit dem Kleinen geplaudert hatte, hat er mir erzählt, erzählen müssen«, Lichtenegger grinste erneut, »dass er eigentlich mit Svenja hatte reden wollen. Wegen seiner kleinen Freundin. Nun – er hat mir erzählt, dass deren Oma ein großzügiges Geldgeschenk an Svenja, das dicke Moppelchen, gemacht hatte. Da wäre diese Frau mit ihren vielen Flecken in allen Regenbogenfarben ja sogar eine gute Partie gewesen. Haben Sie eigentlich schon mal eine Frau gefickt, die so viele blaue Flecken hat? Nun, der gute Dominik war ihr gefolgt, um sie unter vier Augen zu erwischen. Tja, Herr Kommissar. Wrong place, wrong time!«

Jetzt war alles zu spät. Eine Woge des Hasses schlug über Gerhard zusammen. Er hatte Lichtenegger an seiner Radweste gepackt und schüttelte ihn.

»Wenn Sie dem Jungen was getan hat, dann gnade Ihnen Gott und alle Heiligen. Aber aus dieser Ecke wird bei Ihnen keine Gnade zu erwarten sein.«

»Beruhigen Sie sich, Herr Kommissar. Ich dachte ursprünglich, dass selbst eure Bullengehirne sich zusammenreimen würden, dass der liebe Kleine Svenja umgebracht hat. Vor allem, wo er doch auch noch verschwunden ist. Und da wir ja alle wissen, wie böse die Jugend heutzutage ist, hat er seine Eltern auch noch selbst erpresst.«

Gerhards Puls raste. »Das haben Sie also alles so inszeniert? Deshalb auch nur zweihundertfünfzigtausend?«

»Korrekt, Herr Kommissar. Sagen wir mal so: Ich hätte noch einen kleinen Zusatznutzen gehabt. Ich habe einen Flug heute Abend um 21 Uhr nach Südafrika. Ich hätte die Kohle an mich genommen, Dominik zu Mama und Papa entlassen, und ich wäre weg gewesen mit dem Zaster. Nun sind Sie mir dazwischengekommen. Ich muss nun umdisponieren. Jetzt werden Sie mich nach München zum Flugplatz bringen, wo ich meine Maschine nehmen werde. Und erst, wenn ich in der Luft bin, werde ich Ihnen verklickern, wo der kleine Dominik rumhängt!« Er lachte und lachte und hörte gar nicht wieder auf.

Gerhard ließ Lichtenegger abführen und stürzte in sein Büro. Er fingerte im Schrank nach einer Flasche. Da war ein Grappa, den irgendwer mal als Weihnachtsgeschenk vorbeigebracht hatte. Er steckte noch in einer Tüte mit niedlichen rotnasigen Rentieren. Gerhard zerfetzte die Tüte, dann stieß er so was wie einen Urschrei aus und nahm einen gewaltigen Schluck.

»So schlimm?«, kam es leise von der Tür.

»Schlimmer«, sagte Gerhard und setzte die Flasche nochmals an.

»Hol den Merk. In zehn Minuten hier.«

Als Gerhard Evi und Staatsanwalt Merk die Fakten erzählt hatte, nur die Fakten unter großen Auslassungen, war der Raum von einer derartigen Spannung erfüllt, dass jeden Moment eine Explosion zu drohen schien.

»Blufft er? Hat er den Jungen wirklich?«, fragte der Staatsanwalt schließlich.

»Ich befürchte, er hat ihn, ja! Die Erpressung ist real. Der Typ ist brandgefährlich.«

»Wir dürfen das Leben des Jungen nicht gefährden. Verdammt! Ich hasse es, in solche Abhängigkeiten zu geraten. Wie wollen wir vorgehen?« Merk wahrte die Fasson.

»Wir müssen den Jungen vorher finden, bevor Lichtenegger entschwebt«, sagte Gerhard und wusste in dem Moment, als er die Lippen verschloss, dass das eigentlich unmöglich war.

Merk runzelte die Stirn. »Haben Sie denn einen Anhaltspunkt?«

Gerhard schüttelte den Kopf.

»Nun, wir müssen München informieren und zwei Szenarien durchspielen. Eins: Zwei Beamte bringen ihn nach München, er wird durch die Kontrollen geschleust, darf einsteigen, und wenn das Flugzeug in der Luft ist, wird er per Funk den Aufenthaltsort von Dominik durchgeben.«

»Er kann uns sonst was erzählen, Herr Staatsanwalt Merk.« Evi war erschüttert und aufgebracht.

»Das weiß ich auch! Deshalb wird in unser aller Interesse Fall zwei eintreten: Lichtenegger fährt, er steigt in die Maschine, mit ihm einige Ihrer Kollegen in Zivil. Wir wiegen ihn in Sicherheit. Die Tür ist zu, es gibt eine kleine Startverzögerung. Und Zugriff! Denn Sie haben bis dahin Dominik

Pflug gefunden. Tot oder lebend – aber gefunden. Ich verhandle jetzt mal mit München. Ich werde unser Engagement auch Herrn Lichtenegger nahebringen. Ich werde etwas Zeit schinden können, weil ich ihm klarmachen werde, dass seine Forderungen eine gewisse Logistik erfordern. Das gibt Ihnen alles in allem circa fünf Stunden.«

Ohne Gruß ging er hinaus, aufs Äußerste angespannt, seine Schultern bebten.

Gerhard fixierte einen Punkt in der Rückenpartie des Staatsanwalts, so, als wolle er ihn damit zurückhalten. So, als würde Merk sich dann umdrehen und sagen: Ich weiß, wo Dominik ist. Gerhard rief ihm hinterher: »Was ist mit Pflugs? Sollen wir die informieren?«

»Um Himmels willen, nein!«, rief Merk, ohne sich umzudrehen.

Gerhard stöhnte und blickte in Evis hübsches Gesicht. »Evi, ich bin wie vernagelt. Der Staatsanwalt wird ein bisschen Zeit schinden, indem er die Abfahrt nach München hinauszögert. Dann fährt Lichtenegger, das dauert bis zum Flughafen etwa zwei Stunden. In München wird auch noch etwas Zeit vergehen, bis die Maschine um 21 Uhr starten wird. Fünf Stunden Zeit, um Dominik zu finden. Das ist nichts! Evi, hast du nicht kürzlich von einem schwarzen Loch gesprochen? Gott, ich habe keine Ahnung, wo der Junge sein könnte. Ich traue Lichtenegger alles zu, aber das Schlimmste ist: Er hat meine Gedanken so sehr vergiftet, dass ich nicht mehr logisch denken kann. Ich bin wie vernagelt«, wiederholte sich Gerhard.

Evi versuchte, die Ruhe zu bewahren. »Als Erstes müssen wir seine Wohnung durchsuchen, Keller, Speicher – ich hab das veranlasst, aber ich verspreche mir wenig davon. Und dann ist auch mein Latein, das eh nie gut war, am Ende. ›Gaius et Julius ambulant‹, damit haben die Schulbücher begonnen. So einfach, so nett, aber das Lebenslatein ist so viel komplizierter. Wenn wir mehr über Lichteneggers Umfeld wüssten, seine Radkumpel, vielleicht könnten wir daraus etwas ablesen. Aber selbst wenn, das dauert alles viel zu lange.« Im Laufe ihrer Rede war auch ihre Stimme von ruhiger Vernunft in Panik umgeschlagen.

Gerhards Blick war abwesend, er wanderte unruhig durch den Raum, er schien durch Evi hindurchzusehen. Dann murmelte er: »Wir machen ein Experiment. Das ist die einzige Chance. Vertraust du mir?«

Evi nickte zögernd.

»Komm!«, sagte er. Unterm Gehen begann er zu telefonieren. Er bestellte irgendwelche Leute ins Rössle. Soweit Evi das verstand, waren es Jo und noch jemand.

Als sie im Rössle ankamen, saßen dort schon Anni Fink, Jo, und soeben schoss ein Cabrio heran: Frau Weigand stellte sich vor und schenkte Evi ein herzliches Lachen. Sie reichte Gerhard die lederbehandschuhte Hand. »Herr Weinzirl, Sie klangen sehr dringend!«

Als sie sich setzten, war es fast 17 Uhr. Niemand sprach, alle sahen Gerhard an. Die Spannung war greifbar. Gerhard gab einen knappen Bericht der Lage. »Wir haben gut vier Stunden Zeit, den Jungen zu finden. Ich befinde mich gedanklich in einer Sackgasse. Evi geht es ähnlich. Ich bitte euch als Laien, ganz spontan und dem ersten Gedanken folgend das zu notieren, was euch zu Lichtenegger einfällt und wo ihr glaubt, dass der Junge ist. Jeder schreibt das auf einen Zettel, keiner redet«, er verteilte weiße Blätter, »denn meiner Erfahrung nach beeinflusst das Gehörte die eigene Wahrnehmung.«

Evi war die Erste, die sich zu Wort meldete. »Hast du bei deinem Unfall nicht doch einen Teil deines Verstandes eingebüßt? Was soll denn dieser Quatsch aus der weiten Welt gruppendynamischer Sitzungen? Mit einer willkürlich zusammengewürfelten Gruppe. Gerhard, das hier sind keine Profiler. Gerhard! Wir müssen einen mehrfachen Mörder ziehen lassen. Ein junger Mann schwebt in Lebensgefahr. Das haben wir dann zu verantworten. Er hat schon zwei Menschen umgebracht, wieso sollte er bei Dominik zimperlich sein? Gerhard, wach auf!«

Jo sah zu Boden, und dann hörte sie Frau Weigand sagen: »Diese Vorgehensweise ist so gut wie jede andere. Wenn Sie keinerlei Anhaltspunkte haben? Wir sollten es versuchen. Wir sind, glaube ich, gar keine so willkürlich zusammengewürfelte Truppe. Wir sind gut.« So, wie sie das sagte, ließ es keine Widerrede zu, und so, wie sie es sagte, machte es Mut.

Dennoch schaute Anni Fink erst Frau Weigand, dann Gerhard voller Angst an. »Der arme Junge, ich kann doch nicht die Verantwortung übernehmen. Ich ...«

Gerhard sah sie beruhigend an. »Lassen Sie sich nicht von irgendwelchen Fragen nach Verantwortung leiten. Denken Sie nur über Lichtenegger nach. Nur! Die Verantwortung übernehme ich ganz allein. Das geht auch an deine Adresse, Evi. Du bist auf jeden Fall aus dem Schneider.«

»Gerhard, du gehst ein brutales Risiko ein. Das ist doch völlig unwissenschaftlich. Das ist gegen jede Regel der Polizeiarbeit!« Gerhards Blick ließ Evi verstummen.

Jo stand auf und nahm ihren Zettel. Auf dem Weg zum Nebentisch sagte sie: »Wir haben keine Zeit. Also los.« Sie war völlig auf ihre Aufgabe konzentriert. Frau Weigand warf Evi einen aufmunternden Blick zu und begann zu schreiben.

Zwei Minuten später saßen sie alle wieder am Tisch. Gerhard nickte Anni Fink zu. »Also, Herr Kommissar, ehrlich, ich weiß nicht, ich bin doch bloß eine einfache Frau.«

»Bitte!«, sagte Gerhard eindringlich.

Sie begann zu lesen: »Wieso hab ich den nicht öfter gesehen und nie richtig? Wahrscheinlich war er viel öfter da. Er kam sicher von der anderen Seite von Salmas rauf bis zur Stallebene und ist dann weiter zu Fuß gegangen. Er muss sich gut ausgekannt haben da oben.«

Gerhard forderte nun Frau Weigand auf, ihre Gedanken vorzulesen.

»Rennradfahrer starren immer nur auf den Asphalt kurz vor ihrer Nase. Sie sehen die Natur nicht, sie sehen nichts von den Schönheiten der Umgebung. Sie agieren wie auf Schienen. Der Junge muss innerhalb der Schienen sein.«

»Und Jo?« Gerhard hielt Jos Blick für einige Sekunden fest. Das gab ihm Kraft.

»Ein Verbrecher kehrt immer zurück. In die Ruine oder auf die Alp«, hatte Jo geschrieben.

Sie alle überlegten. Aus der Küche waren Geräusche zu vernehmen, irgendwo knarzte ein Holzboden. Ein Telefon klingelte – sie alle schraken zusammen. Es war Evis Handy. Ihr Gesichtsausdruck war nicht vielversprechend. Sie ließ das Handy sinken und sagte tonlos: »Bei ihm zu Hause keinerlei Anzeichen von Dominik. Die Kollegen haben rausgefunden, dass Lichtenegger eine zweite Garage etwas weiter weg angemietet hat, als Reparaturwerkstatt für seine Räder. Da steht der kleine Seat von Dominik. Aber von dem Jungen gibt es keine Spur.«

Auf einmal legte Frau Weigand Evi die Hand auf den Arm. »Ich denke, das bestätigt Herrn Weinzirls Vermutungen und Ihre wohl auch. So einfach macht einer wie Lichtenegger es seinen Kontrahenten nicht. Wenden wir uns unserem Brainstorming zu. Herr Lichtenegger führte nach Ihren Schilderungen ein Leben entweder auf dem Rad, schraubte an Rädern oder drehte seine Runden. Er hat seine Schienen selten verlassen, nur, wenn er die Alp beobachtet hat. Er hat sich dort, wie Frau Fink das wunderbar gesagt hat, sehr gut ausgekannt. Und er kam immer zurück. Ich denke nicht, dass der Junge in der Ruine ist, zumal mir das unwahrscheinlich vorkommt, denn dort ist viel mehr Publikumsverkehr. Er ist irgendwo in der Nähe der Alp. Ja, ich bin mir sicher.«

Evi zog den Arm hervor. »Aber der Platz ist so gut oder schlecht wie jeder im Allgäu. So gut wie mein schwarzes Loch im Kemptner Wald. Dieses ganze Allgäu ist voller Tobel, Schluchten, Klammen. Es gibt Tausende von Berghütten und Alpen. Und alle sind jetzt leer. Ihr spinnt, wenn ihr euch auf diese Spekulation einlasst.«

»Jetzt, wo du so heftig dagegen argumentierst, kommt es mir auch saublöd vor. Aber im ersten Moment war ich mir sicher«, sagte Jo leise.

Gerhard wandte sich an Anni Fink. »Sie kennen sich da oben besser aus als jeder andere. Wo könnte der Junge sein?«

Sie bekreuzigte sich. »Nicht auf der Alp, denn von der ist

nichts mehr übrig. Bei is au it«, sie wechselte dauernd zwischen Hochdeutsch und Dialekt, »und i glaub niemals, dass der eine andere Alp gefunden hat. Da sind überall noch Leute unterwegs. Solange kein Schnee gefallen ist und die Zufahrtswege dicht sind, ist das viel zu gefährlich.«

»Du hast gemeint, dass er wahrscheinlich von Stallebene herkam. Ist da irgendwas, wo man jemanden verstecken könnte?«, fragte Jo und lächelte aufmunternd.

»Mei da isch a Waldweg.« Sie schloss die Augen und schien sich die Gegend vorzustellen. »Da isch die Wildfütterung, do am Tobl ...« Sie stockte und riss die Augen auf. »Hot wer a Handy?«, fragte sie.

Jo reichte ihr ihres. Anni wählte und redete augenscheinlich mit ihrem Mann. »Er meint das auch. Da hat es eine Art kleiner Grotte gegeben, mit einem Blechdeckel verschlossen war die. Da hat der Jäger Futter aufgehoben. Damit er des im Winter it so weit schloifa muas.«

Gerhard war schon auf den Beinen, ohne Evis erneuten Protest zu hören. »Finden Sie dahin, Frau Fink?«

»Na, aber mei Ma. Der isch am Wäg. Mir treffet is in Salmas.« Und dann sah sie Gerhard verzweifelt an. »I hon schiergar Schiss.«

»Ich auch«, sagte Gerhard leise. Er schubste Frau Fink und Evi geradezu ins Auto. Jo sprang bei Frau Weigand ins Cabrio.

Es war zwanzig vor sechs.

Gerhard hatte das Blaulicht drauf, und Frau Weigand augenscheinlich perfekten Spaß daran hinterherzujagen.

»Glauben Sie, wir finden ihn?«, fragte Jo.

Frau Weigand zwinkerte Jo zu. »Trauen Sie Ihren Gefühlen und trauen Sie Herrn Weinzirl. Natürlich finden wir ihn!«

In Salmas stand der Fink'sche Honda. Herr Fink begrüßte sie alle, als seien sie Gäste seiner Alp. So, als würde er eine kleine Ausflugsfahrt machen. Der Mann hatte was Beruhigendes. Bis auf Frau Weigand stiegen alle um. »Ich bin Ihnen dabei keine Hilfe. Ich warte hier unten. Viel Glück, toi, toi, toi.« Frau Weigand klopfte mit ihrem edlen Stock gegen ihr Mahagoni-Armaturenbrett.

Der Jeep holperte bergan.

Es war halb sieben, als sie auf Stallebene parkten.

Jo spürte, wie Panik in ihr aufstieg. Das war Wahnsinn! Vertraue, vertraue auf deine Gefühle, sagte Frau Weigands Stimme. Gerhard war jetzt absolut ruhig.

»Herr Fink. Sie sind unser Guide.« Er sagte das so, als ob es um eine Bergtour oder einen Naturerlebnis-Pfad ginge. Jo kämpfte die nächste Panikattacke nieder. Evi hatte doch Recht gehabt: Gerhard hatte vielleicht wirklich was am Kopf.

»Wir müssen bis zur Wildfütterung gehen, von dort aus muss ich mich orientieren«, hörte Jo Fink sagen. Das hörte sich nicht sehr vielversprechend an. Er würde es wissen, hatte Anni doch gesagt. Vielleicht kannte er sich doch nicht so gut aus?

Sie eilten los, stolperten über Wurzeln, quälten sich einen engen Pfad bergauf. Fink hielt an, drehte sich und gab erneut eine Richtung vor. Das dauerte alles so ewig.

Es war sieben, als sie tatsächlich die Wildfütterung erreicht hatten.

Die Finks diskutierten leise über den weiteren Weg.

»Verdammt, jetzt einigt euch mal!«, brach es aus Jo hervor, und Evi zeterte. »Wir stehen hier am Arsch der Welt, und in weniger als zwei Stunden geht in München der Flieger.«

»Maul!«, brüllte Gerhard. Evi und Jo erbebten. Seine Augen waren fast schwarz.

Fink hatte wieder eine Idee, wo's weiter ging. Sie kämpften sich durch das Unterholz, eine Jungbaumanpflanzung war mit Maschendraht versperrt. Sie stolperten dort entlang und stießen auf einen kleinen Tobel. Das Wasser rann spärlich. Fink blickte sich suchend um.

»Es war an einem Abhang, es war doch so eine Art kleine Höhle?«, fragte er seine Frau. Durch Jo und Evi schaute er einfach hindurch, wohl wissend, dass von ihnen alles andere als Hilfe kam.

Jo schluckte jeden weiteren Ausbruch hinunter. Sie wagte es kaum, Anni Fink anzusehen.

»Ich erinnere mich, dass der Jäger immer auf Schneeschuhen von Lambrechts über Glocke aufgestiegen ist«, sagte Anni Fink und blickte talwärts. Auch sie war ruhig und voll konzentriert. Woher nahmen diese Leute bloß die Ruhe, kapierten die nicht, dass es um Leben und Tod ging?, dachte Jo verzweifelt.

»Dann passt's!«, rief ihr Mann und turnte an der Tobelkante entlang.

Um Viertel nach sieben fuchtelte er aufgeregt mit den Armen.

»Da ist der Baum, wo der Blitz eingeschlagen hat. Da muss es sein.« Herr Fink und Gerhard rutschten auf dem Hosenboden tiefer hinunter, schoben Äste zur Seite, und plötzlich war Gerhard nicht mehr zu sehen. Er war tatsächlich in einer Art Höhle verschwunden. Sie starrten auf den Fleck, wo er verschwunden war. Starrten und starrten. Erst jetzt bemerkte Jo, wie mannigfaltig die Geräusche im Wald waren. Das Wasser gurgelte, ein leiser Wind entlockte den Blättern ein gleichförmiges Rauschen, ein Vogel schrie. Als Jo dann auf ein kleines dürres Ästchen trat und es zerbarst, war das laut wie Donnergrollen. Und endlich kam Gerhard wieder zum Vorschein. »Nichts!«

Jos ganze Anspannung, Angst und Hoffnung entluden sich in einem gellenden Schrei. »Nein, das darf nicht sein!«

Danach waren die Waldgeräusche verstummt. Eine bedrohliche Stille. Kein Vogel zwitscherte mehr. Kein Rascheln, nichts.

Es war halb acht.

Erst Evis Stimme durchschnitt diese Geräuschlosigkeit. »Ihr habt vorher von einem Blechdeckel gesprochen? Wo ist der?«

Anni Fink, die etwas tiefer stand, schaute, den Kopf im Nacken, zu Evi hinauf. »Den wird das Pfingst-Hochwasser 2000 weggespült haben. Danach waren ja ganze Landschaften verändert.«

Sie alle begriffen zugleich, was Anni damit gesagt hatte. Ganze Landschaften waren verändert? Natürlich! Was, wenn diese Höhle erst mit dem Hochwasser ausgespült worden war, was sie suchten, aber ganz woanders lag?

Herrn Finks Blick war in die Baumwipfel gegangen, schlingernd kämpfte er sich wieder bergauf. Er rutschte mehrmals auf dem Laub aus, das schon herbstlich fiel, obgleich diese Sonne so sehr noch immer den Sommer vorgaukelte. Sie sahen ihn verschwinden in den Baumreihen, und auf einmal gellte von weiter unten ein Schrei. »Da ist noch ein Baum mit Blitzschlag.«

Es war acht.

Sie schwärmten aus, robbten auf dem Boden herum, so, als hätten sie einen wertvollen Diamantring verloren. Einen winzigen Ring, eigentlich unmöglich, ihn zu finden. Wieder überflutete eine Welle von Übelkeit und Panik Jos Kehle, sie hätte jetzt aufgegeben. Herr Fink war noch tiefer in den Tobel gerutscht, und dann rief er: »Da ist sie!«

Sie kugelten alle den Hang hinunter, rutschten auf dem Hosenboden, irgendwas zerfetzte Jos Hosenbein. Und da war eine Blechtür, ein nagelneues Vorhängeschloss hing daran. Herr Fink warf seinen Rucksack auf den Boden, Gerhard griff als Erster zu einem Brecheisen. Mit einem metallischen Geräusch zersprang das Schloss. Die beiden Männer rissen die Blechtür förmlich heraus, sie entglitt ihnen und rutschte auf den Blättern tobelabwärts.

Es war fünf nach acht.

Die Blicke aller folgten der Tür. Gerhard hatte ein Taschenmesser in die Hosentasche gesteckt, er zog eine Taschenlampe heraus, und für eine Sekunde war er versucht, sie gar nicht anzuschalten. Was würde er sehen? Er robbte auf dem Bauch ins Innere. Seine Beine verschwanden, Anni Fink hatte zu beten begonnen. Wieder hatte jemand auf Zeitlupe umgestellt, wie damals auf der brennenden Alp.

Es war zehn nach acht, als Gerhards Beine wieder erschienen.

Dann steckte er nur mit dem Oberkörper in dem Loch. Millimeterweise bewegte er sich rückwärts, im langsamen Krebsgang, und dann war ein zweites Paar Beine zu sehen.

Regungslos. Er ist tot, schoss es Jo durch den Kopf. Es musste so sein. Das Leben war nicht fair. Sie sah zur Seite und konnte erst wieder hinsehen, als sie die anderen applaudieren hörte. Da lag Dominik Pflug – nass, lehmverschmiert. Gerhard und Evi schnitten seine Fesseln auf, das schmutzige Tuch, das ihn am Schreien hatte hindern sollen, hing noch um seinen Hals.

Es war Viertel nach acht.

Dominik blinzelte in das ungewohnte Licht. Anni Fink war schon dabei, aus dem unerschöpflichen Rucksack ihres Mannes ein sauberes Taschentuch zutage zu fördern und Dominik vorsichtig das Gesicht abzuwischen. Sie zauberte eine Aluflasche mit Tee hervor und flößte Dominik vorsichtig die Flüssigkeit ein.

»Scheiße!« Das war Gerhard. Er starrte erst ungläubig, dann zum ersten Mal panisch auf sein Handy. »Wer von euch hat ein Netz?«

Weder Finks, Jos noch Evis Handys machten auch nur einen Mucks.

»Wo kommt das Netz wieder?«, schrie Gerhard.

»Ungefähr dort, wo das Auto parkt. Oder auch in Richtung unserer Alp. Kurz vor der Brandstelle.«

»Du Richtung Auto, ich Richtung Alp«, rief Gerhard Evi zu, und beide sprengten den Hang hinauf. »Ihr kümmert euch um Dominik! Ich bestell die Sanis auf Stallebene«, schrie er noch, als er schon fast außer Sicht war.

Die Finks knieten immer noch neben Dominik, der mit den Augen blinzelte. Tränen rannen über seine Backen, das kam vom ungewohnten Licht und der Erlösung. Finks Rucksack hatte auch noch eine Decke zutage gefördert, die er um

Dominiks Schultern legte. Der Junge schluchzte jetzt richtig, Fink hatte ihn fest umfasst.

Es war halb neun.

»Kannst du denn aufstehen?«, fragte Fink viel später, zumindest kam es Jo so vor, die sich irgendwie unnütz vorkam und sich schämte. Wie hatte sie je zweifeln können an einem guten Ende?

»Ja, ich denke schon, ihr werdet mich etwas stützen müssen.« Dominik versuchte ein Lächeln. Dann erstarb es wieder: »Hat die Polizei diesen, diesen ... meinen Entführer?« Er tat sich schwer, das Wort auszusprechen.

Eine kurze Pause entstand, und dann sagte Jo mit aller Kraft: »Ja, sie haben ihn in München am Flughafen gestellt!«

Sie warf den Finks einen warnenden Blick zu, und diese nickten. Vertraue auf Gerhard, hatte Frau Weigand gesagt.

Gerhard rannte, Blutgeschmack erfüllte seine Kehle. Ein Blick, immer noch kein Netz. Er flog dahin, in seinen Schläfen pochte es, seine gebrochenen Rippen schmerzten immer mehr. Aber das nahm er hin, als wäre es Normalzustand. Immer noch kein Netz, und dann – ein zögerlicher Balken. Er rannte um eine Kurve. Hektisch drückte er die Tasten und hatte Staatsanwalt Merk augenblicklich dran. »Veranlassen Sie in München alles«, japste er, »wir haben ihn, er lebt.«

»Sie haben Sinn für Dramatik, mein Lieber«, rief Merk – die Erleichterung war ihm anzuhören. »Dass Sie Ihr Zeitkontingent aber auch dermaßen ausreizen mussten! Bis dann, Munich calling.«

Es war zehn vor neun.

Gerhard sank auf einen Stein, und dann begann er zu

lachen. Sein Lachen füllte das Tal, ein Echo lachte zurück, so, als würden die Bergtrolle antworten. Dann ging es in Weinen über. Er hob das Gesicht in den Abendhimmel.

»Danke, wenn es dich gibt. Du – und ehrlich: Heute bin ich versucht zu glauben, dass es dich gibt.« Langsam erhob er sich, wischte sich die Tränen weg und wählte Evis Nummer. »Sie wissen es.«

»Ja, ich hab es auch gerade gehört. Du bist mir zuvorgekommen. Streber!« Evis Stimme drohte zu kippen, auch sie schien dem Heulen nahe zu sein.

»Wo bist du jetzt?«, fragte Gerhard

»Beim Honda! Ich hab auch schon Frau Weigand informiert und Dominiks Eltern.«

»Selber Streber. Warte auf die Sanis und schick sie in Richtung der Höhle. Ich mach mich umgehend auf den Weg.« Gerhard zögerte. »Du, Evi, ich, ähm, ich habe schon auch gezweifelt. Aber ich hatte keine Wahl.«

»Ich weiß, so bist du eben. Stur, oder, wie soll ich sagen: Du bist ein Allgäuer.«

Jo und Herr Fink hatten Dominik untergefasst. Ab und zu sackten ihm noch die Beine weg, aber im Großen und Ganzen klappte das Gehen schon wieder ganz gut. Auf der Hälfte des Weges kamen ihnen die Sanitäter entgegen, und Dominiks Protest ignorierend, luden sie ihn auf eine Trage. Langsam zog die Karawane in die Dunkelheit. Von hinten huschte ein Irrlicht heran. Es war Gerhard, der sie eingeholt hatte.

»Hast du sie noch rechtzeitig erreicht?«, fragte Jo angstvoll.

»Ja, ums Arschlecken!«

Jo gab ihm einen Rempler in die Seite. Was für eine Ausdrucksweise mitten in der Dramatik. Gerhard blieb stehen und lachte: »Ja, ja, ja, ich hab sie noch erreicht.«

Er packte Jo, wirbelte sie herum, bis ihr ganz schwindlig war. Und dann standen sie beide da, eng aneinandergedrückt. Jo befreite sich schließlich aus seiner Umklammerung.

»Das hätte schiefgehen können.« Jo war noch immer nicht so recht in der Lage, Gerhards Euphorie zu teilen.

»Hätte – ist es aber nicht! Du Unke!«

Sie hatten die Stallebene erreicht. Ein Strahler flutete die Wiese, gerade so, als hätte jemand zu einer Alp-Party geladen. Die Sanis waren da, der Notarzt, Finks – und Frau Weigand mit Dominiks Eltern und Karina. Die alte Dame hatte sie informiert und es geschafft, mit ihrem Flitzer hierheraufzufahren. Sie alle umstanden die Trage, sie redeten alle wild durcheinander.

Frau Weigand löste sich aus dem Haufen und schlenderte auf Jo und Evi zu.

»Nun, meine Damen! Ich weiß, Sie in Ihren jungen Jahren werden jetzt lachen, aber es gibt diesen ebenso alten wie banalen Satz: Man weiß nie, wofür es gut war. Ich weiß es: Ich habe Sie beide kennen gelernt, und ich hoffe sehr, Sie ab und zu mal auf ein Gläschen Champagner einladen zu dürfen. Ich habe meine Enkelin wiedergefunden, und sie hat – glaub ich – auch jemanden wiedergefunden.«

Sie blickten zur Trage hinüber, wo Karina stand und Dominiks Hand gar nicht mehr loslassen wollte.

13. Schließlich wurde die Party aber doch durch die Abfahrt des Notarztwagens aufgehoben. Der Arzt hob in Gerhards Richtung den Zeigefinger und drohte ihm spaßeshalber. »Das ist jetzt aber genug. Zwei Einsätze z'oberst am Berg in so kurzer Zeit. Bis vor einer Woche wusste ich nicht mal, dass hier oben Häuser stehen. Bitte, Herr Weinzirl, das nächste Mal im Tal!«

»Kann ich nicht versprechen!«, rief ihm Gerhard hinterher.

Die Pflugs wollten mit Karina im Schlepptau ins Krankenhaus fahren und bedankten sich gerade überschwänglich bei Gerhard. Herr Pflug sah wieder aus wie Daktari, und seine schöne Frau rang mit den Tränen.

»Immer erleben Sie mich als Heulsuse«, presste sie hervor. »Herr Weinzirl, Sie müssen uns mal zum Essen besuchen. Und ich verspreche Ihnen, ich kann auch lachen.«

»Oh, das glaube ich Ihnen, und danke für die Einladung.«

Pflug machte eine Bewegung, als wolle er alle umarmen. »Das gilt übrigens für Sie alle hier. Danke, Himmel noch mal: danke!« Dann wurde er ernst. »Herr Weinzirl, informieren Sie uns, was mit dem Entführer geschieht?«

»Werde ich!« Gerhard nickte Evi zu. »Wir haben zu diesem Thema noch einiges in Kempten zu tun.« Er drückte den Finks ganz fest die Hand. »Danke Ihnen beiden. Ohne

Ihre Umsicht hätte das ganz schön den Tobel runtergehen können. Ich hatte zeitweise das Gefühl, Sie leiten den Einsatz. Also, falls Sie mal einen Job suchen …«

»Danke, das Rentnerdasein und die Alp reichen mir. Aber falls Sie unter der Salmaser Höhe mal wieder jemanden verlieren, melden Sie sich getrost bei uns.«

Fink zwinkerte seiner Frau zu, die aus tiefstem Seelengrund sagte. »Na, fei bloß it!«

Jo umarmte Evi und Gerhard, bevor sie zu Finks in den Honda stiegen.

»Ich fahr mit Frau Weigand. Ruft ihr morgen an?«

»Klar!« Evi warf ihr und Frau Weigand eine Kusshand zu, was bei Evi sicher purer Übermut war, dachte Jo.

Auf einmal war es dunkel, und die Geräusche der Autos wurden leiser. Man sah die Lichter der beiden Wagen wie Irrlichter durch die Kurven tanzen. Sie blickten talwärts, bis Frau Weigand sagte: »Gehen wir. Lassen wir den Berg wieder ruhen.« Sie steuerte ihr kleines Juwel sicher bergab. Obwohl der Morgan so tief lag, gelang es ihr, nirgends aufzusetzen. Jo sah in den Himmel, und auf einmal waren die Sterne weg. Es war wirklich dunkel, und dann spürte sie einen Tropfen auf der Nasenspitze. Und noch einen.

»Es regnet!« Sie jubelte fast.

Das Verdeck glitt lautlos über ihre Köpfe, und Frau Weigand sagte lächelnd: »Ein mörderischer Sommer geht zu Ende. Endlich!«

Als Jo unter intensiven Beteuerungen, Frau Weigand demnächst zum Reiten mitzunehmen – »Ich bin da noch ganz fit, meine Liebe« –, in Eckarts in ihr Auto stieg, plätscherte der Regen schon richtig gleichmäßig.

Sie fuhr langsam nach Hause. Bei ihr oben auf der Bergstätte war es deutlich kälter geworden, der wunderbare Geruch von Regen auf einst glühendem Asphalt war zu riechen. Sie setzte sich auf die Kante der Gartenbank und hielt das Gesicht in den Regen. Auf der Treppe unter dem Vordach saß Moebius und schüttelte angewidert seine Pfoten. Sein Blick war deutlich: Jetzt ist Frauchen endgültig durchgeknallt, sie sitzt freiwillig im Regen. Mümmel und Bianchi kamen auch von irgendwoher angeschossen und gesellten sich zum Kater. Mümmel versuchte hektisch, ihr erlesenes Pelzkleid am Rücken zu glätten, und Bianchi putzte synchron mit Moebius die Vorderpfoten, im Wechsel linksrechts. Eine nach der anderen verschwanden sie durch die Katzenklappe ins Haus. Mümmel wischte sich mit der Pfote übers Ohr. Anders als sonst: langsamer. Jo wusste, dass sie sich soeben ans Hirn getippt hatte.

Ja, sie war verrückt, verrückt nach Kühle. Bald würden Herbststürme kommen, dann der Schnee. Endlich würden all die furchtbaren Plastik-Gartenpavillons in den Kellern eingemottet, und endlich würde der Grillgeruch, der monatelang wie eine Glocke über allen Gärten gelegen hatte, verschwinden. Endlich würden Wolken dahinjagen, endlich würde wieder Bewegung entstehen. Als sie klatschnass war, ging sie ins Bad, duschte und legte sich ins Bett. Seit ewiger Zeit mit einem frohen, offenen Blick nach vorn, in das, was man Zukunft nennt.

Sie saß am nächsten Morgen am Küchentisch und wehrte Bianchis Pfote ab, die ständig versuchte, ihr den Löffel mit dem Maracujaquark abzujagen. Die Tür klappte plötzlich auf, und da stand Gerhard. »Wollte Bericht erstatten!«

Er bekam Kaffee und sah sich dann einem Feuerwerk von Fragen ausgesetzt. Ja, Lichtenegger hatten sie in München hopsgenommen. Bereits in der Maschine. Ihm würde der Prozess gemacht werden.

Als sie Lichtenegger abgehandelt hatten, fiel Jo was Neues ein. »Und Ostheimer? Wo war der eigentlich in der Woche, für die er kein Alibi gehabt und über die er so beharrlich geschwiegen hatte?«

»Ja, das glaubst du vielleicht nicht. Er war in Wien bei einer Therapeutin, um seine Rhetorik zu verbessern und um seine Emotionen zu schulen. Er wollte unbedingt seiner Frau ein besserer Mann sein. Er spürte, dass die Beziehung den Berg runterging. Aber das war ihm so peinlich, dass er das nicht eingestehen wollte.«

»Ist das süß – und sie? Wie fand sie das?« Jo war ganz aus dem Häuschen.

»Das gefällt euch Weibern wieder! Ich weiß nicht genau, wie sie reagiert hat, aber die beiden sind auf jeden Fall zusammen weggefahren, ohne Hund und ohne Jagdwaffen«, sagte Gerhard.

»Der arme Rambo. Wo ist der denn so lange?«

»Bei Frau Weigand.« Gerhard lachte laut heraus.

»Wie bitte, im Altersheim?«

»Ja, sie hat wohl mal wieder mit einer kleinen Donation … Du weißt schon!«

Nun musste auch Jo schallend lachen. »Die Frau ist ein Hammer. Aber Ostheimer und die Mastmittel?«

»Auch das wird ein gerichtliches Nachspiel haben, aber es

scheint mir keine akute Fluchtgefahr vorzuliegen. Also hab ich ihn fahren lassen. Er will Verantwortung übernehmen. Schon wegen Röschen.«

»Apropos: Und was ist nun mit Svenjas Klinik?«

»Nun, ich denke, Röschen wird sie in Svenjas Sinne betreiben, und es würde mich nicht wundern, wenn sie sozusagen mit Ostheimer kooperieren würde. Zwei Praxen, eine für Schulmedizin und eine für alternative Therapien. Und wenn der hunde- und jagdlose Ausflug gelungen ist, dann sind die beiden vielleicht wieder ein Paar, aber eins mit zwei Wohnsitzen. Why not?«

Gerhard kam kaum dazu, seine Tasse zum Mund zu führen, denn Jos Fragensalve ging weiter: »Und der Ortlieb aus Lindau?«

»Verschwunden mit unbekanntem Ziel. Da werden sich andere drum kümmern. Aber er ist wohl nur ein Rädchen in einer Maschinerie ungeahnten Ausmaßes. Lichtenegger wird gegen ihn aussagen, schon um einen Vorteil herauszuschinden.«

»Der ist ein zweifacher Mörder, ein Schläger, ein Entführer, ein Erpresser! Die werden so einem doch keine mildernden Umstände gewähren? Oder ihn zum Kronzeugen machen?« Jo fand die Vorstellung entsetzlich.

»Keine Ahnung. Es werden viele Prozesstage kommen, ich werde aussagen müssen. Wir werden sehen. Die wollen natürlich an die Köpfe der Doping-Mafia kommen. Ich bin da skeptisch: Die ganz oben erwischst du nie!«

»Gerhard, wahrscheinlich werde ich alt. Was ist das für eine Welt? Das hier ist das Allgäu!« Jo hatte ihre Tasse mit einem Klack abgesetzt.

»Ja, du kleine Träumerin, und auch das Allgäu hat Straßen, liegt sehr günstig zwischen Österreich und der Schweiz, und der letzte Bergbauernhof hat Internet. Erinnerst du dich daran, als diese Razzia im Drop In war? In den Achtzigern? Als plötzlich das Licht angegangen war, alle sich auf den Boden setzen mussten und Münchner Spezialeinheiten in Zivil einen Mafiaboss und mehrfachen Mörder hochgenommen haben? Und das in der Deckung des kleinen, harmlosen Provinznests Kempten. Jo, das war vor zwanzig Jahren schon kein Idyll hier!«

»Ja, du hast ja Recht. Aber ich komm einfach nicht drüber weg, dass in dieser Geschichte jeder jeden gelinkt hat! Ich sehe diese ganzen Leute wie auf einer Treppe stehen. Jeder reckt seine Nase wie Killroy gerade bis über den nächsten Absatz. Und dass dieser Seppi so ein perfides Spiel spielen würde. Und diese brennende Alp!«

»Komm, das zumindest müsste dir doch gefallen. Die Schumpen waren schon im Tal. Keine verbrannten Tierkadaver, da freut sich doch die Tierschützerfront mit ihrer heroischen Anführerin Jo.«

»Das ist makaber! Fast wäre dein Kadaver verbrannt. Aber dieser Seppi, er hat, er ist, er …«

»Ja, glaubst du denn, die Allgäuer sind alle per Geburt gut? Haben ein Gutmenschen-Gen? Es geit söttige und söttene. Verklär es doch nicht, bloß weil der Senn war. Das ist Heidiromantik. Er war kein Geißenpeter und Ostheimer kein Almöhi.«

»Aber wenn mir nicht mal mehr die Heimat einen klaren Halt gibt!«

»Das kann sie doch trotzdem tun. Sei realistisch: Bei uns

gibt's Dörfer, da solltest du deine Ahnen bis ins Mittelalter zurückverfolgen können. Sonst bist du draußen. Du weißt schon, da reicht schon die Tatsache, dass ein Ort diesseits, der andere jenseits der Iller liegt.« Gerhard zuckte mit den Schultern.

»Ja, aber ich bin von hier. Ich brauche meine Wurzeln.« Jo war nicht zu überzeugen.

»Darfst du ja auch haben. Aber auch du gehörst in bestimmten Zirkeln nie dazu. Da kannst du in alle Sportvereine eintreten und in den Schützenverein. Denk an die letzte Feuerwehr-Abstimmung in Diepolz. Was war das für ein Akt, dass Frauen aufgenommen werden. Es gab zwei Gegenstimmen, du weißt, von wem! Hättest du die beiden so eingeschätzt? Und eine Klausel wollten sie, dass Frauen zwar Feuerwehrlerinnen sein dürften, aber ein Passus in der Satzung stehen müsse: Beim Biertrinken dürften sie nicht dabei sein. So ist das Allgäu auch!«

»Ja, das ist aber doch eher so eine Männer-Frauen-Kiste. Männer brauchen halt ihre weiberfreien Saufbiotope. Das versteh ich ja.«

»Ja, Jo, aber fünfzig Prozent der Menschen, die hier leben, erreichst du dein Lebtag nicht. Du bist a G'studierte, du verkehrst in deinen Zirkeln. Du bist unverheiratet, lebst mit Tieren. Du hast keine Doppelhaushälfte und keine Kinder. Jo, du bist eine Hexe.«

Jo musste lachen, vor allem, als Bianchi ihr auf die Schulter sprang. Nun, zumindest war diese Katze weiß!

»Jo, Mädel! Wo bleibt meine Non-Konformistin? Anderssein tut nur weh, wenn man eine Gleiche sein will.«

»Hast du ›meine‹ gesagt?«

»Wenn du's so gehört hast!«

NACHWORT

»Es isch a richtige Viecherei«, sagen wir im Allgäu, wenn etwas ziemlich anstrengend ist. Für Gerhard war das ein besonders schwerer Fall – a Viecherei wegen all der Viecher und Viechdoktoren, die da involviert waren. Und weil es in dem Buch so tierisch zur Sache geht, danke auch ich ganz tierisch meinen Helfern:

Dr. Silvia Dimigen, Viechdoktorin, die im fernen Kanada für mich in Sachen veterinärmedizinischer Medikamente recherchiert hat. Dr. Katrin Kieser, ebenfalls für tierische Tipps, und Jürgen Löhle für sein Wissen im Sportjournalismus und in Sachen Doping. Den Finks, dass ich mir ihre Alp sozusagen »leihen« durfte. Museumsbauer Richard Wiedemann für so manche gute Idee. Und in diesem viehischen Buch geht der Dank natürlich an »dia Haitr, d Katza und d Katzaboala« (Pferde, Katzen und Kater).

Und noch ein Wort zum Dialekt: Einmal mehr haben wir ihn sanft angelichen, damit man auch in Kiel oder Bremerhafen, in Rostock oder bloß in Hannover die Allgäuer Wahrheiten versteht!

GLOSSAR

Dir – Dir = ihr

allat – immer, das all-allgäuerische Füllsel, das man immer verwenden kann

Soich – Soich oder seich, eigentlich Pisse/Urin, wird verwendet wenn jemand besonderen Unsinn von sich gibt, an Soich reda

Grind – Gehirn, Kopf, Schädel

Wieb – Weib, Frau

Griffl – Finger

An Duusl hots halt ghett! – Glück hatte sie halt gehabt

Kitterfiedla – jemand, der dauernd lacht (kittern=lachen), Frohnatur

Schofla – Schafe

Karra – Auto, Wagen

dunda – drunten

Duranand – Durcheinander

Ja, do lecksch mi am Fidla – Ausdruck der Ver-/Bewunderung, Fidla= Po

Kluizuig – Kleinzeug, in dem Fall: Kleintiere

bruttlig – grantig, maulig, schlecht gelaunt

Drimslar – Trödler, jemand, der sich ewig Zeit lässt

pressierts – pressieren = es eilig haben

räacht – recht

nochhert – nachher

Kitzabolla – Hagelkörner
narret – wütend
nia a Gschieß gmacht – nie viel Aufhebens gemacht
nia auf d Goscha gfalla – nie auf den Mund gefallen
dienet – drüben
Graffl und Glump – altes unnützes wertloses Zeug
der sell – der selbige, der nämliche
Schumpen – oder Schumpa: halbwüchsige junge Kühe
Und scho war der Kittl gflickt – und schon war alles klar/paletti
Gschpusi – Liebschaft
gäh – gegangen
Hosasoicher – Hosenscheißer
Ratschkattl – geschwätzige Frau
bluatsnarrat – sehr ärgerlich
Des isch a kluiner Deifel – die ist ein kleiner Teufel
No it hudla – nur nichts überstürzen
Lugabeutl und Lumpa – Lügenbeutel und Lumpen (Lügner und Nichtsnutze)
fiechtig – furchtbar
a Neigschmeckte – eine Zugezogene, neu dazugekommene
aluaga – ansehen
frinar – früher
a Gfrett ghett hond – ein Theater/Ärger/Aufwand gehabt haben
zaurackedürr – zaunrackendünn, extrem schmächtig
I ka den it verputza – ich kann den nicht ausstehen
sau-igla – sich schweinisch benehmen
Huarasakrament! – Verdammt noch mal, die Verstärkung mit »huara« geht bei fast allen Wörtern

Bätet! – Betet!
Er isch fiechtig stur – er ist furchtbar starrköpfig
Aber er hot allat an Duusl – aber er hat immer Glück
zämet – zusammen
Gsieberger – Vorarlberger
schiergar – starke Beteuerung: schier und gar